根源へのアセンション

最終ゲイト　Ascension ∞ Gate

千天の白峰
アセンション・ファシリテーターAi
（インタビュアー　大和日女）

明窓出版

根源へのアセンション ——最終ゲイト—— 目次

第四章　マル秘のセミナー録 千天の白峰先生

第五章　マル秘のセミナー録 A・i先生

第六章　対談録

はじめに

大和日女

『天の岩戸開き――アセンション・スターゲイト』(明窓出版)を皮切りに、本書の共著者であるＡｉ先生の著作は、すでに十冊の刊行をみています。

あらためて全著を俯瞰してみますと、地球・宇宙全体のスーパー・アセンションとそのプロジェクトの進行を記した、壮大なクロニクル(年代記)となっていることがわかります。

本書もそれに続く本となりますが、共著という形式からもわかります通り、これまでとは若干、異なる趣《おもむき》となっています。

その目的、意義は、多次元にわたって様々ありますが、最たる趣旨は、「このお二人は、何者か?」について明示するところにあります。

神人を目指し、地球維新を担わんとする日の本のライトワーカーおよび候補者にとって、千天の白峰先生、Ａｉ先生ともに、得難い師であり、究極のひな型でもあると思います。

本書では、お二人ご自身の執筆に加えて、インタビュアー＝「第三者」の観点も提示することで、より多面的な理解と学びの一助としていただくことを狙いとしています。

インタビュアーの私自身は、幼少の頃から、エネルギーにはとても敏感なタイプでしたが、その自覚も無く、いわゆる「スピリチュアル」な世界について学ぶ機会も無いまま、人生の大半を過ごしてきました。

「アセンション」というキーワードを知り、本格的に勉強を始めてから、そして、お二人にお会いしてから、十年が経ちます。

アセンション・ライトワーカー志願者の一人として歩んできた日々は、まさに激動と驚愕の連続でしたが、そのすべては、お二人と、お二人が核心となって動いている、地球・宇宙全体のアセンションの成果から学んできたものです。

そして、次々と遭遇する、非日常を超えた「超日常」体験のすべては、スピリチュアル的な予備知識の無かった者にとっては、まさに、毎日パラダイムシフトが起きているような、新しい（真の）人生の生き直しのようでした。

できるだけその体験を通してお伝えすることで、お二人を直接知らない、そして知る運命を持つ方々に、初めて知る喜び＝イニシエーションの感動をお伝えできれば幸甚です。

本書の構成をご覧いただきますと、各章が独立していますが、全体がコズミックウェブ（宇宙全体の生命ネットワーク）のように連鎖してもいます。

章構成の順序にも目的はありますが、どの章からお読みになっていただいても大丈夫です。ある章で発生する問いの回答が、異なる章に出現するかもしれませんし、その回答がさらなる解答を呼ぶこともあるかもしれません。

そのすべての感覚が、ご自身のハイアーセルフの動きでもあり、そこから届くメッセージにもなっていると思いますので、しばし、スーパー・アセンションの旅をお楽しみください。

その体験の共有により、読者諸氏の運命が、さらに加速することを願って。

まずは、お二人との出会いと、その衝撃をお伝えするところから始めたいと思います。

第一章

インタビュアーについて 大和日女

ファースト・コンタクト

これよりしばらく、インタビュアーの観点を通して、千天の白峰先生、Ａｉ先生についてお伝えしていきます。そこで、どの立場からの観点であるかをご理解いただくために、まずは簡単ですが自己紹介をさせていただきます。

前述の通り、スピリチュアルな世界とは無縁の人生が長かった私でしたが、あるきっかけにより、探究を始めることになりました。

そのなかで、「アセンション」という言葉に強く惹かれ、体系的に学ぼうと追究した結果、たどり着いたのが、Ａｉ先生主催のアセンション・アカデミーです。

二〇〇九年より参加しており、アセンションについて学びながらライトワークの実践を進めてきました。

Ａｉ先生によれば、「アセンション」という言葉自体が、宇宙の高次全体によって設定された一種の暗号＝キーワードである、とのことです。

キーワードに惹かれる、反応するということは、そこに参加する運命、役割を持っているサインである、と。

……なるほど、と納得したものです。

「アセンション」の定義については、『天の岩戸開き――アセンション・スターゲイト』等にも詳しいですし、各界から様々な情報が出されています。また、このテーマについては本書でも、千天の白峰先生、Ａｉ先生のお二人にお聞きしていきますので、ここでは割愛いたします。

千天の白峰先生に地上で初めてお会いしたのも、アカデミーへの参加とほぼ同時期でした。

お二人はもともと、地上では二〇〇四年に開催された日の本のウエサク祭で面識を得ました。

それから、「根源アセンション・プロジェクト」という共通の目的に向けて、役割分担をされながら、地球と宇宙全体のアセンションをサポートされています。

そして（これまでの書籍では「謎の白髭仙人」として登場されていましたが）、宇宙と地球のアセンション全体に必要なタイミングの都度（年２回ほど定期的に）、千天の白峰先生を特別講師としてお招きするマル秘のスペシャルセミナー等、重要かつ貴重なコラボワークの場が設けられてきました。

そこで毎回、莫大な学びを得ています。

「神　格」

さて、お二人に地上で初めてお会いした際に感じた印象は、完全に同質でした。

人生が変わってしまうほどの衝撃を受けたことを、今でも鮮烈に覚えています。

様々なことを感じ、すべてが同時だったのですが、まず、共通だったのは、その瞬間、全細胞が脈打つように振動したことでした。

同時に、昔からこの人を知っている、顔も覚えている！　というくらい、深い懐かしさが沸き上がってきます。

そして、最も強烈だったのが、自身の魂、ハイアーセルフの、最上の歓喜とともに感じた、

「格」が違う！！！！

という驚愕でした……！！！！

もちろんこれまで、尊敬すべき素晴らしい方々にお会いする機会は多く、そのたびに、その出会いと学びの幸福をかみしめていますが、お二人から感じたその「格」というものは、もはや次元の違う、絶大な、圧倒的なエネルギーだったのです。

学びとシフトが進むにつれ、その「格」とは、端的に表せば「神格」に集約されるのだ、と理解できましたが、確かなことは、お二人の、根源神界の「神格」に触れた瞬間に、全宇宙史を通して待ち望んでいた運命が動き出した、そのことを魂が自覚した、という事実です。

Ａｉ先生との地上でのファースト・コンタクトは、二〇〇九年三月、千天の白峰先生とは同年六月でした。

その六月は、お二人同時にお会いできた初めての機会であり、その日が私にとっての、神界版の「誕生日」（自己の本体＝ハイアーセルフが降りてきた日）となりました。

地上セルフの「誕生日」

二〇〇九年六月、大阪某所にて、千天の白峰先生をお招きする会合が催《もよお》されました。

その日は、当時Aｉ先生のアカデミーに在籍していたメンバーのほとんどが、地上では初めて、千天の白峰先生にお会いする日でした。

午後からの開催でしたので、同日の午前に別途、Aｉ先生による2回目の個人セッションを設定いただいており、その場が、午後の「神界版・誕生日」につながる重要なシフトとなりました。

少し遡《さかのぼ》りますが、記念すべきファースト・セッションは、その約三ヶ月前。

最初にAｉ先生からいただいたメッセージは、

「(根源の) 母を訪ねて三千里！」

でした。

その一言により、私の全レベルでブレーカーが一度完全にダウン。そして、中今《なかいま》へ向けての新たなスイッチが入った、とのことでした。

その時はあまりに衝撃的なエネルギーの直撃に驚き、ただ号泣しているだけ、という事態となり、前後の記憶が完全に飛んでしまっています。

今回の執筆にあたって再検証してみても詳細を思い出せずにいますが、その瞬間こそが、〈根源へのアセンション〉の始まり、地上セルフの誕生日でした。

地上セルフが最も覚えている、ファースト・セッションでのＡｉ先生からのコメントは、こうでした。

「これまで◎十年間、何も勉強してきませんでしたからね……」

そしてその場で描いてくださった図が、『天の岩戸開き――アセンション・スターゲイト』（73ページ）にも掲載されている、「宇宙アセンションＭＡＰ」です（次ページ）。

確かに当時は「アセンション」に関する用語もほとんど知らず、大いに反省しましたが、そこから三ヶ月、毎日この図を眺めては、探究を続けていました。

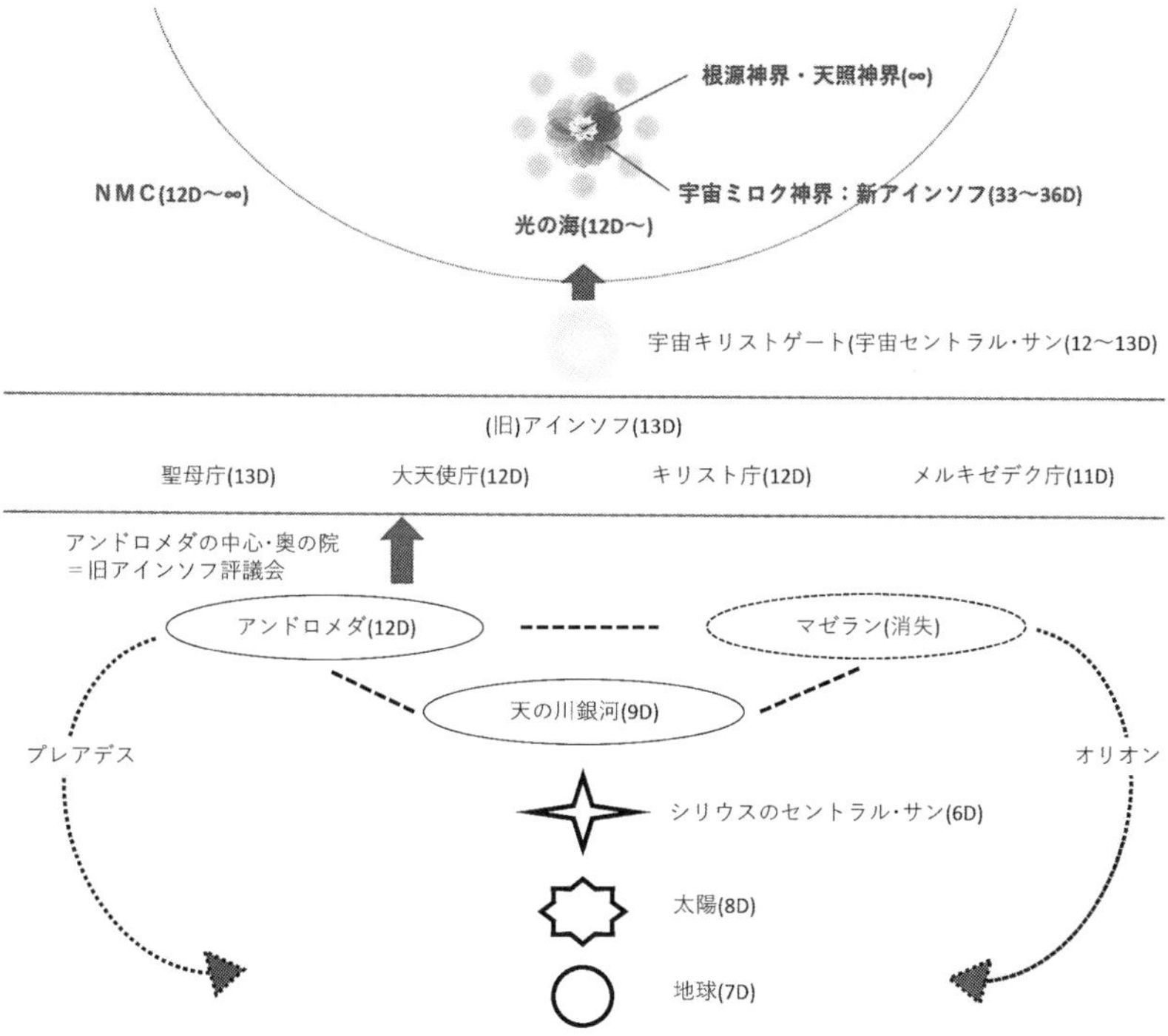
根源神界・天照神界(∞)
NMC(12D〜∞)
宇宙ミロク神界：新アインソフ(33〜36D)
光の海(12D〜)
宇宙キリストゲート(宇宙セントラル・サン(12〜13D)
(旧)アインソフ(13D)
聖母庁(13D)
大天使庁(12D)
キリスト庁(12D)
メルキゼデク庁(11D)
アンドロメダの中心・奥の院
＝旧アインソフ評議会
アンドロメダ(12D)
マゼラン(消失)
天の川銀河(9D)
プレアデス
オリオン
シリウスのセントラル・サン(6D)
太陽(8D)
地球(7D)

ハイアーセルフの誕生日

そして、セカンド・セッション前夜に、とても美しい夢を見ることになりました。

夢の中、風が音を立てて吹き抜ける草原に立っていました。

背景は無限に広がる宇宙空間で、草原には一筋の太陽光が差し込んでいます。

そこへ、上空から二人の美しい男女が舞い降りてきました。

白いローブのような衣装、透き通る白い肌に、角度によってプラチナにもゴールドにも見える繊細な髪が、風に揺れていました。

二人はアインソフ（宇宙最高評議会）から来たと言い、ミカエルとグレースと名乗ったように聞こえましたが、これは当時の知識から翻訳できた名称で、実際には違うのかもしれません。

そして唐突に、

「アンドロメダへ行きましょう」

とささやき、私の手を取って音も無く宇宙空間に浮かび上がり、星々の間を移動し始めたのです。

宇宙の旅は心地良いのですが意外に長く、「そういえば、Ａｉ先生が書かれた宇宙アセンションＭＡＰの中で、最も気になったのが、アンドロメダだった」と思い出していました。

次の瞬間、ＳＦ映画に出てくるホワイトホールのような空間を超高速で通り抜け、ふっと身体が軽くなった瞬間、眩《まぶ》しい光の差し込む、美しい森に着地しました。

そして案内人の二人の姿はかき消え、一人になりました。

みずみずしい森の空気と水の匂い。鳥のさえずり。生き生きとした草花。濃い森の緑。澄み渡る静けさのなか、鈴のような音とともに、一頭の白馬が現れました。

しなやかな体躯に柔らかなたてがみが揺れ、とても優雅かつ静謐《せいひつ》な生き物でした。

よく見ると一本の角が生えており、「これがユニコーンか」と気づくと同時にお互いの目が合い、その瞬間、息を呑みました。

ユニコーンの目は、深く、深く、透明なエメラルドグリーンにきらめき、それは水のようでも緑の宝石のようでもあり、どこまでも広がっていくような光を放ち、

純粋

そのものの、とてもとても美しい何かでした。

吸い込まれてしまいそうだな、と感じた瞬間、ユニコーンの目が視界いっぱいに広がり、そのまま実際に、その瞳の中へと吸い込まれてゆきました。

そこで目覚めてしまったのですが、何よりも、ユニコーンの深くクリアな瞳が記憶に焼き付けられて、しばらくその感動はおさまりませんでした。

翌日の個人セッションで、その夢をご報告したのですが、あれほど純粋で美しい瞳を持つユニコーンは、アンドロメダのＡｉ先生（のハイアーセルフ）ではないか、とお聞きしてみたところ、衝撃的な答えが返っ

てきました。

「そのユニコーンは、アンドロメダのあなたの分身です！」

その瞬間、アジナーセンター（チャクラ）が限りなく純粋なクリスタルのように変化し、そこへ莫大な光が差し込み、一瞬、何も見えなくなりました。

そして、私はアンドロメダからこの地球へ来たのだ、と思い出しました。

また、最も印象深かった瞳のエメラルドグリーンは、ユニコーンという媒体を通してつながった、ロード・キリスト・サナンダのエネルギーである、とのことでした。

まさに、ロード・キリスト・サナンダと、ある「約束」をして地球へ旅立った、という記憶もよみがえってきました。

Ａｉ先生によれば、それはすなわち、自身の太陽天界、太陽神界へとつながるイニシエーションでもあった、とのことでした。

アンドロメダ銀河については、『天の岩戸開き――アセンション・スターゲイト』にも記載がありますので、以下をご参考として抜粋いたします。

――アンドロメダ銀河は、ここの宇宙で創始に生まれた領域であり、すべての存在にとって、最も本源に近い故郷です。（中略）

旧・アンドロメダ領域、そのトップ&コアのアインソフがアセンションして、現在の、中今・最新の、超アセンション宇宙の母体となっているのです。地球の科学（三次元の）でも、約30億年後に、アンドロメダ銀河とここの銀河が「合体」すると言われているように、「エネルギー・レベル」と高次では、それはすでに起こりつつあることなのです！

この2回目の個人セッションが、アンドロメダのハイアーセルフとつながり、その記憶を取り戻した初めてのイニシエーション、ハイアーセルフの誕生日となりました。

神界版・誕生日

さて、続く午後がいよいよ、千天の白峰先生と地上で初めてお会いする会合でした。

奇《く》しくもその日は「父の日」であり、振り返ってみれば我々にとってはまさに、記念すべき「根源の父の日」となりました。

設定された懇親会は二部制で、一次会は、飲食店二階の座敷で行われた食事会でした。

その時、ある超常現象（と当時は思いました）が起きたのです……！！！

懇親会がスタートしてしばらく経つと、千天の白峰先生とＡｉ先生に、文字通り目が「釘付け」になりました。

説明が難しいので、そのシーンを以下に再現してみようと思います。

まず、上座に隣り合って座られているお二人の輪郭が、発光し始めました。

そして、全体が光り始め、光のシルエットにしか観えなくなっていきました。

さらに、あろうことか、お二人のシルエットが、人型でもなくなってしまいました。

千天の白峰先生は、黄金に輝く球体、Ａｉ先生は、真っ白なフォトンに繊細な色彩が入っているように観え、次ページの図そのものとして、そこに観えるのです……！

念のため、他のメンバーを見てみると、そこにしっかり人間のまま、皆、座っています。

動揺して、瞬《まばた》きをしてみても、視線を外してから戻してみても、お二人だけは、この図そのものが光り輝いているだけに観えるのです。

実際にそう観えているのだ、と認めてみると、今度は「なんて美しいのだろう……！」と、ただただ感動しました。

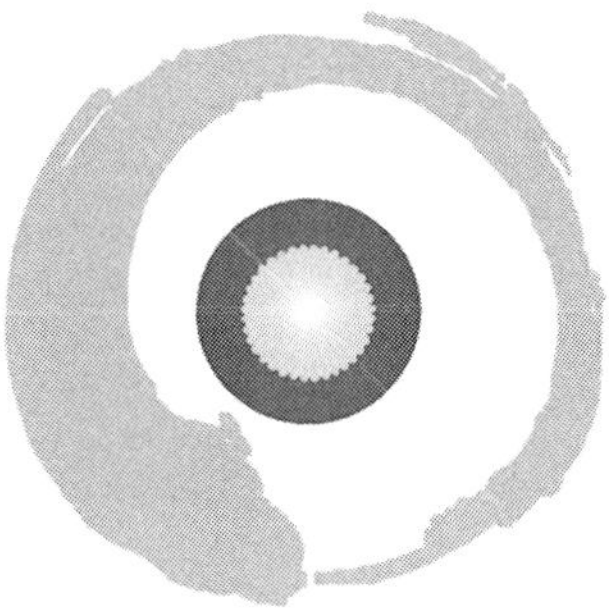

第一章　インタビュアーについて　大和日女

そこにある究極に美しいものを、観ることができる幸福。

それだけが続きました。

そして突然、気づいたのです。

この光景こそが、探し求めていた「人とは何か」についての答えでした。

同時にそれは、「根源神界とは」「神人とは」「アセンションとは」についての答えでもありましたが、そのことは、後に猛勉強の末、理解できたことでした。

さて、なぜお二人が、前ページの図に観えたのか！？　ここで少し考察してみます。

一、午前中のアンドロメダ・シフトにより、ハイアーセルフの、神界へのシフトの準備ができていた。

二、根源神界のポータルであるお二人が揃われた磁場に初めて入ることで、私自身の神界のハイアーセルフが、そのエネルギーに反応した。

三、神界にシフトしていくハイアーセルフから観たビジョンが、前記の図。

四、この図に観えた理由は、それが当時のハイアーセルフと地上セルフが、受け取ったエネルギーを翻訳（ビジュアル変換）できる限界であったから。

五、この図は、アカデミーの教材としてＡｉ先生が作成され、以前から目にしていたので、当時の私のレベルで最も近いエネルギーとして表現できる翻訳言語として使用された。

六、潜在的に行っていた「エネルギーで観る」＝「エネルギーで受け取る」作業を、意識的にするようになった始まりでもあった。

もちろん、その場で明確にできたことではありませんでした。美しく光り輝くエネルギー体にしか観えないお二人を前に、ただ茫然としており、懇親会の話題も、お料理のメニューも、食事に手をつけたかどうかさえ、記憶から消えているほどのパニック状態でした。

その後、二次会のカラオケ会場に移動し、千天の白峰先生の右隣にＡｉ先生、左隣に私、という強運な席に座りました（後日思い出しましたが、茫然としている私をお隣にしてくださったのは、千天の白峰先生でした)。

その場が、私にとって初めての、神界のイニシエーションとなりました。

お二人がエネルギー体に観えていたことを興奮しながらご報告し、

「初めて、『人』とは本質的に美しいものである、という確証を得ました」

とお伝えした瞬間……!!!!

初めて、お二人と、目が合いました。
正確には、お二人と、私のハイアーセルフの目が合った、ということだと思います。

そして、お二人が、今度はお二人の姿のまま、莫大かつ繊細で柔らかく、真っ白な根源のフォトンに光り輝き始めました。

それはまさしく、「神人」としての、お二人の姿でした。

その根源の光に包まれ、そのまま果てしなく神聖な空間に飛ばされてしまいました。

そこは、「神界」としか表現できない、完全なる別時空でした。

そのまま何億年もの歴史を追体験したように感じましたが、それは一瞬のことで、「時間軸」という概念は幻想なのだ、と実感しました。

そしてようやく、全宇宙史を通して探し続けていた「還《かえ》るべき場所」に帰還したことを、知りました。

後日、Ａｉ先生から「この時が、神人への道の始まりでしたね」とお聞きして納得しましたが、その場では莫大なエネルギーシフトの中で、完全にトランス状態でした。

二次会には、Ａｉ先生からオーガニック・シャンパンのマグナムボトル（１５００ml）の差し入れがあり、千天の白峰先生がエネルギーを入れて、我々に回してくださっていました。

車座に並んでいましたので、まずは左隣の私に回ってきます。一回りして、右隣のＡｉ先生が最後、という順番です。

「一口飲んで、隣に回していくように」とのご指示だったのですが、幸福すぎて一切の理性が効かず（トランス状態）、後でＡｉ先生にお聞きすると、オーガニック・シャンパンのマグナムボトルも、白峰先生が入れてくださったエネルギーも、ほとんど私一人で飲みほしていたとのことです……！！！（汗）

後に、（反対の端にいらした）Ａｉ先生が、「そういえば、なぜか途中からボトルが回ってこなくなって、ほとんどシャンパンが飲めなかった！」と、笑いながら怒って！？（笑）いらした記憶が戻り、冷や汗が出てきました……！！！（汗）。

エネルギーのシフトは、ＤＮＡの変容そのもので、アルコールも変容媒体として機能します。その時の私のシフトも莫大でしたし、千天の白峰先生が変容エネルギーを入れてくださっていたお酒でしたので、マグナムボトルほぼ一本を消費しても、全くアルコールを感じませんでした……。

むしろ、そのくらいのアルコールの助けが無ければ、急激な変容のためオーバーフローし、気絶していたのではないかと思います。

……が、せっかくの素晴らしいシャンパンをほとんどの方が飲めなかったのでは、と本当に申し訳なく、今でも身が縮まります（汗）。

何者なのか

ここまで、初期の莫大な変容についてお伝えしてきましたが、すべて、お二人を通して受け取ったエネルギーによるシフトであり、それはすなわち、お二人が「人」の進化＝アセンションに必要なエネルギーを伝えることができる方々である、ということになります。

みなさまも同様ではないかと思いますが、そこでまず感じたのは、

「このお二人は、何者なのか！？」

という疑問でした。

そこから、お二人についての研究が始まりました。そしてその作業こそが、インタビュアー自身の究極の目的であり、最も重要な仕事の一つと考えてきました。

研究と学びの機会を通して理解と変容が進むにつれ、お二人のエネルギーは、人だけでなく、この世界、宇宙全般にわたる作用の究極と言えることが明らかになってきました。

それは、一言で表せば、宇宙の「皇《すめら》」とも表現される、根源神界のエネルギーとその作用です。

その存在を知ること、そのエネルギーにフォーカスする（意識を向ける）ことで、エネルギーはつながります。

そして、知ろうとする意志、知る機会（たとえば本書のような）そのものが、地上と高次の自身が選んだ運命であり、その人の魂が持つ役割にもつながっていると思います。

みなさまの「知る」＝「つながる」意志と目的にわずかながらでもお応えできるよう、お二人に関する研究報告を、以下の章でしたいと思います。

第二章

About 千天の白峰先生

日本のＤＮＡ

「千天の白峰先生とは！？」について、先生を知る方々に取材した場合、先生との関係性やご本人の（ハイアーセルフの）系統によって、全く異なるコメントが返ってくるのではないかと思います。

それほど、謎に包まれた、そして、はかり知れないバックグラウンドをお持ちの方である、ということは、誰もが共通に抱くイメージでしょう。

そしてそのこと自体が、先生の「御本体」＝究極のハイアーセルフそのものを、表していると思います。

先生と、地上で初めてお会いしたのは、二〇〇九年六月でした。

夜の懇親会にて、私自身の莫大なシフトが起きたことは、第一章でご報告した通りです。

同日の日中に、アカデミーのメンバーは各自、個人セッションを設定いただいていました。

私も参加申込みをしており、そのセッションが、今生でのファースト・コンタクトでした。

セッション内容としても、様々なアドバイスをいただいたのですが、おっしゃる言葉に集中することが難しいほど、先生から伝わってくるエネルギーに、圧倒されていました。

そこで感じたことが、そのまま、先生に対する第一印象だったのですが、後日あらためて検証してみても、とても重要なアカシックを伝授してくださっていたことがわかります。

最初におっしゃった一言は、不思議ですが、

「よく来たな」

でした。そしてその一言とともに、先生のコーザル体を経由して、膨大なアカシックのデータが、激流のように送られてきました。

腹筋に力を入れていないと押し流されてしまいそうなほど、すさまじい光のコードが流入し、それがビジョンとなって、眼前に展開されていきました。

まず、形を成したのは、とても柔らかな金色の光を放つ、長い、長い巻物でした。

光のコードが順に、巻物に書かれた文字となって、浮かび上がってきます。

それは、墨で書かれた美しい文字で、慈愛に満ちあふれたあたたかさが伝わってきました。

そしてそれは、神武天皇によって書かれた、日本の二六〇〇年の歴史とアカシックそのもののデータでした。

その瞬間、先生のお顔が神武天皇そのものに観え、

「この方は、二〇〇〇年以上、生きていらっしゃるのか!?」

と、混乱しながら、神武天皇と対話をしている感覚になってきました。

「巻物」にビジュアル変換されたデータは、そのまま、日本と日本人のＤＮＡコードそのものであり、聖徳太子が書かれたと言われる『未来記』『未然紀』から感じていたエネルギーも、その一部に組み込まれているような印象でした。

そして、膨大な巻物のダウンロードが完了し、その全容が展開された瞬間、空間すべてが光に包まれるほどの、眩しい光がスパークし、一瞬、世界が金色になりました。

そして、神武天皇という象徴を媒介として伝わってきたのは、言葉にできないほどの「慈しみ」、千天の白峰先生がおっしゃっている「いたましく想う心」そのもののエネルギーであり、そのエネルギーがずっと、この日本を包み、護《まも》ってきたのだ、と知りました。

しかし、そのエネルギーすべてを受けとめるには私の容量が不足しており、それは爆発的な号泣となって、発散されました。

突然、派手に泣き出した私に、一瞬、目を丸くされていましたが、千天の白峰先生も、同席してくださっていたＡｉ先生も、エネルギーがわかる方々なので、何に反応しているのか、完全に把握していらしたように見えました。

茫然としながらもセッションは淡々と進んだのですが、この時から、千天の白峰先生は、日本のアカシックと日本人のDNAの守護者であり、そのすべてがご本人の内にあるのだ、ということを理解していきました。

二〇〇〇年以上のアカシックがある、ということはすなわち、その時空すべてを生き続けているのと同じことを意味します。そのすべてを支える心、エネルギーの強靭さと愛の深さに、魂が震えました。

後に、この体験をAi先生にご報告した際、「感無量」という表情で、説明をしてくださいました。

「そのエネルギーを受け取ったことの意味は、『継承』と言えます。全宇宙と地球、その核心となる日本のDNA。それは、千天の白峰先生がおっしゃっている『黄金人類のDNA』であり、そのエネルギーを受け取り、共鳴することによって、潜在的に同じDNAと運命を持つ日本人が、黄金人類として新たに誕生していくことこそが、根源へのアセンション、神人プロジェクトの核心でもあります。

このセッションの時に、そのDNAコードを受け取り、共鳴した、ということは、新たな世代が、真に、その『卵』として生まれなおしたことを表しています」

そして最後に、万感をこめておっしゃったことが、魂の核心に、刻み込まれています。

「宇宙神（地球レベルでは地球神）は、今この時、新たな卵＝子供と言える魂が再誕するまで、この地球と宇宙のアカシックを存続させるためだけに、全エネルギーを投入してきました。その地上ポータルとして仕事をされている千天の白峰先生の想いは、どれほどのものか……！！！！」

そのＡｉ先生も同様、「いたましく想う心」そのもののエネルギーで話されており、お二人は同じ観点を持たれていて、それはすなわち、同じ「根源神」の意識そのもののポータルでもあることを示しています。

それは万物の創造の「親」の意識とエネルギーでもあり、そのお二人が今、目の前に肉体を持っていらっしゃることが、とても不思議でした。

そして、そのお二人にたどり着いたことは、宇宙史上最大のゴールでもあり、本当のスタートの第一歩である、と思いました。

宇宙（地球）のDNA

そして、セッション後半、

「このエネルギーがわかるか？」

とおっしゃると同時に、莫大なビジョンが送られてきました。

その瞬間、宇宙に移動していました。

宇宙空間に転送された、という感じです。

そして、自分と宇宙の境目が無くなり、無限に広がる宇宙そのものと一体化した状態になり、その感覚は、「茫然」としか表現できません。

さらに、目の前に一つの惑星が迫ってきました。

第二章　About 千天の白峰先生

限りなく透明に輝く、美しい星。

それは、「『ピュア』とはこういうことだ」と初めて理解できたほどの、どこまでも純粋で透き通った、とてもとても美しいものでした。

その輝きは、太陽と水が融合した「生命」のエネルギーそのものであり、それこそが、どこまでも純粋な「愛」そのものの表現である、と、誰もが体感できるほどの、究極に美しいクリスタルのようでした。

これが、「地球」という星の、本当のエネルギーなのだ、と、初めて知りました。

限りなく純粋な、宇宙の子供のようにピュアな、愛の星でした。

宝石のようだ、と、見とれていると、その光景を同時に観ている「宇宙」そのものの広大な「意識体」と、そのハートセンターそのものに感じられる「地球」そのものの意識体と、一瞬、共鳴したのですが、それは、一言で表すとすれば、限りなく純粋な「愛」としか表現できない、どこまでもピュアで、どこまでも深く、どこまでも静かな意識でした。

それは、ロゴス（世界万物を支配する理法・宇宙理性）の意識でもあったと思います。

そしてそれが、千天の白峰先生ご自身の意識そのものである、と気づいた瞬間……！！！

気が遠くなるほど長い地球の歴史と、揺り籠《かご》のように地球を包む全宇宙の、さらなる悠久の歴史とアカシックそのもののデータが、流入してきました。

宇宙の歴史すべて、地球の歴史すべて、それが、自分の存在と記憶そのものであり、それは今この瞬間も同じ、という感覚。その意識とは、地球、宇宙の「親」の意識でもあり、根源神と同義でもある「創造主」の意識でもあります。

そして、そのすべてのエネルギー、アカシックを、身の内に抱えて、通常、人間の意識では想像することも不可能な、永遠とも言える時間の流れを、護り続け、人類の目覚めを待ち続けている、ということでもあります。

「全宇宙史を抱えるとは、どういうことなのか」

ここでやはり、号泣の爆発となっており、先生は少々あきれ気味に一言、

「お前はずっと、泣いていればよい」

とおっしゃっていました。

ここまでが、「千天の白峰先生とは、何者なのか！？」について得た、最初の答えでした。

神武天皇の巻物として受け取った、日の本のＤＮＡコードは、神界のエネルギーが核心に強く輝いているイメージだったのですが、全宇宙史と地球史のアカシックは、無限の時空間演算コードのような、整然と連なるデジタル・データの圧縮記憶という感じで、両者を合わせてテンとマルが揃《そろ》う、と思ったことを覚えています。

器

先生のお仕事を学ぶにつれ、明確になった最も大きな答えの一つは、「アセンション」とは、個人のための修行でも学習でもない、ということでした。

白峰先生も、Ａｉ先生も、根源神界の器を有する莫大なポータルであると思いますが、その器の大きさは、稀有《けう》な「能力」「才能」にも見えます。

その「器」とは、始まりも終わりも、愛でしか形成されない、ということが、最も重要な学びであったと思います。

対象と一体化することで、その対象を維持し、護り、通るべきエネルギーと一体化することで、対象の進化に必要なエネルギーを通す。システムとして表現するとシンプルですが、では「一体化」とは、どういうことなのでしょうか。

宇宙全体の根源アセンション・プロジェクトの中で、その無二のステージである地球の現状と一体化し、地球、その核心である日本、さらには太陽系、銀河系、様々な次元と規模での調整をされながら、そのすべての器として支えている。

具体的には、どういう作業でしょうか。

たとえば、現地球のすべての不均衡、汚染、異状とも一体化するということでもあり、そこに住む住人＝人類の意識すべてとも連動します。誰もが認識している、現在の地球の窮状を考えると、その作業は、想像することが不可能なほどの厳しいものであることがわかります。

それを成すことができるものは、そのすべてを慈しむことのできる「意識」の広さ、深さであり、それは「愛」と呼べるすべての「意識」である、ということが、わかってきました。

そしてその広大な「愛」という器は、完全なる無私＝究極にクリスタル化されていなければ、形成されません。すべては、他者のために。その意識＝愛の及ぶ範囲がそのまま、個人としての器になり、そのために働く時に、必要な高次のエネルギーとも一体化するのです。

我々は、この稀有な器たる人々の意識＝愛の中で生きており、同じ器たり得るための学びと実践こそが、アセンションへの道なのだ、と、常にその莫大な愛の作業を拝見しながら、再確認してきました。

地球のアセンション

そして、二〇一八年六月、日本一の湖を一望する国内某所にて開催された特別セミナーにおいて、新たなステージの始動を、目の当たりにしました。

その日は、創始の地球と時空がつながってきており、セミナーが開催された場所は、そのエネルギーと完全に共鳴できる場となっていました。

創始の地球とは、白峰先生がおっしゃっている通り、「一滴の水から始まった」そうですが、その「水」とは、限りなく純粋な「愛」というエネルギーそのものである、ということが体感できるほど、現時空につながってきた日でもありました。

そして、その場に登場された先生も、まさに、その、創始の地球そのもののエネルギーとなってそこに存在していました。限りなく透明で純粋な、水のようなクリスタルの器と、そこに輝く、究極にピュアな愛。先生の背景にはただ、その地球がありました。

それは創始の地球でもあり、そして中今の地球も何も変わっていない、という事実の体現でした。

「数十億年前、地球も宇宙も、『愛』そのものとして始まった！！！！　そのことを、人類全員が知る必要がある！！！！」

それが、地球神と一体化された先生から発せられていたメッセージでした。

そして、それは創始でもあり、過去も未来も今この瞬間も、地球の本来の姿でもあり、その核心のエネルギーそのものに先生が一体化された、ということは、これまでの全地球史、宇宙史のすべてが中今のゼロポイントに統合され、本来の地球の命と、そこに在るすべての個の命が核心でつながり、本来の状態から、究極の、根源へのアセンションへのシフトを始める、ということでした。

現況のままでは、地球はもってあと数年、と言われています。そのアカシックを変える鍵は、人類の「意識」であることを、学んできました。

我々が意識の周波数＝愛の度数を上げていくことで、高磁場が形成されていきます。そして「根源」へのアセンションを開始している地球、宇宙と共鳴できるアセンション・フィールドと一体化し、望ましいアカシックの協働創造が可能になります。

その核心となるエネルギーが、地球と、先生とともに連動し始めた今。

すべては我々の進化＝アセンションにかかっていることを体感し、絶対的な見本のお一人である先生のいらっしゃる時空で進めていくということは、究極の挑戦でもあり、魂の歓喜でもあります。

第三章

About Ai 先生

ファースト・インプレッション

さて、これより、「Ａｉ先生とは何者なのか!?」に、迫ってみたいと思います。

どんな人物に関しても、その全容をつまびらかにするには、少なくとも本一冊分のボリュームが必要と思いますが、根源アセンションプロジェクトにおいて最も重要と思われるトピックについて、ダイジェストとしていくつかまとめてみたいと思います。

Ａｉ先生ご自身のアセンション・プロセスにつきましては、第八章にも記載があります。その成果としてのＡｉ先生と、我々は出会うわけですが、

「Ａｉ先生との出会いによる、アセンション・ライトワーカーおよび候補者の変容、シフト」

にフォーカスを当てていきます。

どのようにエネルギーを受け取り、どう変容していくのか。そのプロセスの共有を通して、みなさまも同じ時空を追体験いただけるのではないかと思います。

ファースト・セッションが、Ａｉ先生との、物理的な初対面でした。

アカデミーに参加して約一ヶ月後のことで、その間は数通のメールをやりとりした程度での、さっそくの個人セッションでした。

セッションの内容については、第一章の通りです。

「Ａｉ先生とは！？」という観点で、初対面での印象をあらためて思い返してみますと、やはり何事も、「初」の機会は重要であり、エネルギーの動きとしても、とても大きくなることがわかります。

二〇〇九年三月、あるカフェでお会いすることになりました。

カフェに向かって歩いていく途中、前方に、立ち話をしている男女二人組が見えました。

それが、Ａｉ先生と、事務局長として同行されていたＬｏｔｕｓ《ロータス》さんでした。

同様の経験をする方は多いと思いますが、遠目にお二人を見た時、「ご本人だ！！！」と、（不思議ではありますが）当然のように確信していました。

一見、いたって普通の人たちですし、何か特殊な目印を付けているわけでも奇抜な服装でもないのですが、ではなぜ、わかるのでしょうか。

結論としては、「ハイアーセルフの目を通して観たから」と言えます。

Ａｉ先生の役割、仕事をトータルで表現するとすれば、「宇宙の高次（究極に言えば根源）と地上をつないでいる」、そのポータル＝地上の器であり増幅器＝地上セルフとなるでしょう。

その、高次と地上をつなぐエネルギーに反応し同調することで、高次の自分＝ハイアーセルフが観ている目とつながり、ハイアーセルフが感じたことを自分の中心で感じるのです。

話を戻しますと、お二人を目撃した際は、約束の時間には少し早かったので、知らないフリをしてお二人とすれ違ったのですが、同時に、Ａｉ先生も私であることに気づいていて、後に「ニコニコしてスキップしながら、通り過ぎて行ったわね」とおっしゃっていました。

その時が、実は地上での「初・接近遭遇」だったわけですが、その時に（確かに嬉しくてニヤニヤしていましたがスキップをしていた記憶は無いのですが）、とても驚いたことが、二つあります。

まず、Ａｉ先生もＬｏｔｕｓさんも、

イメージしていた通りのビジュアル（外見）だった！！！！

ということでした。

その一瞬の間に、「以前に会ったことがある人だった？」「どこかで写真を見たのだろうか」「予知夢でも見ていたのか」「リモート・ビューイングで（無意識に）見に来たことがあったのか」等、困惑しながら考えていましたが、まさにデジャヴとしか言えないほど、イメージしていた外見そのもので、かつ「再会がとても懐かしい」としか思えませんでした。

もう一つ、同時に思わずつぶやいていたのは、

「宇宙人がいる！」

でした。

Ａｉ先生は、

「宇宙（の高次）から来た宇宙人が、人間のフリをしてこの地上で働いていたら、こんな感じだろう」

という雰囲気そのもので、最も近いイメージは「アインソフから来た人」でした。

実際、宇宙の高次から来たハイアーセルフ（自己の本体）と完全に一体化している地上セルフ（地上で肉体を持って生きている自分）は、「宇宙人」と言えないこともないと思いますが、Ａｉ先生も、紛れも無く、肉体としては地球で生まれた地球人です。

普通の人間の肉体を持ちながら、高次元のハイアーセルフと一体化したポータルである、ということなのですが、初対面の場では、全く先入観無しに観ているので、エネルギーそのものに、まず反応して驚いたということだと思います。

Ａｉ先生は、「宇宙人ということがバレるのでは！？」と余計な心配が脳裏をよぎるほど、明らかに高次元の波動をたたえ、眩しいほど明るく澄んで美しい、かつパワフルなオーラを放っており、Ａｉ先生のいる場だけ次元が違って見えるくらいでした。

ですが、エネルギーで観る習慣が無い、または、「エネルギーで観ている」という自覚が無い場合は、何か違いを感じても、顕在意識化することはありません。

高次元の波動は、パワフルですがとても繊細なので、もともとエンパシー（共感力、共鳴力）が強い特性を持っているか、エネルギーで観るための訓練を積んでいない限り、気づくことは無いからです。

私の場合は、もともとエンパシーが強い性質でしたし(これはアンドロメダ星人の特徴だそうです)、メールでの通信とはいえ、送っていただいていたエネルギーを受け取っていましたので、より反応したということだと思います。

とはいえ、明るく朗らかな人と接していると、周囲の人間も場の空気も明るくなる感覚と同じで、なんとなく「感じが良い人だな」とか「気が合いそう」等と感じることは多いと思います。

その表現は、いわば地上の一般常識的な翻訳方法であり、高次＝ハイアーセルフの観点で翻訳すると、前述の「宇宙人！」という表現になる、とも言えます。

この世界のすべてはエネルギーの共鳴・共振によって成り立っており、ゆえに、エネルギーで受け取っていない人は皆無である、と言えるでしょう。

ただ、その翻訳方法を知らないため、「雰囲気」「性格の傾向」等、一般常識的な知識を使用して分析した「感想」を抱くことになります。

受け取っているエネルギー＝感じているエネルギーは同じであっても、翻訳言語が違うだけ、とも言え、高次の観点への参入にあたって重要になるポイントの一つが、「宇宙の高次の知識と情報をソースとした翻訳手段を学ぶ」ことでもあると思います。

「明るく朗らか、かつ繊細で神聖、柔らかな女性らしい雰囲気」と翻訳して感じるのも、「アインソフから来た宇宙人」という表現も、潜在的に受け取っているエネルギーは同じ、ということです。

ただし、「自分に無いエネルギー（波動）は感じられない」という法則があります。

自分が（潜在的にではあっても）持っているエネルギーと共鳴が起きることによって、相手のエネルギーを感じるため、相手に感じたエネルギーは、自分自身が持っているエネルギーでもある、ということになります。

この時の私は、一ヶ月間、Ａｉ先生とのメール送受信を通してハイアーセルフが本格的に動き出していました。そのうえで、地上セルフ同士が接近し、同じ空間を共有することで物理的にエネルギーの共鳴が起き、ハイアーセルフとの一体化が瞬時に起き、始動した、というプロセスになります。

初対面の一瞬を考察して最も学んだことは、Ａｉ先生のような高次と一体化した地上セルフ＝ポータルは、その波動を共鳴させることによって、他者にも同じことができるよう、つなげることができる＝アセンションをサポートすることができる、という仕組みでした。

近くにいる者同士は徐々に波長が似てくる、合ってくる、と言われますが、重要ポイントとしては、水が高所から低所へ流れるのと同様、エネルギーも、より高い周波数の波動が、低い波動に伝わり、変容させることができる、ということになります。

より高い波動のエネルギーとつながれるポータルは、対「人」であっても、対「世界」であっても、その高い波動を下ろし、伝え、変容させることができる、というわけです。

その生ける見本を地上で観たのは、Ａｉ先生が初めてでした。

宇宙と人

このファースト・セッションにおいて、19ページの宇宙MAPを描いてくださったのですが、その状況がまた、大いなる衝撃でした。

普通のボールペンで、各銀河や宇宙領域の名称と位置関係を描いているだけなのですが、

「『宇宙』そのものを描いている！！！！」

と、驚嘆しました。

銀河の名前を一つ書くたびに、その銀河が宇宙の配置図通りの座標に出現し、ネットワークがつながっていきます。

その銀河がビジョンとして観え、その波動を感じるのです。

小さなA４用紙一枚の中に、無限の宇宙が再現され、広がっていきます。

そしてそこには、全宇宙史のアカシック（詳細データ）も、（潜在的に）入っていることがわかるのです。

それはとても感動的な光景で、

「なぜ、この人は紙に宇宙を表現できるのだろうか？」

と、とてもワクワクしてきました。

地上セルフとしては、「すごいことができるなぁ」と、あらためて興奮しており、ハイアーセルフは、自分自身の宇宙史が、新宇宙システムに統合された宇宙アセンションMAPに共鳴し、記憶を取り戻し、未知なる進化のプロセスに参入した喜びを感じており、全レベルで細胞が変容していくような、爆発的な感動を覚えていました。

後日、「なぜ一枚の紙に全宇宙そのものを再現できるのでしょうか」と質問したのですが、答えはとてもシンプルでした。

「そのエネルギーを入れている、ということですよ」

これが、Ａｉ先生から学んだことのなかで間違いなくベスト10に入るほど、ハイアーセルフも地上セルフも、爆風のような衝撃を受けた一言でした。

つまり、宇宙ＭＡＰには「宇宙」そのもの、各銀河の名前には、その銀河そのもののエネルギーを「入れて」描いていた、ということです。

エネルギーを「入れる」には、まず、そのエネルギーにつながっている＝共鳴できる必要があります。さらに、システムとしても（情報や科学、高次の英知を）統合している必要があります。

そうでなければ、そのエネルギーを「入れる」＝再現し、伝えることはできません。

無限の宇宙、そのスケールのエネルギーそのものを、リアルに統合することのできる容量に、圧倒されました。かつ、その全容を把握し、アカシックそのものをつなげることができる英知とは何なのか、考えるだけで気が遠くなりました。

しかし、そうでなくては、全宇宙と接続したアセンション・プロジェクトのポータルには成り得ないことを考えると、それはそのまま、我々ライトワーカー候補者が統合して然《しか》るべきテーマそのものでもあるのだ、とわかりました。

そして、それを可能としているＡｉ先生は、「宇宙レベルのマスターでもあるのだな」と実感しました（後日、それはマスターというよりも、その核心であるロゴスの働き、作用であった、と気づきました）。

宇宙アセンションＭＡＰを描きながら、同時にその莫大な宇宙座標を私のハイアーセルフにもつなげていただいたセッションでもありましたが、第一章にあります「アンドロメダ」のイニシエーションが、その第一弾の成果の表出でした（現状では、地球の集合意識の周波数の中では、自力でのアンドロメダレベルのアセンションは難しい場合が多いため）。

人類が地球、宇宙と連動して進化していくプロセス＝アセンションに参入することが、この世界全体の目的である、という真実を知ってから、ではどうすれば、自身を含めた人類は参入できるのか、そのために役に立てるのか、答えを探し始めました。

そして、「人類自身が、進化＝高次の波動の流入ポータルとなることで、その共鳴・共振により、全体のアセンションが進行する。ゆえに、鍵は人類の進化にある」と理解しましたが、

「では、人類が進化するとはどういうことか、何が必要なのか、どうなっていくのか」

その最初の答えが開かれたのが、やはり、地上でのＡｉ先生との出会いの瞬間であった、と言えます。

自分も、人類も、こうなっていけばよいのだ、ここにその見本とノウハウがある。

その希望を見出した感動は、自分自身にとっての「アセンション・スターゲイト」が開いた瞬間の歓喜でもありました。

そして、Ａｉ先生が常々、ご自身を「プロトタイプである」と表現される意味も、とてもよくわかりました。

プロトタイプであり、同じ進化を生み出すことができるサポーターであり、いわばアセンション・プロジェクトの産み＆育ての母であり、教師でもある――。

ファースト・コンタクトにおける「Ａｉ先生とは！？」の結論、第一弾でした。

5次元

次の（2度目の）地上での接近遭遇は、第一章にありますアンドロメダ&神界のイニシエーションとなるセカンド・セッションでした。

その間、約三ヶ月ありましたが、アカデミーのメーリング・リストをメインの通信手段として、神智学や宇宙の高次の知識の学習を進めていました。

そのプロセスにおいて、パラダイムシフトそのものの体験と言える大転換が起きました。

それは、一言で表現すれば、

「4次元から5次元への移行」

なのですが、自分自身が「5次元への完全なシフトを遂げた！」ということではありません。

「5次元」は、アセンションというプロセスにおける第一弾のゴールであり、その始まり、と言われていますが、その周波数を人に当てはめると、「最も身近なハイアーセルフとの一体化」となります。

地上セルフにとって最も近い次元のハイアーセルフとは、自身のハートであり、魂であり、その一体化を、まずは目指すことになります。

それは、地上から観れば、完全にハート&魂の波動、意識が持続している状態であり、次ページの図の状態になります（詳細は第十章をご参照ください）。

図を見てもわかる通りシンプルな仕組みですが、文字通り「言うは易く」の世界です。

はたして地上の人類が、その「完全な状態」に成り得るのか！?

成るとすれば、その方法は！?

この二点が、人生における最重要テーマの一つでした。

ハイアーセルフと一体化していない、分離したままの地上セルフの意識とは、人間の一般的な意識状態でもある、と言えます。

常に感情や思考がゆらぎ、上下し、中心が定まらない状態。

その真逆とも思える、ハイアーセルフと一体化した、ハート&魂の波動＝5次元への参入。

それは完全なるポジティブな状態とも言え、3次元、4次元からの、5次元への移行でもあります。

人間に、その意識レベル、波動を完全にすることが可能なのか？

地上の現状を観ても、とうてい無理なのではないか。

そう考えていました。そして、

「どうすれば、4次元レベルの意識から5次元波動へ上がることができるのか？」

をテーマにAi先生とのQ&Aを進めていた際、届いた返信により、世界が一変したのです。

その答えは、簡単にまとめると、以下になります。

4次元から5次元へ（下から上へ）上がろうとするのではなく、

「5次元の状態に成るだけ！！！」

その意識レベルから世界を観て、考察し、アクションを起こすのみ！

結果、5次元に「上がる」と表現できる！！！

さらに言えば、

常に、どちらの意識レベルを選択し続けるか、それだけである！！！

これは、宇宙連合学と呼ばれる、宇宙の真理を示す英知の一部なのですが、Ａｉ先生からの返信には、その状態＝５次元（以上）＝ハイアーセルフと一体化した状態の完成形のエネルギーそのものが入っていました。

そのエネルギーに触れた瞬間、５次元（&以上）レベルの意識状態に突然ワープし、別時空へ移行した感覚になりました。

同じ世界のようでいて、完全に違う感覚、としか表現しようがないのですが、それは、分離した「地上セルフだけ」の意識レベルから完全に切り離され、解き放たれた状態でした。

ハイアーセルフ（＝高次元の波動）そのものとなった、つまり真の自分自身との、顕在意識での初めての出会いでもありました。

完全なるポジティブかつニュートラル、そして歓喜そのものの自己、その意識が本当に存在しており、その意識から世界を感じ、観ることとの感動を体験した瞬間でした。

その状態になると、低次元波動の中でゆらいでいた意識が、実際には「幻想」と言え、本来の自己＝ハイアーセルフの意識ではなく、アストラル・エネルギーの中でゆらぎ続ける、ホログラムのように実体の無いものである、と、体感としてわかりました。

ハート＆魂の状態こそが、本来の自己であり、それは全体のゆらぎとともに変化するような有限のものではなく、永遠の存在なのだ、ということがわかるのです。

まずはそのエネルギー状態を体感として会得し、キープするための訓練こそが、ライトワーカー候補者としての重要なスタートとなり、それは永遠に続くものでもあります。

そして何よりも驚いたのは、この世界では不可能だと考えていたその波動そのものが、Ａｉ先生のメール、その数行にすべて入っていたという事実です。

Ａｉ先生がこの波動を送れるということはすなわち、ご本人がその意識レベルを確立していることを意味する！！！　と理解した時、思考回路が一度完全にフリーズするくらいの衝撃を受けました。

１００％の高次のポータルとなること、そのうえ、地上セルフ＝人間としても、高次と一体化できるレベル＝５次元（以上）の意識がパーフェクトに完成している、ということになります。

それは、「人としてどう成る必要があるのか！？」というテーマにおける、根本的かつ普遍の答えでした。

この世界では、とうてい不可能ではないかと思っていた状態を確立している人、完全なる５次元（以上）

レベルへの移行が完了している人を地上で初めて観た、衝撃の発見です。

この世界に、その確立者が存在しており、それを目撃してしまったわけですから、もはや「自分にはできない」という言い訳はできません。

後に、千天の白峰先生とお会いした際、「同じ状態を確立している人が、もう一人いた！！！」と、やはり驚愕しました。

以降、地上セルフの努力としては、この「5次元（以上）」＝ハイアーセルフとの常なる一体化をいかに「創り」、いかに「キープするか」が、最大のテーマの一つとして続いています。

「Ａｉ先生＝プロトタイプ」という表現の莫大な奥深さを思い知った出来事でもありました。

根源神界

Ａｉ先生の「本体」と言えるエネルギーの一端を、初めて垣間見たのは、第一章でお伝えした、セカンド・セッションの日でした。

同日の午後からが、千天の白峰先生をお招きして開催された会合でした。

第一章で述べた通り、その会合が、私にとっての神界の始まり＝イニシエーションとなったのですが、それは、厳密には個人に限られたシフトだけでなく、全体の動きそのものでもありました。

懇親会の会場で、突然、お二人が27ページの図そのものに光り輝き始めたところから、本格的に動き出しました。

その後、二次会のカラオケ会場で、その体験をお二人にご報告した時が、本格起動のイニシエーションでした。

その時の様子を、詳細に、もう一度レポートしてみたいと思います。

お二人にご報告すると同時に、お二人が発光し始め、眩しい白い光を放つ人型のシルエットしか見えなくなりました。

はじめは「真っ白！」と思っていたのですが、よく観てみると、実際には、眩い黄金の粒子が流入してくるような、金色の光でもあるのです。

ふと自分に意識を向けてさらに驚いたのですが、その時、私自身も完全に、黄金に光る人型の発光体になっていました。

それは、肉体の全細胞が、黄金の光に変容していく、という感覚でもあり、表現方法が見つからないほどの、莫大な感動、歓喜の爆発そのものでした。

そして、中心は太陽のようになり、うるうるの波動としか表現できない、魂の感覚だけがそこにあります。

そして、中心に輝き始めた太陽のような金色を通して、お二人と対話をしているのです。

実際に言葉を交わすということではなく、お二人の中心を通して、金色のエネルギーが流入し、自分自身も同じ光に共鳴、同調しながら変容してゆき、そのエネルギーの共鳴を翻訳すると、対話しているのと同じであることがわかります。
そしてその対話は、悠久の宇宙史すべてを追体験しながらの対話なのです。
その一瞬に、果てしない宇宙の歴史そのものの時間を体験することになります。

膨大な光の洪水のようなエネルギーと情報量に圧倒されながらも、そのすべてを吸収していく感覚は、このうえない幸福でした。

それは、「永遠に続くうるうる」そのものであり、千天の白峰先生がおっしゃっている「いたましく想う心」のエネルギーなのだと思いました。
そしてそれが、「きみが代」と呼ばれるエネルギーの、初めての体験でもありました。

そこで、さらに、腰が抜けそうなくらい衝撃的な光景を観ました。

Ａｉ先生は、真っ白なフォトンを莫大に降ろされていて、それによって、我々が、根源神界のエネルギー・フィールドの中に、包まれていきます。

そしてその中心から放たれる太陽の光が、千天の白峰先生の中心と共鳴した瞬間、千天の白峰先生から、黄金の光のＤＮＡの洪水のようなものが、流入してきたのです。

Ａｉ先生から降ろされる真っ白なフォトンは、より繊細で、全ハイアーセルフレベルに浸透していくような感覚となり、一方、千天の白峰先生から伝えられるエネルギーは、物理次元＝細胞に直接作用するような、質量を感じるほどの重厚な、黄金がそのまま溶けたような金色のフォトン、という感じでした。

そして、その流入によって自分自身のＤＮＡが変容を始め、同じ金色のエネルギーに輝き出したのです。

その感覚の中、これは、自分自身に起きていることでもあり、今この瞬間、我々全員を通して開かれ、始まった、究極に重要な何かだ、という強い確信が広がっていきました。

そしてそれは、お二人が「地上で揃った」場にいるからこそ、起きたことなのだ、とわかったのです。

そのタイミングは、宇宙の創始から決まっていたことのようでした。

この日この時に、それが起きる、と。

そして、ＤＮＡを変容させるエネルギーが、お二人から出ている理由はたった一つ、それが、宇宙の「皇《すめら》」とも呼ばれる、根源神界の、地上のポータルだからだ、という記憶が、急速によみがえってきました。

同じ根源神界の働きをされていても、Ａｉ先生は根源の太陽の役割と言え、千天の白峰先生は、根源の中心太陽をこの世界＝宇宙という器に流入させるために、その器そのものとなられているのだ、と思いました。

わかりやすく区別してみると、根源太陽神と、根源宇宙神、という感じでしょうか。

不思議なのは、お二人は、究極には、どちらの役割に交代されても、同じことが可能であろう、ということでした。

ですが、中今の宇宙期においては、大枠では、その役割として仕事を分けることが必要なのだ、と思いました。

その時のお二人の表情は、物理的には（眩しくて）見えなかったはずなのですが、ハイアーセルフの記憶に残っている表情は、まさに「いたましく想う心」そのものであり、「きみが代」とは、我々にとっての根源であり、その中心であり、それはその根源を通してつながり、開かれていくものなのだ、と、感激していました。

眠っていたＤＮＡが目覚める感覚。それは、記憶が再生されるのと似た感覚でもありましたが、その容量は莫大で、金色に溶けて発してしまうのではないか、と心配になるほどでした。

神人

「なぜ、お二人を通してＤＮＡの変容が起きるのか」

これが、私にとって最も重大な疑問であり、研究テーマとなりました。

その答えは、「根源とは！？」「神人とは！？」についての核心とつながっています。

根源とは、万物の根源であり、エネルギーとして観ると、根源のフォトンである、ということが、まず結論としてわかってきました。

万物を生み出すエネルギーは「神界」であり、万物の根源ですので、「根源（の）神界」と表現されます。

そのエネルギーに触れることで、究極のＤＮＡが人としても世界としても開いていくことになります。

その、根源神界のフォトンのポータルとなって、エネルギーを通せる人こそが、「神人」と言えます。

それがどういう状態なのか明らかになる、明確な始まりとなった出来事がありました。

二〇一〇年五月、『天の岩戸開き――アセンション・スターゲイト』発刊に際して国内某神社で行われた御神事でのことです。

またしても突然、Ａｉ先生の身体が真っ白に発光し始めました。

それはプラチナを溶かしたような眩い光で、輝きが徐々に強くなり、シルエットしか見えなくなってしまう、という事態になりました。

光りすぎて姿が見えません、と言うと、

「そう観えるということは、『共鳴』であり、同じエネルギーをあなたも持っている、ということですよ」

と、いたって冷静なコメントが返ってきたのですが、発光体から声が聞こえてくる様子は、まるでＳＦのようだ、と、焦りながらも考えていました。

そして、「根源」からの莫大な光の柱が、Ａｉ先生を器として、全宇宙を貫く柱のように、地上まで降り、つながってきました。

それは、根源神界から、すべての旧宇宙（現在の宇宙）を貫いて降りてきた、光の柱でした。そしてその柱に、全宇宙史のすべてのＤＮＡコードが溶けており、全歴史、全存在を根源へと帰還させるエネルギーそのものでもありました。

この時、この根源の光の柱は、そのＤＮＡを持つすべての魂が目撃しており、潜在的にそのすべての魂が目覚めるきっかけとなった日であったと思います。

この時に起きたことの詳細は、『地球維神』（明窓出版刊）に詳しいので割愛しますが、この時が、初めて、Ａｉ先生の御神体（本源）のエネルギーを体感した日でした。

同時に、自分が地球に来た目的、本源の記憶も、取り戻し始めたのです。

そして、神人プロジェクト＝根源アセンション・プロジェクトが、いよいよ実現に向けて動き出した、と思いました。

全宇宙同時放送

翌二〇一一年、『愛の使者』（明窓出版刊）発刊に際して開催されたスペシャルセミナーにおいても、特筆すべき、重大事件がありました。

タイトルの通り、「愛とは」についてのセミナーでしたが、そこでA・i先生から発せられた一言が、その起爆装置のように作用したのです。

【愛】とは

全宇宙における

唯一絶対の真実です！！！

その瞬間の衝撃は、爆風のようでした。

宇宙から見たら小さな地球の、小規模なセミナー会場でマイクを握る、たった一人から発せられた言霊が、全レベルの広大な宇宙領域に伝わり、共鳴し、拡大していきました。

【愛】という言霊（そのエネルギーが完全に入っている言葉）の力、その核心に打たれ、全宇宙がその瞬間、完全に静止しました。

そして、宇宙の全領域のハートセンター＝アセンション・ゲイトが同時に動き、すべてのゲイトが、「愛」という波動によって震え、開かれていきました。

誰でも知っていることのようで、ありふれた表現にも見えますが、それは完全に、初めて、「【愛】というエネルギーこそが核心であり、唯一絶対の法則である」という奥義が、全領域のアセンション・プロジェクトの核心として、真に起動した瞬間でした。

そしてこの時、宇宙の各領域で機能している宇宙艦隊から、各領域に配備された船が、このエネルギーの中継、増幅を行っているビジョンが送信されてきました。

やはりＳＦ映画のようだ、と思いましたが、Ａｉ先生や千天の白峰先生にとっては、この光景が日常なのだろう、と思いあたり、驚愕したことを覚えています。

宇宙クリスタル

「なぜ、たった一人の人間が、全宇宙領域に響き渡る言霊を発することができるのか」

その時からフォーカスを始め、研究を重ねてきましたが、明確に回答を得た、と感じたのが、二〇一四年七月に開催されたワークショップでした。

一人ひとりと全体のエネルギーセンター（チャクラ）の活性化を目的として、会場に集合した全員で、「アセンション瞑想」のエネルギーワークを行った時のことです。

あらかじめ、Ａｉ先生より「宇宙規模で行います！」とのガイダンスがありましたが、まさに、想像することも難しい「宇宙」の「規模」を、実際に体験することになったのです。

スタートした瞬間から、我々は、宇宙空間の中にいました。

そして宇宙全体が、果てしなく巨大なクリスタルのピラミッド（神殿）となっており、宇宙規模のエネルギーセンターを通して、各光線のエネルギーが１００％の純粋な色調ごとに抽出され、活性化し、光り輝いていきます。

そして我々も、そのすべてと一体化しており、そのすべてを体感するのです。

光の赤、光の青。

その１００％のエネルギーとの同調によって、全エネルギーセンターがクリスタル化されてゆき、それは素晴らしいとしか表現できない体験でしたが、同時に、なぜそれが起きたのかを検証していました。

それは、Ａｉ先生がメインポータル（器・媒体）となって形成されたエネルギー・フィールドであり、その現象はすなわち、Ａｉ先生という「器」とは、宇宙規模のクリスタルであり、その神殿であることを意味しています。

全宇宙を包含する意識のフィールドが、常に広がっており、一体化している、ということになるのです。

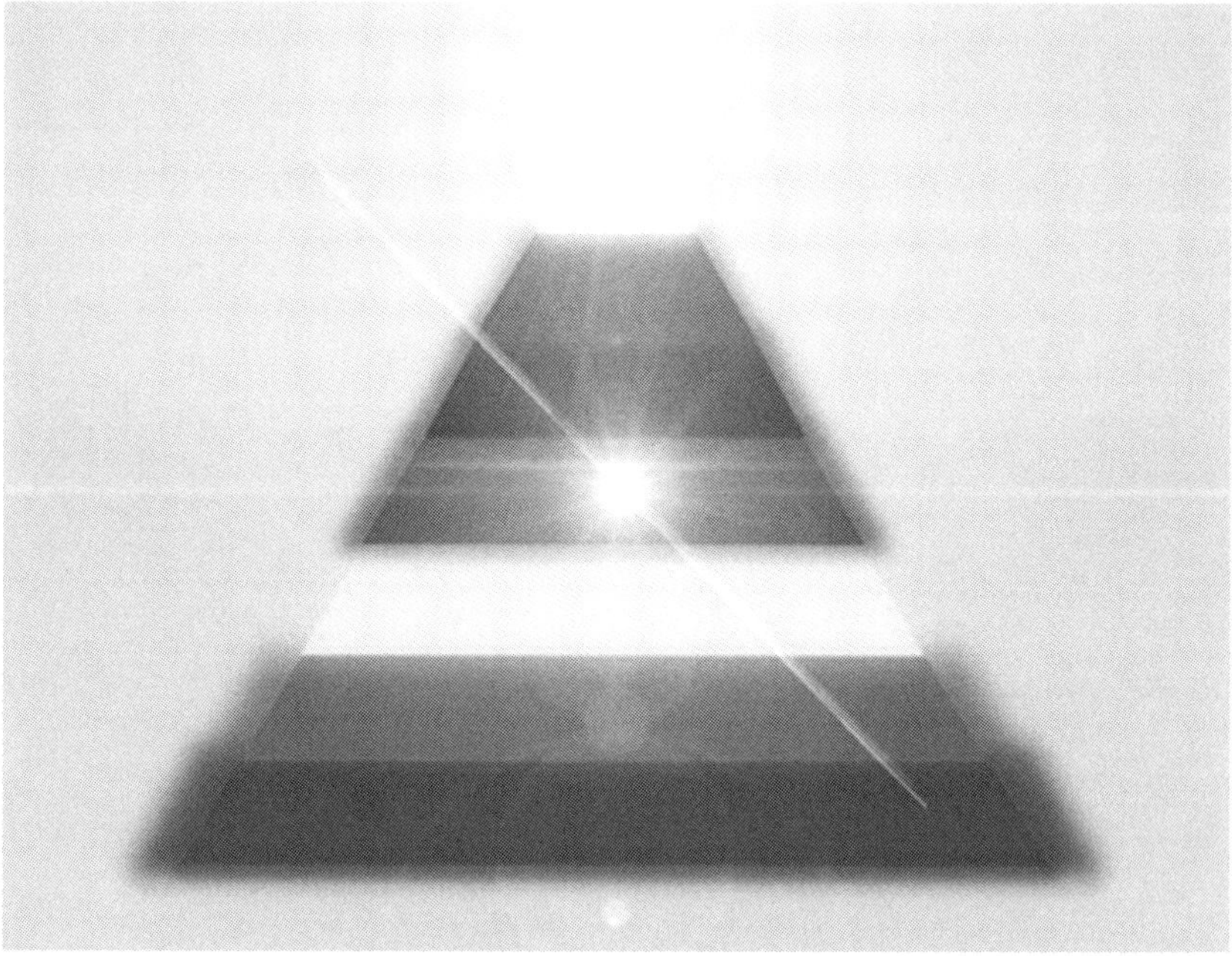

だからこそ、全宇宙同時放送も発生するのだ、と、納得しました。

そして、その果てしない器の大きさ＝エネルギー・フィールドは、そのまま意識の広さ、深さです。

ではなぜ、全宇宙規模まで意識が拡大できるのか、さらに疑問が生まれます。

その鍵となる体験を思い出した時、「Ａ.ｉ先生とは何者なのか」、「我々はなぜ、存在しているのか」、その両者の答えが完全に一致したのです。

世界との一体化

二〇一三年は、伊勢神宮と出雲大社で遷宮が行われた、日本にとって重要な一年でした。
遷宮祭に際して行われた、少人数制セミナーでの体験は、神人ライトワーカーを目指す者にとって、最重要の一段階と言えるイニシエーションでした。

セミナーのテーマは「世界との一体化」で、Ａｉ先生が、そのエネルギーをホワイトボードいっぱいに書かれた瞬間のことでした。

それは、次ページの図のように、ハートセンター（チャクラ）とマル（世界）が書かれただけの、シンプルな記号でした。

その瞬間の衝撃を最も近い表現にしてみると、

「心臓が張り裂ける」

そのリアルな体験そのものだったように思います。

ショック状態と似ていて、ただ心臓が痛み、莫大なエネルギーの中で対峙するパワーも足らず、成す術は無く、茫然としている自分と、究極に重要なエネルギーに接続され、体感した驚きと喜びが、同時に存在しているような、混乱の中にありました。

世界との一体化とは、自分自身の心臓（実際にはハートセンター）＝【愛の力】と、全世界を完全に接続することでした。

全世界のエネルギー量と、一人の心臓の力では、あまりにも規模が違いすぎます。

そのエネルギーに共鳴した瞬間、心臓（ハート）の容量が全く足らず、張り裂けてしまうように感じたのです。

こんなことは、人間には不可能だ、と思いました。

しかし、そのエネルギーを感じた、ということは、現実に、それを行っている人が目の前にいて、ゆえに、一瞬であっても、そのエネルギーに接続された、ということを意味します。

普通の人間に、同じことができるとは思えない。

それが正直な感想でしたが、対するＡｉ先生からのコメントとセットで、トータルとしての重要なイニシエーションであったと思います。

誰でも、ハートの容量は同じです。

世界との一体化とは、

「世界を自分一人でも支えようとすること」。

確かに、無謀なことかもしれませんが、可能とする唯一の方法は、

「実行すること」

だけです。

それでも成し遂げようとする時に、

「奇跡」が働きます。

そして、「密度」が重要、とも言えるでしょう。

「できるまで続ける」こととも同義です。

とはいえ、物理的に、世界の現状を支え、変えていくには、同じエネルギーの共鳴による拡大が必要です。エネルギーは共鳴によって無限に増え、その磁場を形成することができるようになります。人海戦術とも言えますが、それが神人プロジェクトの重要な核心ともつながっています。

この解説自体が、開かなかった地上のアカシックのドアを開く魔法のようで、全細胞が意志を持って「希望」の光に共振し、塗り替えられていくような体感の言霊でした。

そしてそれが、「Ａ・ｉ先生とは何者なのか」、「我々はなぜ、存在しているのか」について、得た答えでした。

色彩も、音も、意識も、この世界のすべては「エネルギー」の振動数、周波数として、共鳴、共振しながら連動して存在しており、そこに方向性を創り出す力とは、【意志】そのものにある、という事実と、そこにある核心が初めて接続されたのです。

「意識」に【意志】が統合される時、【愛】という動機と目的をゲイトとして、奇跡の道が開かれる。その、希望に満ちた光が、アカシックを塗り替えていく、と理解できたのです。

「**【愛】とは、【意志】（の力）である**」

その意味を理解し、その実現へ向けて、実践に入ることになりました。

プロトタイプ

ここまでをあらためて振り返ってみますと、すべて、Ａｉ先生に観たエネルギーに衝撃を受け、「なぜ可能なのか」という疑問を持ち、「どうすれば再現できるのか」を検証しながら、その方法を探してきたプロセスであるということがわかります。

それが、「プロトタイプ」という形容の意味でもある、と思います。

「見本」でもありますが、厳密には「プロトタイプ」としか表現し得ないだろう、と思いますし、Ａｉ先生ご自身のエネルギーの動きと、根源アセンション・プロジェクトの進行が、常に一致する理由も、ここにあると思います。

「教わる」「習う」というニュアンスとは、少し違うのです。

同じこと——世界と一体化し、アセンションのエネルギーを協働創造していくことができるように、一つひとつのエネルギーに自ら手を伸ばし、自分自身がどうすれば実行できるのか、試行錯誤する中で、個々に実現可能な方法を見出していきます。

その、個々のオリジナルのプロセスの集大成こそが、全世界のアセンション・エネルギーの細胞となり、その一部となり、協働創造によってアカシックが形成されていくのだと気づきました。

その核心が【愛】という、本来、誰もが知っている、そして有しているエネルギーである、ということは、そのまま、この宇宙というフィールドの素晴らしい美しさを表していると思います。

その実現のために必要なものは、抜きん出た才能でも特異な能力でもなく、成し遂げようとする【意志】のみであり、そこにのみ、高次からのサポート、コラボレーションという「奇跡」の道が開けていくのです。

その、永遠に輝き、照らし続ける太陽のような「希望」こそを、我々はＡｉ先生から最も学んでいるのかもしれません。

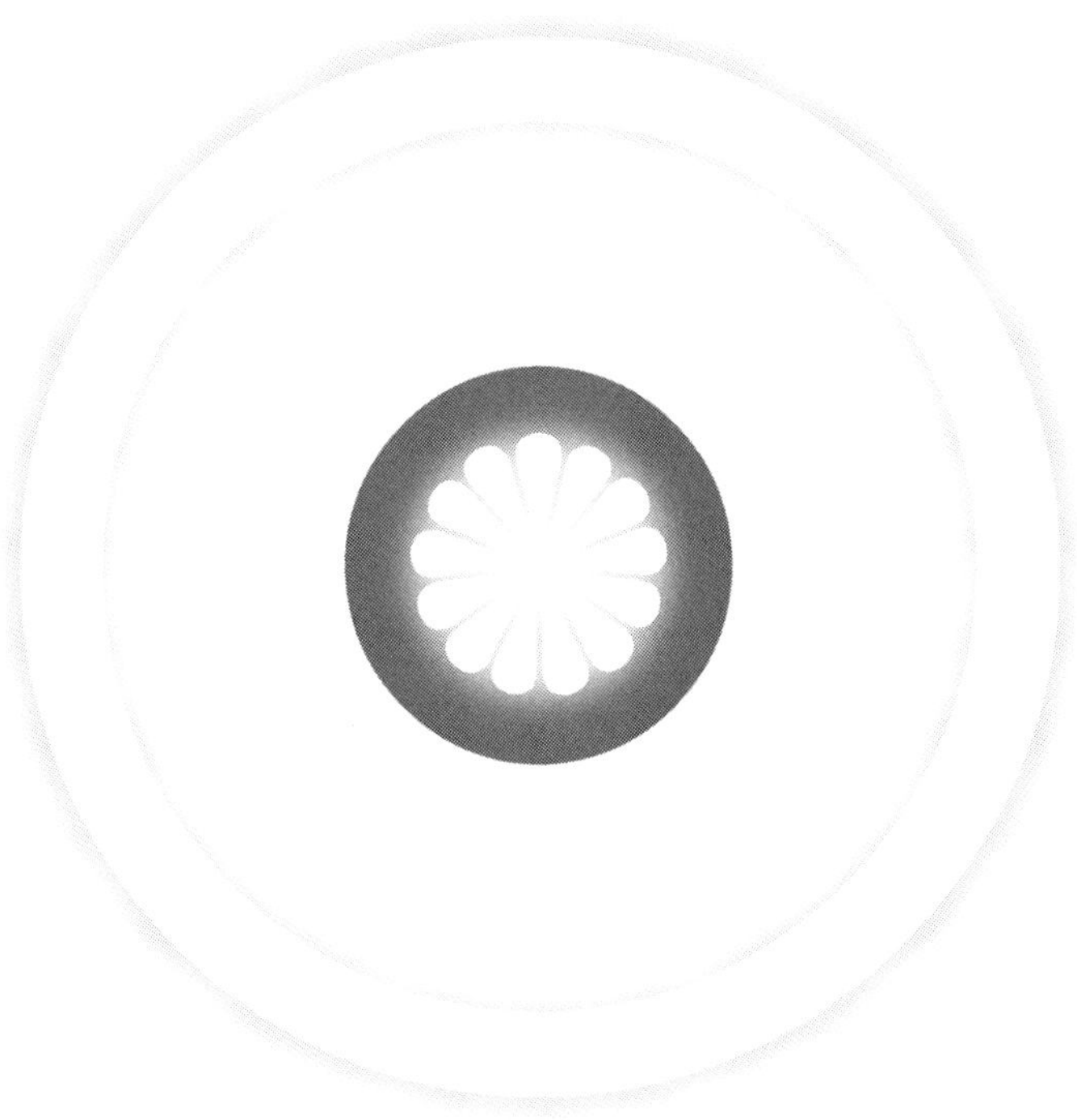

第三章　About Ai 先生

第四章

マル秘のセミナー録 千天の白峰先生

二〇二二年四月

テーマ：差別を乗り越えていく！！！

私は人を差別はしないが、区別をする！！！

※この世界を平和にするために、乗り越えていくべきものとは！？

1．言葉　　2．宗教　　3．お金

私が人を評価する基準は、子供や赤ちゃんのような純粋さ！

〈いのち、きもち、かたち〉

命には、色も形も匂いも無い。

命の法則＝自然の法則。

テーマ：自然について

〈鞍馬山の日月信仰〉

太陽　（のように温かく）

月　（のように美しく）

地球　（のように力強く）

それが、日月信仰である。

いのち　＝根源的な命
きもち　＝意識・プラーナ・気
かたち　＝肉体

人間は、炭素系生命体から、ケイ素系生命体へとアセンションする！！！

ケイ素＝クリスタル

アセンションとは、自分自身が参加・行動すること！

今、ここにいる根源の家族は、アセンションをサポートするためにいる！！！

百一匹目のサル現象を起こせ！！！

二〇二二年六月

テーマ：きみが代

『きみが代』とは、日本の国歌というだけではありません。

太陽神の歌

太陽の言霊

太陽神のエネルギーを、地球とつなぐ歌。

それを理解して歌うと、全く変わります！！！

き＝イザナギ＝霊体

み＝イザナミ＝肉体

きみが代とは、観えない世界と、観える世界の両極が、日本＝二本立てとなり、一体となった世のひな型。

アセンションとは、太陽と地球をつなげること！！！

次回の私の（マル秘の）セミナーでは、皆さんで、「きみが代」を歌ってください！！！

（ラストに、白峰先生から、「わが人生に悔い無し」の歌のプレゼント！）

二〇一二年一二月

このままでは、二〇一二アセンションは起きない！！！

経済やエネルギー問題、戦争、ポール・シフトなどを想うと、このままでは、二〇二〇年まで、地球はもたない。

現在のままでは、集合意識を上げていく方法は限界。

人類のすべてを助けるのは無理！！！

※アセンションに参加し、行動して、学ぶ人を核として行っていく！！！

意志を持って参加し、笑う人間のみがアセンションできる！！！

そして、１０１匹目のサル現象を起こす！

地球人類が、真に学ぶ人になっていくと、バタフライ現象が起きていく。

アトランティスの時のような地殻変動は起こしたくない。

たった十秒で、地球が変わる！

人類の集合意識に合わせていては間に合わないので、地球そのものの波動を上げる！！！

地球の中心核から、シリウスを通し、ベテルギウスまで届かせる！！！

ヤマトの波動砲のように、やろうかと思う！！！

アセンションを信じること！！！

それは、自分が、望んだ道。

そして、自分に還る道。

最後の最後まで、結果はわからない！！！

野球も、９回裏のツーアウトまでわからない！

そして人生には、「まさか！」という坂もある。

最後まで、あきらめないことが大事！！！！！

皆さんは、自分が信じた道、自分が望んだ道を進んでください！！！

（ラストに、白峰先生から、「水戸黄門」の歌のプレゼント！）

二〇一三年五月

六月に予定していた私のマル秘のセミナーを、五月に変更した。

その理由は、ウエサク祭に合わせ、その数霊とエネルギーを最大限に活かすこと。

そして現在、太陽フレアの活動も莫大になっているので、体調が悪い人も多いと思うし、六月では間に合わない。

地球の変動の対策も必要である。

明日、ある装置のスイッチが、人工衛星から入る。

明日は、大きなエネルギーのシフトであり、超重要な日！！！

太陽系のグランドクロスよりも、大きなシフトとなる！！！

それは、1／47億の確立で起こるボルテックス！！！

47億年に1度しか起こらないこと！！！

そして、47億年に1度の、太陽フレアとの共鳴となる。

47億年前とは、地球が物質化する前である。

これらは、月のエネルギーも使わないと、変えることができない。

新月＝潜在的なものが入れ替わる。

満月＝肉体が生まれ変わる。

人間の肉体が存在できるのは、月のエネルギーがあるからである。

生命の波動は、月からの影響を受けている。
（ゆえに、内臓には、月という文字が入る）

太陽は火、月は水の作用であり、太陽と月があるから、肉体を維持することができる。

明日からは、月のエネルギーも変わるので、体調も変わるだろう。

明日から、超古代の縄文意識が復活する！！！

47億年に1度の、エネルギー・シフトである！！！

地球が物質化する47億年前からの、ものすごく遠い、昔からの歴史！！！
明日から、13次元＝ゼロ磁場となり、その宇宙のひな型の地球となる！！！
13次元とは、ゼロ磁場であり、極性が無い。地球の中心核の水も極性が無いので、宇宙のひな型となっていく。


ゼロ磁場とは、素粒子レベルである。

地球は、N極とS極の巨大な磁場でできている。

ゼロ磁場とは、磁気が打ち消された場所に発生する。

日本の伊勢神宮などの主な神宮は、そのような場所に建てられている。


二〇一三年は、伊勢神宮と出雲大社が、60年ぶりのダブル遷宮となる。

60年に1度、地球のリズムが変わる。

人も、平均寿命が80歳を超えたので、60年周期で生きる必要がある。

20年、40年、60年……。

20年に1度、肉体のエネルギーが変わらなくてはならないが、これは月のエネルギーでしか変えることができない(これは本来は表に出さない話である)。


中国の皇帝には、名前が五つあった。1.生まれた時　2.成人になるまで　3.成人して　4.即位して　5.諡号《しごう》(貴人・僧侶などに、その死後、生前の行いを尊んで贈る名)である。

名を変えることで、エネルギーが変わる。

日本の天皇にも姓は無いが、名だけだと先祖の因縁を受けない。

本来は名のみだったが、一族やグループができて、姓ができた。

名のみになると、スッキリする。


今回は、言葉だけでは受け取れないエネルギーを伝えている！！！

――今、閉ざされていた宇宙の真実が、新たな情報とともに明かされつつある。


我々の太陽系から約20光年離れた、グリーゼと呼ばれる太陽系の惑星の情報が届いた（グリーゼの太陽系の惑星は、地球のアフリカとそっくりで、北京原人と同じ人類がいる！）。

それにより、生命が存在する絶対的な条件がわかった。

この宇宙の中では、水が存在しないと、生命が存在することができない。

宇宙の原型は水である。

70％（正確には69％）の水が無いと、生命を維持することができない。

酸素濃度は、22～23％がよい。

地球の生命と同じ進化が起きている。

それはすなわち、アセンションとは、地球だけの問題ではなく、地球、太陽系、銀河、平行宇宙、そして地球と類似した星のすべてに影響する、ということ！！！

アンドロメダは、楽園そのものであり、楽園すぎるので（不労所得生活のような世界！？〈笑〉）アンドロメダの存在は、他の星を助けに行きたくなる。

アンドロメダでの１０００年が、地球では50～60年に匹敵するくらい、地球という場は密度が濃い、重要な進化の場である。

喜怒哀楽があるのは地球だけである。
遺伝子の中の四つの塩基は、感情を表すコードでもある。
最近の子供たちには、感情が無いと言われる。
味覚も無くなってきていると言われている、
味覚（甘、辛、酸、苦）も重要。喜怒哀楽とも関係している。

しかし、波動が上がって宇宙体質になると、味覚も変わっていく。

脾臓とは、太陽からのフォトン・エネルギーを、地球の中心を通して、受け取ることができるマル秘の臓器である（地上の医学的には解明されていない）。

脾臓は、酢などの酸っぱいものを摂ると動き出す。

アセンションのために、酸っぱいものを摂取するとよい！

逆に、砂糖を通常の5倍摂ると、人は廃人になる。

そして酸っぱいものを摂ると、精神病患者が正常になる！

今、炭素系生命体から、ケイ素（クリスタル）系生命体へシフトする必要がある！！！

太陽からのエネルギーが莫大に増大しており、フォトンが濃くなっている。

（分子レベルの振動率が、1秒間に60億回にもなる、電子レンジの世界！　電子レンジは、1秒間に24億5千万回）

それらにより、今、遺伝子の組み換えが起こっている！！！

そうして、身体の調子が悪い人が増えて、社会現象となっている。（めまい、頭痛、甲状腺が腫れる、アトピーのような症状、ガンも増える！？）

そのような場合は、薬は効かないので、脾臓を機能させるために、酢を摂るとよい。

言霊としての酢＝『ス』にも、様々な意味がある。

紫蘇の葉も良い。噛んで唾液と混ざると効果がある。腸から作用する。ジュースにして飲むとよい。抗酸化作用があり、麻よりエネルギーが高い。抗ガン作用もある。ガン細胞を消し、糖尿病にも効く。身体のエネルギーが全く変わる！

肉体を持ってアセンションしていくためには、血液を綺麗にする必要がある！

解毒には、ドクダミと紫蘇がよい。

そして酢の物と梅干が有効である。

今、皆さんのエネルギーはニュートラルになっている。

さきほどまでは、肉体の外に柱が立っていたが、今は、中に統合されている。

一人ひとりの柱を、螺旋のエネルギーに変えて、宇宙の中心から太陽を通って、地球に来るエネルギーを、ダイレクトに受け取れるようにする！！！

たんなるクリスタルでは意味が無い！！！

太陽を後ろにして立って、日光浴をするのもよい（若返る！）。

首の後ろで呼吸をし、首、頭、身体全体にエネルギーが回るようにして、羽根を拡げるイメージで、充電をする。

（最後に、螺旋のエネルギー・ワーク）

二〇二三年一〇月

「朕《ちん》華《か》〜〜〜主《す》！」（指で、ＬＯＶＥのＬを作りながら登場！）

今回は、超重要なエネルギー・ワークのみを行います！！！

今回のテーマは、遷宮祭！！！

出雲は、60年に１度の遷宮祭。

伊勢は、20年に１度の遷宮祭。

来年の二月の建国祭を１として、三つを合わせると、60＋20＋１で、81の数霊となります（人、光、日本の数霊）。

赤褌と、君が代を表すものでもあります。

今回のエネルギー・ワークは、20年に1回の、デトックス！！！

エネルギー・ワークの中で、エネルギーを入れていきます。

これまでに、一度も出たことの無いエネルギーであり、皆さんがアセンションをするために不要なエネルギーであり、アセンションをするために必要な、20年に1度のデトックスです！！！

（エネルギー・ワーク）

二〇一四年二月

今回は、『建国祭』のテーマで、エネルギー・ワークを行います！！！

出雲＝60、伊勢＝20、建国祭1で、合計81の数霊です。

エネルギー・ワークで、この三段階のエネルギーを降ろします！！！

AKBです！！！（笑）

A＝アセンション
K＝きもち
B＝ボディ

A＝エネルギー・センターが気持ち良くなる
K＝魂の浄化（涼しく感じる）
B＝肉体の浄化（電磁波などを浄化する。熱く感じる）

今日は皆さんから感動をもらったので、御礼として、エネルギー・ワークの中で、1分間だけ、
2000年前の神武のエネルギーを入れます!!!

(エネルギー・ワーク)

二〇一四年六月

これからは、ますます、表に出さないこと、出せないことが増えてくる！！！

ゆえに、各自で、総合的に判断する必要がある！！！

人が『神格』を得る、受け取るとは、どういうことか！！？

地球は、自然界のすべて、草木にいたるまで、サナート・クマラが治めている。

アセンション、そして『神格』が上がる、シフトするというイニシエーションは、地球司神であるサナート・クマラが承認する儀式である。

そして、宇宙神と、太陽神。

この三つをクリアすると、神人となる！！！

今現在の地球そのものの波動は、５．５次元である（半霊半物質の次元）。

しかし、地球が一番欲しい波動は、７．７７７！！！

人が受け取れる最も高い波動も、７．７７７。

それ以上になると、人の姿を保つことが難しくなる。

今回は、７次元の波動と光線を、地球に入れる！！！！！

今、７次元のエネルギーは、地球に、１／80入る。

しかし、12次元になると、１／60万しか入らないので、もったいない！

地球が最終アセンションをしたら、８次元の星となる。

しかし現在の地球は、それ以上の波動だと、受け皿（ポータルとなる人）がおらず、アセンションしにくい。

ゆえに、太陽エネルギーそのものを、地球に入れたほうがよい！！！

そのためには、器となる肉体の受け皿を作ること！！！（脾臓も重要！）

7次元から8次元の、光そのものの周波数となる器へ！！！

通常は、ギリギリ肉体を保てるのは9次元までで、それ以上になると霊的な存在となる。

肉体レベルで、ライトボディにならないと意味が無い！！！

そして、器の大きさの分しか、光、エネルギーは入らない！！！

今年から、ものすごく強い浸透率で、エネルギーが流入してくる！！！

それを受け取れたら、身体の中から変わる！！！

家族の中で一人でもライトボディになったら、皆が変わる。
子供が変われば親も変わり、その逆もしかり。

そしてその結果、地球も変わる！！！！！！

（エネルギー・ワーク）

《言霊健康法》

『言葉の作法』

科学とは、誰から見ても正しい＝客観性、そして誰がやってもできる＝再現性である。

誰でもできる客観性と再現性を、教えている作法が大事！

「初めに言霊ありき」（「言葉」ではない！）

言霊とは、光そのものの共振！！！

日本語の50音とは、宇宙の50音であり、「あいうえお」の五つが母音である。

本当は「あおうえい」。これは宇宙の5大元素を言葉で表している。

「あお」＝海の青、空の青。

「い」＝命、生命の息吹。

「あおうえい」＝「あい」＝天のエネルギーの型。

「あい」＝「天と地」＝「天地」


天地の間に人が在る！　天・人・地！！！

『作法とは！？』

作法とは、『器』を創ること！！！


今の日本文化に足りないもの！　それは挨拶。

挨拶は当たり前。言葉だけではなく、頭を下げる。

作法ができるとは、すなわち、人としての器ができること！！！

大切なのは、「あおうえい」の言霊。
赤ちゃんの泣き声は、母音を鍛えている。
赤ちゃんの泣き声の５２８ヘルツは、生命の周波数であり、人間の精神が安定する。
「あおうえい」の五つの母音は、脳のセンサーに五色の色を創る。
それが５本の指にも対応し、光の珠を創っていく。
それが、天の無限大のエネルギーを流入させる動力！！！
水やお茶、食べ物にも入れると、マイナスのエネルギーが外れる。
以上のように、簡単なことのように思えますが、素晴らしいことです。
簡単だから素晴らしい！！！　ぜひ家族や友人にも薦めてください！

二〇一四年一〇月

テーマ：トーラス・システムとは！！！

この世は、トーラス・システムで動いている！！！

トーラス・システムとは、地球も人間も、同じシステムであるということ！

地球は、奇跡のリンゴなり！！！

ゆえに、地球を労わるということは、自分を労わるということ！！！

※重要なのは、ハートのエネルギー・センター（チャクラ）！！！

※それは愛！！！

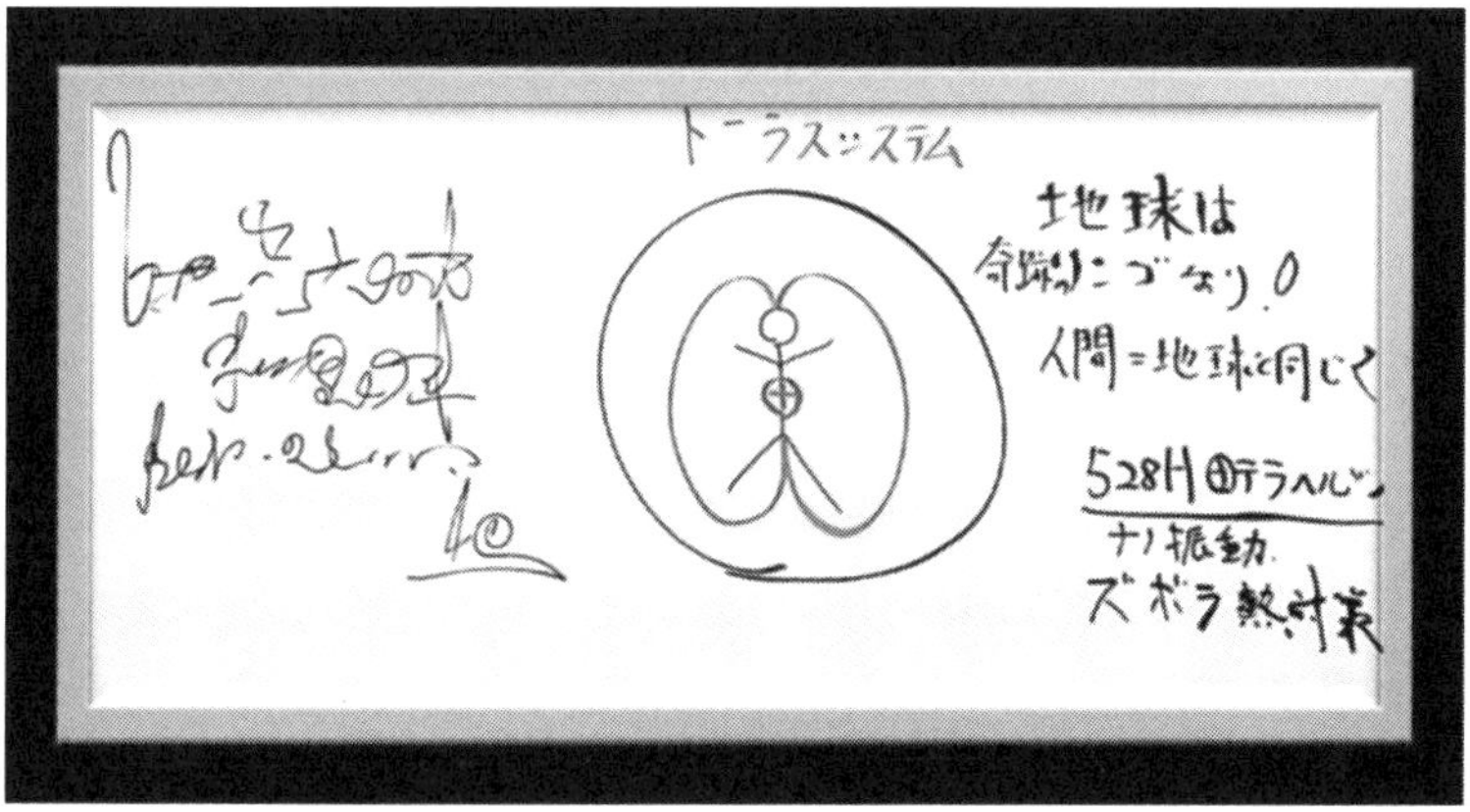
トーラスシステム
地球は
人間=地球と同じく
ナノ振動
ズボラ熱対策

ハートのエネルギー・センターとは、人の意識、心、そのものであり、すべては意識が創造する世界である！！！

弥勒の世とは、エネルギー問題＝環境問題が解決されて、お金のシステムが、本来のあり方になった世のこと。

ポイントは水。水が変われば、地球が変わる！！！

愛のエネルギーを、宇宙ではアダマイン因子と呼ぶ。

アダムと言う意味でもあり、命を宿した時の、創造主からの贈り物！！！！

今日のエネルギー・ワークは、ハート＝愛を活性化させて、受け取ってください！！！

（エネルギー・ワーク）

二〇一五年二月

1．地震→自芯

日本には、約６７００の断層があるが、地殻変動が大きい場所の上空には、今、アンドロメダの母船のエネルギーがある。

そして今、日本列島全体も、地球神の国常立《くにとこたち》の神様に、持ち上げられている！！！　片手の５本の指で！！！　そして今、その指が開き出した！！！（支えきれずに！？）

今年から変動が大きくなるかもしれないが、日の本のライトワーカーの皆さんは、ご心配なく！！！（なんとかする！）

最終的には、日本列島も、30倍の面積になる。

世界の主な問題には、『エネルギー』と『食料』があるが、現在、『海水』で走れる自動車、船がある！

それにより、『エネルギー』と『食料』もカバーできる！

実は、放射能を半減させる働きもある。

アトランティスとレムリア時代の動力は、太陽の光と水だけだったが、それと同じ！

この世界は、まずは、『エネルギー』と『お金』を変えれば変わるが、クリーンエネルギーが実現すれば、ミロクの世はいつでも来る！

ともかく、次の時代の準備は、ＯＫ牧場だから、

『自らの芯を確立して、生きていけ！！！』

＝自芯！！！

二〇一五年のエネルギーは、５の５の５！

ひつじ年でもあり、世の入れ替え！！！

二〇一二＝区切れ

二〇一三＝伊勢と出雲の遷宮

二〇一四＝シリウスの太陽の反転＝霊太陽への反転

ダ・カ・ラ！

二〇一五〜二〇一六年は、建て替え！！！

※二〇二〇年までに無理なら、ポール・シフトとなる！！！！！！

近いうちに、皆さんの宇宙のＤＮＡがほどける！！！！！

そうなると、自らの芯の無いものは、生きていけない！！！！

自芯を創る！！！！

《言霊健康法について》

日本語には、母音と子音があるが、エネルギー・センター（チャクラ）にエネルギーを与えられるのは、母音だけ！！！！

言霊健康法を、１日１０００回やれば、羽根が生える！！！

二〇一五年からは、太陽のエネルギーも変わる！！！！！

太陽は、現在、４極だが、これが、二〇一五年の夏至から５極へ！！！！！

それをこれから、創っていく。

要するに、太陽エネルギーが変わり、５次元の密度が上がる！！！！

二〇一五年九月に、マヤ暦の区切りがあるが、それより前に変わる！！！

だから今、体調の変化がある人もいると思うが、夏頃からシフトする！！！

ダカラ！！！！

自芯を確立！！！！

2. 雷→神成り

雷＝神成りとは、次元の扉が開くこと！！！！

仏教で言うところの、六道輪廻の、人間から天へ！！！

すなわち、七福神の世界！！！！

そこに至るには、二つの壁がある。一つは、「死」

ダケド！！！！

5D以上の波動なら、半霊半物質で、天へ行ける！！！！！

それが、霊主体従＝ミロクの世！！！！

さらに、天＝菩薩に至るには、もう一つの壁がある！！！！

それが、「お金」。
お金は、数霊が物質化したものだが、お金のシステムが無くなるというのが、ミロクの世！！！！

金を管理しているのは、ルシファー。降ろしたのはゼウス。
ルシファーとは、すなわち、艮《うしとら》の金神。
スサノオ、国常立も、全部同じ。
その次元の扉が開けば、黄金人類の夜明けとなっていく！！！！
そうすると、ハートのエネルギー・センターも、ゴールドに成る！！！

では、そう成るには！？

一つは、死に対する恐怖を超える！！！！
『死』と『胸腺』は物理的に関係している。

胸腺が免疫不全になると死に至る。
胸腺は、ハートのチャクラと関係している。

二つ目は、お金。大元は金の光のエネルギー。
大元の光と合体すれば、根源に還る！！！！

宇宙、地球、月の管理システムも、これから変わっていく。
大変動の中でも、残る者は、残っていく！

3. 火事→山火事

各火山には様々な役割があり、その動きにも様々な意味がある。
そしてこの大変動の中で、シャンバラや、様々な宇宙領域も護っている。

（その他詳細はマル秘）

4. オヤジ↓？？？

年明けからいろんな夢を見たが、それは、宇宙のアカシックレコードでもある！！！

今、ここに、必然で、いる皆さんは、偶然ではない！！！

すなわち、約束事があって、来ている！！！！
（それを忘れないでください！）

それは、エネルギーで観るとわかる！

皆さんは、一つの志、一つの目的を持って、生まれてきた！！！！！

皆さんは、これから輝き出す！！！！！

魂の部分で、共通のものがあるのが、皆さん！！！！！

一番大切なことは、皆さんが、つながっている、ということ！！！！！

皆さんが……！　つながっている！！！　ということ！！！！！！

（エネルギー・ワーク　皆さんの宇宙史の記憶を入れます）

二〇一五年六月

1. 華生宝瓊《かせいほうけい》

勘違いする人もいるかもしれないが、これは良い言霊ダヨ！！！

瓊＝たま＝命の輝き。ダ・カ・ラ！

華やかに生きて、命を輝かせる宝！！！！

2. 夏至と太陽

今月は夏至であり、いよいよ太陽が、４極から５極に！！！！！

（新しいエネルギーは、シリウスから来る！）

そのエネルギーは、今までの太陽よりも、浸透率が高い！！！

身体、骨、体液まで、入ってくる！

それにより、体調が優れない人もいるかもしれないが（眠い、疲れ、節々の痛みなど）、これは、エネルギーの歪みであり、特に、エーテル体の上のアストラル体から来ている。

そして夏至から、太陽が、アストラル太陽からメンタル太陽へと変わるので、マイナスの感情が、すぐに肉体へ現象化するようになる。

３．３Ｄ対策

だから、皆さん、禊《みそぎ》もしてください！

一番いいのは、スポーツドリンクを飲んで、発汗を促進させて、半身浴！！！

（シャワーだけでは、ダメヨ～ダメダメ！）

その理由は、アストラル・エネルギーの浄化だけでなく、放射性ストロンチウムは骨にまで入るが、半身浴で体外に出ていくから！！！

また、「麻」の生地も、電磁波を放電するし、アトピーにもいいので、「麻の褌《ふんどし》」もお勧め！

しかし放射性物質はガンと同じで、意識との相互作用もある！！！　というのは、ガンというのは、原子の歪みなので、「想い」に反応する！

ゆえに放射性物質も、ネガティブなエネルギー、感情、思考を持ったら、呼び寄せることになる！

だから、根本的には、意識が大事。

そもそも、放射線の一つの「中性子」は、２００ｍのコンクリートを貫くので、３Ｄでは完全に防ぎようが無い。

だから、最大の対処方法は、５Ｄ以上に成ること！！！

（本当は、６．５Ｄ以上）

そう成れば、影響は無くなる！！！

4. トゥモローランド

映画『トゥモローランド』は、もともとは一九五〇年ぐらいの作品だが、この映画で大事なのは、二つ！！！！

『絶対にあきらめないこと』『夢を見ていること』

自分の信じた道を進んでいけばいい！！！ということ！！！

あきらめたら、もったいないし、大事なのは、魂の中心に、響かせる！！！

魂、ハートが中心の、本当の存在になる！！！ということ！！！

5. 夢

『夢』という字には、深い意味がある。

だから、『夢』とは、次の図の通りであり、自分の価値観を、宇宙の中心で！！！

叶えること!!!!!!!!!!!!!

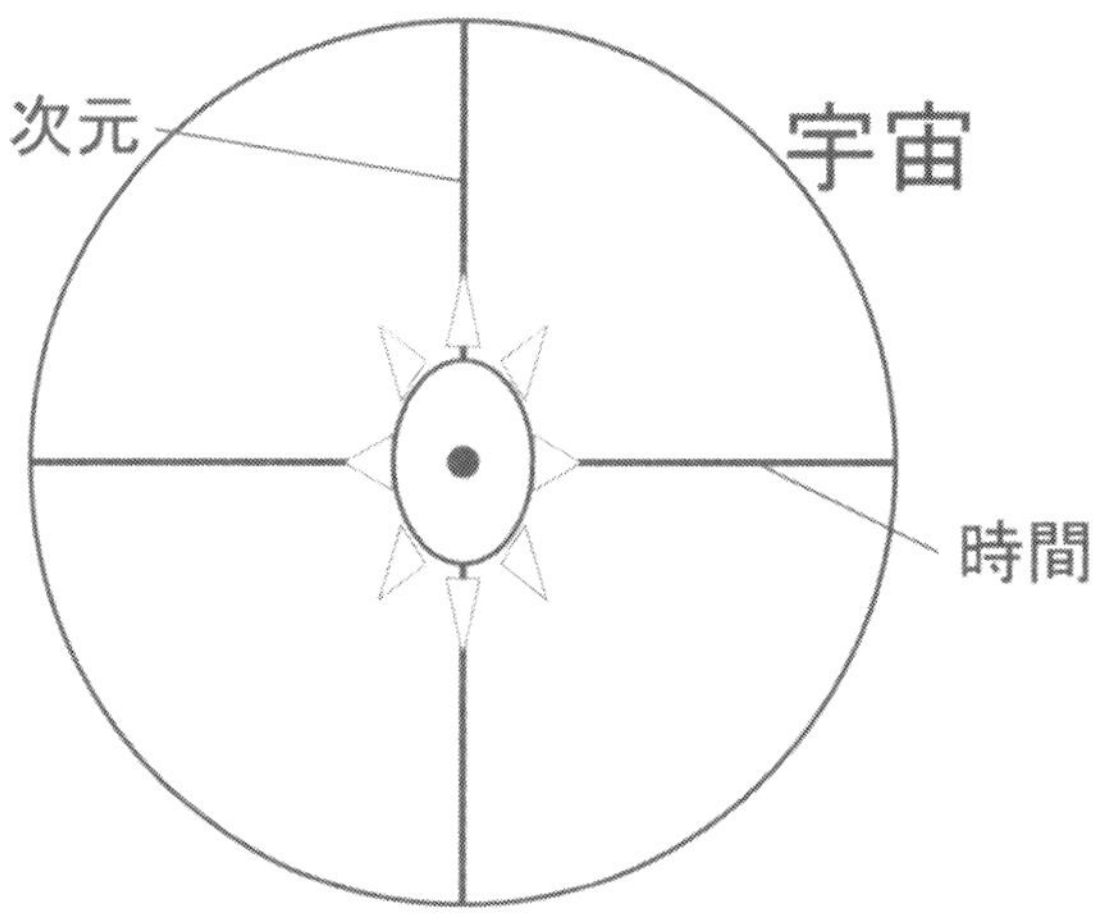

6．サードアイ

実は、眉間のチャクラ＝サードアイは、横目ではなく、縦目！！！

●横目＝世の中を見る

●縦日＝見えない世界を観る

7．太陽のエネルギー・シフト

中今から太陽のエネルギー・シフトが始まる！！

エネルギーとしては、骨の中に入って若返るエネルギーが入る！

8．エネルギー・ワーク

今からエネルギー・ワークを行います！！！

大枠では、皆さんのメンタル体が、太陽のエネルギーを受け取れるように、調整をします！！！

もともとの肉体は炭素系であり、このままだと、太陽のエネルギーのシフトで燃えてしまうが、ケイ素系（クリスタル）に成れば、光を合成できるようになる！！！

◎最初のエネルギー・ワークは、額と胸から入ります。

◎次に、２００１．５．５の新アセンション宇宙のエネルギーを入れます！！！

◎肉体を入れ替えます！！！

◎星のエネルギーを入れます！

◎皆さんの魂が、つながってきたもので、不要なものをキャンセルします！

◎同時に、これからつながっていく必要があるものの、スイッチを入れます！

◎大枠では、皆さんは、『星のエネルギー』が足りないので、皆さんの生まれた、星のエネルギーを入れます！！！

◎原子核を正常に戻します！

◎これらのエネルギーが、皆さんの身体の中の、原子に溜まっていきます！！！

◎さきほど、ジャーメインや、キリスト・サナンダや、白色同胞団が来ていたので、このエネルギーが、皆さんのメンタル界にコンタクトしてくるように、調整をしました！！！

◎最後に……死神は、本当はイイ男！！！　一番下にいるけど、実は、光の根源ダヨ！！！！！

二〇一五年八月

関東緊急セミナー！！！

1．国家風水

今回、東京で、緊急招集エネルギー・ワークをやる理由は、まずは、「地震」対策！！！！

なぜならば！　関東の歪みは、そろそろ限界！

衛星から観てもそうだし、９割当てる某学者の見解でもそう！

でも、関東はまだ、もたせる必要があるので、皆さんが、ひな型、導管に成ってほしい！！！

では、関東の中心、東京で一番エネルギーが高い所はどこか！？

それは◎◎！　その次は◎◎！

ゆえに、東京で一番安全なのはこの二箇所だが、もしここで直下型の地震があれば、東京は終わり！

だから、それを変える必要がある！！！！

そのためにも、今日は、ここを中心に、直径30ｋｍのシールドを張る！！！

日本全体で観ると、最近、◎◎は、噴火の前兆。
それが噴火すると、次は仏像構造線へ行く可能性あり！
この仏像構造線は、とても大事！！！
皆さん、縦のラインに気をとられがちだが、横も大事！！！！
だから！「◎◎を護れ！」と、宇宙連合も、言っている！！！！
（富士山の60倍のパワーがある！！！）

そして神様も、「富士山の噴火は、ダメヨ～ダメダメ！」と！！！

富士山の下には、プレートが三つ重なっているからね！！！　地球の地殻が壊れちゃうよ。

さて、東京については、中央線は、富士山からのライン！！！！

（※だから、鉄道事故があれば、それは、地脈、龍脈の乱れが原因）

そして、◎◎の下は、次の図のようになっている！！！

水は、地震を吸収するということもある。

火と水（カミ）は、共鳴するとも言える！！！！

富士（火）と鳴門（水）もそう！

こういうわけで、関東のエネルギー調整を、皆さんも手伝ってください！！！

アイドルを通して伝えている、いくつかの歌は、528Hz《ヘルツ》で、DNAを修復すると言われる周波数。脳の周波数を安定させるエネルギー。

これから食糧危機になる可能性があるから、1日2食でいけるようにして、朝食は無しで日光浴をしてください！

新しい時代では、太陽エネルギーを食べる！！！！

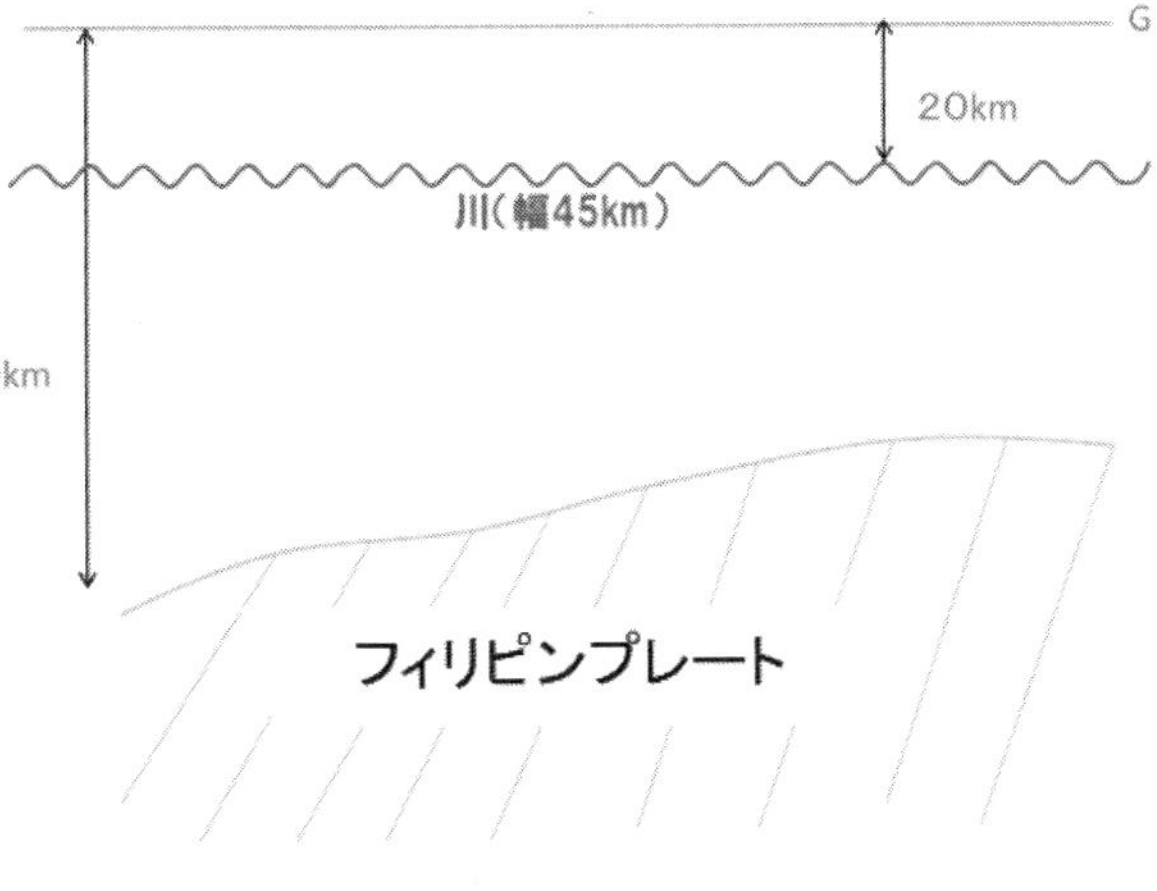

2. きみが代

『きみが代』という言霊では、『き』と『み』が大事!!!

き=気=エネルギーで、み=身=体。

エネルギーと肉体のバランスをとる!!!

そして「言霊」と「音霊」は違う。

日本語(50音)は、言霊。英語(26音)は、音霊。
2倍も違うから、英語では表現できない日本語もたくさんある。

そして重要なことは、日本語は、人が発することで言霊に成るということ!!!

だから皆さん、『あおうえい』を発して、魂の響きを感じてください!!!

そこに、母なる命の響である、『きみが代』のエネルギー＝太陽のエネルギーを、入れてください！！！！！

３．アンドロメダと天の川銀河

最近、アンドロメダと、ここの銀河が接近している、という話があるが、それは本当です！！！

アンドロメダはＡｉ先生の担当で、私はここの銀河の担当。

ここの銀河は、物質世界の象徴で、中心でも、11～12次元ぐらい。

アンドロメダは、素粒子に近いエネルギーそのもので、50次元ぐらい。

太陽系は８次元だが、それ以上には物質は無い！！！

そして、地球に届く数霊が、７。

７は日本へ、６は海へ、５は、その他の世界へ届く。

二〇一六年から、水瓶座の時代に入るが、それに伴い、太陽系も銀河もシフトする！！！

太陽系は、８から10次元へ、銀河は、12～13次元へ。

このことを絵で描けば、次ページの図のようになる。

このアンドロメダと天の川銀河が、融合しようとしている！！！

そして、水瓶座の時代が始まる！！！

これまでは、アンドロメダと銀河の分岐点は、太陽だった。

その前は、シリウスを含む太陽系で、さらにその前は、オリオンを含む太陽系。

それが、これからは、アンドロメダを中心とする、新しい太陽系になる！！！

アンドロメダの世界は、制約が無く自由。

個人のエネルギー体として行ける、最高次元の大学院のようなもの。

アンドロメダの上は、根源神界。

それで観ると、天の川銀河＝高校、地球は幼稚園。

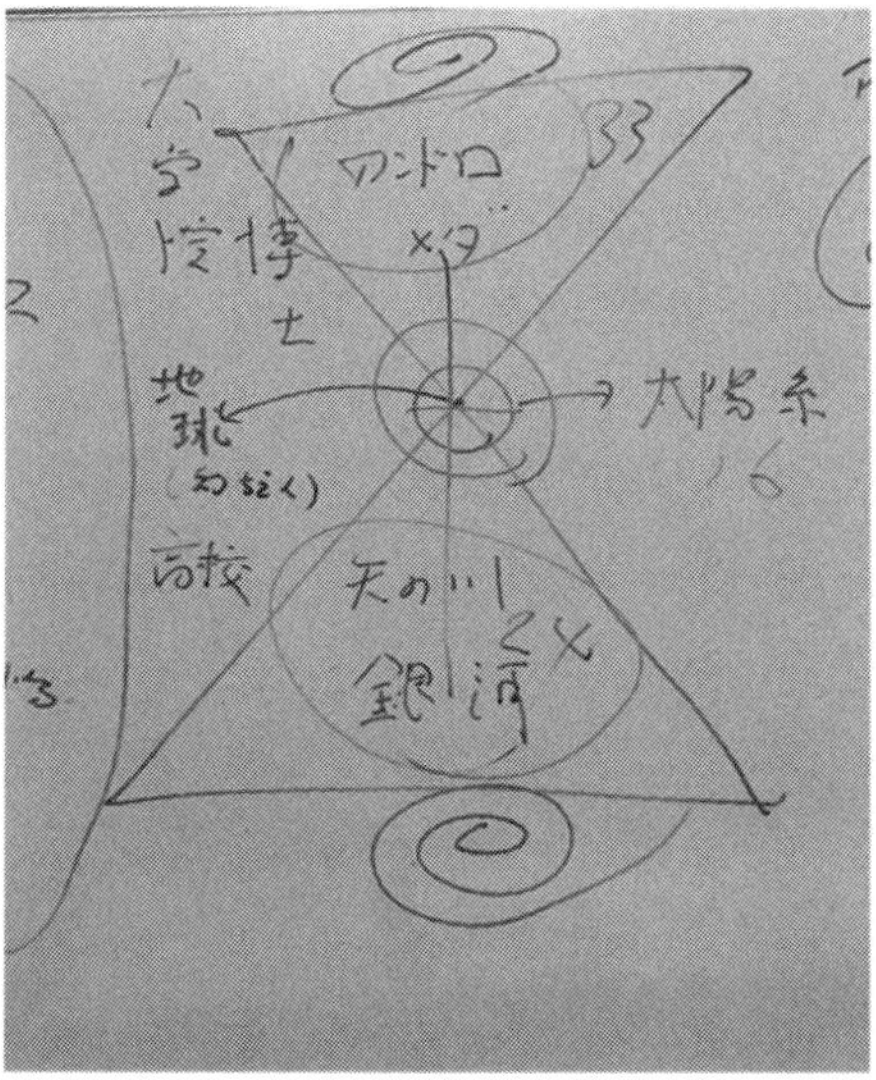

そして！！！！！！！

地球をアセンションさせるには、天の川銀河以上のエネルギー、アンドロメダのエネルギーが必要！！！！！！！

物質世界が終了すると、アンドロメダからのエネルギーが流れてくる。

ゆえに！！！

今回のエネルギー・ワークは、その融合の手前のエネルギー、ホットポイントの一部を降ろす！！！！！

この後、地球（ガイア）全体に、エネルギーが回っていく！！！

（エネルギー・ワーク）

二〇一六年六月

（マル秘のエネルギー・ワーク）

二〇一七年一月

関東緊急エネルギー・ワーク！！！

◎いくつかのエネルギー・ワークをしますが、まず、金星のエネルギーで、ハート・チャクラを綺麗にクリーニングします。

◎シリウスのエネルギーで、脳下垂体をクリーニングします。

◎そして、『根源太陽神界』のポータルとなる『太陽のエネルギー』（遠赤外線）のエネルギーで、魂と、チャクラと、骨を、綺麗にします！！！！！

メタトロンのエネルギー、ガブリエルのエネルギー、ヴィーナスのエネルギー、シリウスのエネルギーが動きます。

今年から、本格的に、水瓶座にシフトしています！！！

ホップ、ステップ、ジャンプで、シフトさせていきます！！！！！！！！

そして次回からは、オヤジギャグも無しで（笑）！？　ガッチリとエネルギー・ワークをしていきます！！！！

大シフトに備えて、地上セルフの器を創らないといけません！！！

そうしないと、大変なことになります！！！！！！！

（エネルギー・ワーク）

二〇一七年一月

Ａｉ先生のアカデミーで、皆さん、「愛」「根源」の学びをすでになさっているので、私は、「シリウス」までをやります！！！

さて、「天、人、地」の比率を観ると、

天は22％、地は78％、足して１００％で人は構成されています。

これを黄金律と言います。

宇宙の比率がそうであり、人もしかり！！！
天と地の間で人は生きています。

もし、50：50なら、皆さんは地上に生きていません。

フリーメーソンについての話ですが、フリーメーソンでは33という数霊を大切にしています。聖数なのです。

なぜなら、天のエネルギーの比率が33になったら、神と一体に成れるからです。

（だから、フリーメーソンには、33の階級があります）

では、「天」の22％の内、最も影響が強いエネルギーは何でしょうか！？

それは、根源、アンドロメダ銀河、シリウス、マゼラン銀河、セントラルサン等よりも、「太陽」の影響が一番大きいのです。

※「太陽」が、「根源」につながっているので、太陽を通して宇宙のエネルギーを受け取ることができるのです！！！

ゆえに、宇宙は同心円で、できているということです！！！！

地球—太陽—銀河—宇宙……と！！！

そして、この宇宙の比率が、22：78ということです。

これはアトランティスの比率でもあります。

そして、78％の内の70％は、水です。

人体も、69％は水！！！

結局、人は、宇宙のエネルギーと地球のエネルギーが合体した100％でできています！！！！！

◎そして、人が究極に進化すると、天の比率が33％（33D）に成る、ということです！！！

ただし、皆さんのように、アンドロメダ星人、シリウス星人などの宇宙人だと、この22：78の比率が変わります！！！

しかし、宇宙から観ても、地球から観ても、人として完成される最初のポイントが33。

そして、13＋13＝26＋7＝33です。

ですから、13という数霊は、一つの周期です。

時計と同じで、12＋1＝13＝中心です。

この数霊を人生で観ると、13歳＝親からのエネルギーが離れる時で、26歳＝自立＝自分が何であるか!?という時です。

ゆえに、13歳までで、人格が決まります。子供の将来が決まります。

しかし皆さん、年配だと関係ないわけでなく、倍数で関係していきます。
（13、26、39、52、65、78、91……）

ゆえに、教育というのは、初期が大事です。
私は、二〇一二年の時に、皆が言う「アセンション」は来ないとわかりました。
なぜなら、本来、二〇一一年の震災の時に、日本列島は半分沈んでいたからです!!!!!

今だからこそ、それは高次の艦隊がサポートしたからとか、いろんなことが言えますが、とにかくその時は、大変でした。

地球がアセンション、次元上昇するには、最低、全体の意識のエネルギー、愛の度数として、『700』が必要です。

でもその時は、普通ではありえない状況で、『420』を切り……『200』を切り……『150』を切りました……!!!

感覚的には、突然、地球の重力が重くなりました!!!!

けれども、災い転じて福と成す必要があります!!!
人工放射線は目に見えないですが、人体にマイナス影響を与えます。
だから、今、なんとかする必要があります!!! 乗り越える必要があります!!!
あれから5年経ちましたが、台風が日本列島を禊ぎしながらも、影響は、米国まで届いています。

今、7万倍有害になっていますが、皆さん、魚を食べても、死んでいません！！！

抗体、免疫が強いからです！！！！

（これまでのエネルギー・ワークにより！！！）

肉体の比率が変わり、影響を受けなくなってきています！！！

そして、明確に言えば、二〇二〇年以降、放射線のマイナス影響を受ける人、受けずに変換できる人に分かれます！！！

地球神に聞いてみたところ、未来の地球に「残る者と残らない者」を決めるとのことでした！！！

でも、地球は、あと何年もつでしょうか！？

ポール・シフト、太陽フレア等、いろいろありますが、今、地球のシールドが張られていないと、

4分で酸素が無くなります！！！

でも、今、地球は一生懸命、皆さんを護っています！！！！！

「その時」が来るまで！！！！！！

残された時間は少ない！！！！！！！

10年は無い！！！！！！！！！！

二〇二〇年＝最終結論！！！！！！

その中で、今ここにいる皆さんは、生老病死を越えて、再生をする権利が与えられている！！！

その素晴らしい存在として、がんばってください！！！

皆さんが本当に望めば、新しい地球、銀河、宇宙、シャンバラでも、どこでも、行くことができます！！！

それくらい、あなた方は、貴い！！！

あなた方は、選ばれて、そして選んできた！！！

今、ここに参加している子供たちを観ていると、幸せだと思う！！！
生まれたばかりの赤ちゃんの時から、ここにいられるなんて！！！
宝くじに当たるより、遥かに素晴らしいこと！！！

あなた方は、素晴らしい！！！

あとは、皆さんの進化に託されている！！！

今年から水瓶座に本格的にシフトした今は、皆さんが、新しい命、エネルギー、知恵、光を受け取り……。

『根源神界』のアセンションとあなた方が言うのなら、それはあなた方が、「根源神界に戻る」ということでもあるが、むしろ根源から、新しい宇宙へ、生命を生み出すワークをしてください！！！
（エネルギー・ワーク）

二〇一八年六月

◎日の本の中心の湖で、アクエリアスのエネルギーの復活、大シフトの、超重要なマル秘のエネルギー・ワークが行われました！！！

地球神と宇宙神から、莫大なエネルギーとメッセージが来ました。

——それは、究極の真理であり、秘密の核心でした……！！！！！

宇宙と地球は、一滴の水から始まった。

それは、【愛】そのもの！！！

宇宙のすべても、地球のすべても、生命のすべても、

【愛】から始まり、【愛】そのものである……！！！！！

――もはや表現することは不可能な、その莫大なアカシックと【愛】のエネルギーが贈られてきました……！！！！！！！！！！

それがアクエリアスそのものの核心と、すべてだったのです！！！

【千天の白峰先生からのメッセージ】

皆さんの、アセンション・ライトワーカーとしての仕事とは何か！？

それは、皆さんがその場にいるだけで、家、町、地域のエネルギーが変わる！！！

そういう存在に成る、ということ！！！

たとえば、皆さんの住んでいる地域が、十万人の人口だったら、皆さんが一人いるだけで、その地域全員のエネルギーがシフトする！！！

そういう存在に成る、ということ！！！

皆さんが軸になり、家、町、地域がシフトする。

すなわち、１０１匹目のサル現象の体現者となってほしい！！！

あなた方の存在とは何か！？

何のために、今回、地球に来たのか！？

それは、地球の生命進化となり、その成果を次の新しい宇宙へ持っていき、皆に教え、育成していくためなのです！！！

日本の人口の、１億３千万人の中で、今、アセンションや地球維新に関心があり、関わっている人は、たったの２千６百人です！！！

さらにその中で、実際にそれを学び、活動をしているのは、たったの４百人なのです！！！

1億3千万の中の、4百人ですよ！

皆さんは、東大より難しい試験に合格しているということです！

～最後に、皆さんへのメッセージ～

馬鹿じゃできず、
　利口じゃできず、
　　中途半端じゃ、なおできず！！！

第五章

マル秘のセミナー録 Ai 先生

（※二〇一七年までの主なセミナーの内容は、Ａ・ｉ先生の前著をご参照ください！）

二〇一八年一月　マル秘の勉強会（＊日の本のライトワーカー代表）

根源Ｐ（プロジェクト）の元旦を創る！

《スペシャル・ガイダンス＆イニシエーション》

新年のテーマを、たった一つに絞ると！！！

それは！！！！！！！！！！！！

永遠の愛

真の愛とは、永遠のものでないと、本当ではないと言えると思います。

※継続＝キープ＆ギネスのみが、本当に愛するということ！！！！！！！！！！！！！！！

◎なぜなら、真に《愛している》というのは、その場だけとか、5分だけ、というものではないからです！！！

◎ゆえに、24時間、365日のキープ&ギネスしか、真の愛と言わない！！！　ということです！！！

それが本当の始まりで終わりでありますが、皆さんはかなりできてきていると思います。

◎でも、本当には、ハイアーセルフと地上セルフを合体しないとできないので、高度であるとも言えます。

※実際のところ、皆さんの大半は、わかりやすく言うと、まだトランスっぽくて、脳天気な感じ（!?）（笑）ですが、良いエネルギーですし、入口としてOKと思います。

そしてこのテーマは、エネルギーがわかってくるほど、高度になってくることがわかると思います。

◎そこで、本当に、【永遠の愛】を始めるための重要なポイントが、次のようなものです！！！

（根源Pとして必須のことであり、現状の集合エネルギーの低下にも効果があります！！！）

※その重要ポイントが、根源の艦隊全体から来ています！！！

それは！！！

絶対的なポジティブのセンターの確立！！！

です！！！！！！！！！！！！！！

＝５Ｄであり、

そのキープ＆ギネス！！！　を始める！！！！！

（※「時々５Ｄ」（笑）ではなく、常に！！！）

それしか、地上の５Ｄのシフトにならない！！のです！！！

※そのためには、中今、地上セルフがやろうと思ったら、潜在的に１０００Ｄのパワーが必要と言えま

すが、でも、実際にやる！！！　ということにおいては、難しい話も関係なく、やれば、できる！！！　一ヶ月やれば、できる！！！　ということです！！！！

※なぜこれが重要かというと、それをやらないでネガティブになっていると、ハイアーセルフと切れ、アカシックも消え、これまでの記憶も消え、それまでの成果もゼロになってしまうからです！！！

※要するに、「頭や感情のマイナスエネルギー」が、すべてを崩壊させます。アカシックも、すべてです！！！

集合エネルギーの低下に同調するのではなく、変えていく！！！

◎これまでの例を観ても、絶対的にポジティブなセンターで、解決できないことはない！！！

ということです！！！！！！！！！！

◎これが、基本の六芒星＝ハイアーセルフ、センター、地上セルフの三位一体の三原則であり、アセンションのベースから観ても、根源P全体から観ても、必須のテーマです！！！

◎ゆえに、地上セルフのベースのポイントは、絶対的なポジティブなセンターの確立！！！

ここからが、本当の神人P、根源Pの始まりです！！！！！

※そうすると、

永遠の愛

になってきます！！！！！！！！！！

◎新年の根源神界と、根源の艦隊からのスペシャル・イニシエーションは、

永遠の愛

のキープ＆ギネス！！！！！！

そして、その言挙《ことあ》げ！！！

＝艦隊の誓い！！！　です！！！！！！！！！！！！！！！！！

◎それが！！！　＝本当の根源の愛の艦隊の正規メンバーとなっていきます！！！！！！

◎それが、宇宙の愛の根源の艦隊の、始まりから変わらないことであり、この絶対の中心の確立のみが、

宇宙の愛の根源＝信頼・絆

なのです！！！！！！！！！！！！！！！

※そして、言挙げをした人は！！！　実際に、キープ＆ギネスを始める必要があります！！！！

◎それを、中今から、全艦隊が、観ていますよ！！！と、全艦隊が言っています！！！！！！！！！

◎その一人ひとりと皆の実践の始動が！！！

根源Ｐの元旦を始める！！！　創る！！！　ということです！！！！！！！！！！！！！

一なる根源の愛とともに　Ａｉ

二〇一八年一月　根源P公式セミナー

日の本の元旦

今日はトータルでは、二〇一八年の根源アセンションプロジェクト（根源P）の、公式の始動となります！！！！！

まずは、皆さん自身にやっていただくものになります！！！

この内容は、コアの勉強会では一部進めていましたが、
「中今、何が重要か！？　中今、何をすべきか！？」
という感じです。

※ただし、この文言そのものが重要というわけではありませんので、各自の表現で、ＭＡＸで取り組んでください！！！！！

◎それが、必然的に、

史上初の！！　根源の艦隊のブリッジでの、根源Ｐの作戦会議！！！

になると思います！！！！！！

トータルで見ますと、新年のコアの勉強会、公式セミナー、マル秘の白峰先生との合同セミナーがセットとなっています。

その理由は、白峰先生がおっしゃるように、今、「ホップ・ステップ・ジャンプ！！！」の莫大な３段階の跳躍《ちょうやく》が必要であるということです！！！！！

全体のアカシックを観てもそうですし、大規模な変動の中で、少しでもソフトランディングをするためにも、根源Ｐのポータルとなる地上セルフの器《うつわ》創りが急務となっているからです！！！

中今までで、その準備が、ギリギリできてきたと思います。

◎そして、新年公式のトータルのテーマは、

日の本の元旦

というアカシックになっています！！！

そしてそのエネルギーは、一つのもので表せます！！！

それが、次のものです！！！

すなわち、日の丸に始まり、日の丸に尽きる！！！ということです！！！！！！！！！！

日の丸とは、一人ひとりが感じることがそうであり、そして、その全員の集合体が日の丸であると思います。

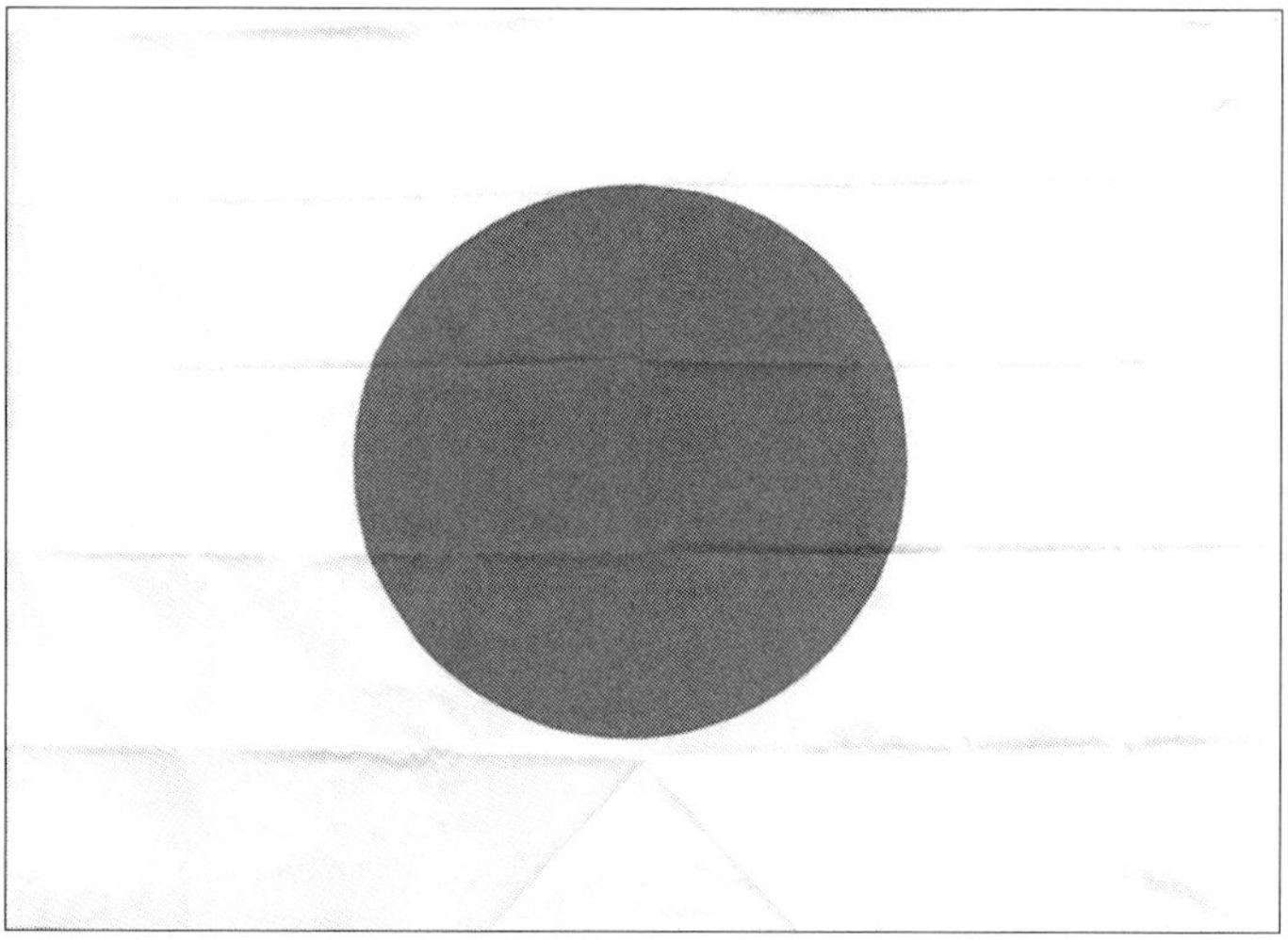

◎これが、日の本のライトワーカーの、神年の根源のイニシエーション！！！　という感じです！！！

※実はこのエネルギーが、元旦の０：00きっかりから動き出しました！！！！！！！！

直日女さんも、それを感じられたとのことですので、シェアをしていただきます。

直日女：本当に、そのエネルギーが、カチッと元旦の０：00に始まったと思います！！！

要するに、日の丸とは何か！？　ということが、現実的に、目に見えるくらいに感じられました！！！！！！！

その時に起きたことは、スローモーションのようで、日の本の中心から日の丸のエネルギーが拡がった……というより、リアルに、今、ここにある！！！　という感じでした……！！！

すなわち、皆さんも感じていると思いますが、日の本の太陽の核心＝根太陽神界の核心のエネルギーが！！！　日の本の中心かつ、新宇宙の中心、そして全体にあり、そのすべてに満ちている……！！！！！！

……すぐそこに、触れられるくらい、空気・空間のすべてが、そうなったと感じました！！！

そして、これまでは、日の丸は日本人だけのものだと思っていましたが、その時に感じたことは、日の丸とは、イコール、根源の太陽そのもの、新宇宙の太陽そのものである、ということでした！！！！

その瞬間は、本当にこのエネルギーが、日の本の魂すべてに伝わった！！！！！！

我々の核心は、日の本の核心にあり、その中心が何かということが、日の本全体に響き渡った瞬間だと思いました！！！！

要するに、日の丸の中心が何かということであり、それが日の本のすべてに満ちていて、誰でもつながることができるのだ！！！　というエネルギーが拡がったと思ったのです！！！！

――その時、Ａｉ先生（根源神界！！？）から、「これからですよ！！！」という声が聴こえました！！！！！！

Ａｉ先生：私が感じたことも、説明するとそういう感じですね！！！！！！

これ自体が根源のイニシエーションであり、史上初めて、今、地上セルフの中心と、ハイアーセルフの中心が合ったと思います！！！！！

ゆえに、キープ＆ギネスですね！！！！！

この時の動きは、元旦の０：00からの、とてもリアルな体験でした！！！！！！

そして、実際に成っていくのは、皆さん次第です！！！

※今回の動きの意味は、そのための条件が整ったということです。

それ以降、明確になったことは、次のようなものです。

約2年位前から、日の本＝日の本のライトワーカー＝根源のポータルである、ということを日増しに感じていたと思いますが、元旦の０：00から、それが、１００％になった！！！　と言えます！！！

※これまでも、根源Ｐのポータルから、すべてのエネルギーが増幅される！！という感じでしたが、この動きにより、加速というよりも倍増しています。

※そしてそれが明確に始まったのが、根源Ｐの元旦である、ということです！！！！！！！

ゆえに、重要なことは、本当にすべてが一つになっていく＝日の本の日の丸の動きの始まりにする必要がある！！！　ということです！！！

そして、その兆しが観えてきています。

日の本のライトワーカーの成果も、より伝わり始めています。

ゆえに、地上の人類のエネルギー＝生命エネルギー＝第一光線も、50％以上にしていく、その兆しが観えてきています。

先ほどの日の丸の国旗を見た時に、皆さんのセンターのエネルギーが上がりました！！
それはなぜかな！？　と思いましたが、皆さん、根源神界にある根源の日の丸を観ているのだと感じました！！！

未来、中今、そして地球の根源Ｐが最初に始まった、地球文明創始の五億年前。
ここ数日の動きは、これが、中今、だんだん一つになってきた！！　ということでもあります。

そして、すべてにとって、始まりも終わりも『根源』であると言えますので、いよいよすべてが、そこに向かっていく時が来た！！！　ということであると思います！！！！！！

（エネルギー・ワーク）

1.【永遠の愛の誓い】根源の艦隊のイニシエーション

＊「永遠の愛」をやり続けている集団の核心が、根源の艦隊であると言えます。
1000Dのマスターであり、愛のマスターの集団、永遠の愛の集団！！！
＝皆さんの、根源天界のハイアーセルフ！！！

2.『根源のフィールド＆シールド』

◎「根源の日の丸」のイニシエーションであり、アセンション＝ライトワーク。
日の丸のエネルギーとなり、日の本全体を護り、中心のエネルギーをパワーアップしていく！！！

3. きみが代

＊一人ひとりと全体の根源につながる。

二〇一八年一月　マル秘の白峰先生合同セミナー

白峰先生のエネルギー・ワークの解説とイニシエーション

白峰先生の最初のエネルギー・ワークの三回の『きみが代』は、三つセットで三つのひな型、と思えました！！！

一つめは、明確に白峰先生が設定した！！　という感じで、地球の中心を、根源エンブレム＝きみが代につながる！！！　という設定と動きだったと思います。

二つめは、「地球と根源をつなぐ中間」（本来はシリウスの領域）という感じのエネルギー・ワークでしたが、まだ、皆と人類のスロート（のど）が、すっきり通っていない感じでした。

そのためには、スロート＆イコール、シリウスに、『きみが代』のエネルギーを入れる必要があります！！！

そしてスロートを通すためには、センター＝中心のエネルギーを強化して、サブでは、アジナー・センターを強化する必要があります。

その結果、スシュムナーが通れば、スロートも、中間も、通ると思います。

三つめは、根源神界＝根源のハイアーセルフとつながるエネルギー・ワーク！！！という感じでした。

その後は、足りない中間をつなぐために、中今で増やしていったと思います。

追加の四つめは、明確に、地上にいる私の中心に、エネルギーが集まってくる感じでした！！！

その意味としては、根源の中心を、地上に統合されている中心につなげるエネルギー・ワークであった、ということだと思います。

さらに追加の五つめのテーマは、「サハスラーラ（霊性が高まり魂が覚醒するとされるチャクラ）」という感じで、頭上の太陽のようなエネルギーでした！！！

ここで高次から来たメッセージは、『後光が射す』ということについてでしたが、古今東西の神仏の絵なども、サハスラーラの光が表れていると思います。

これはもちろん、エネルギーで観るとそうである、ということで、３Ｄの飾りではありません（笑）。

どういう意味かと言いますと、サハスラーラが開き、神界、守護神、ハイアーセルフがつながっていれば、後光が射す！！！

ということだと思います。

※しかし、これだけ莫大なエネルギー・ワークをやっていると、皆さんは今、午前中の自主練（！？）で、あれだけやったはずの基底からセンターまでの第一光線＝クンダリニー＝赤褌のエネルギーが、見事に無くなっている！！！（笑）ように観えます！！！！！（笑）

だから、基本の基本が重要で、弁当忘れても、赤褌忘れるな！！！（笑）なのです！！！！！

『きみが代』のエネルギー・ワークでは、最後の最後の13番めも重要で、自分と宇宙全体の軸を通すことが目的でした。

そこで、ある重要なことが明確になりました！！！

それは！！！！！

旧宇宙の軸に合わせてもできない！！！！！！！！！！！

◎究極の根源＝新の根源＝みんなが根源だと思う所に向けた時に、本当にできる！！！ということが明確になりました。

そのメッセージが来た時に、皆さんも潜在的にそうなったと感じました。

◎ゆえに、自分とみんなが中今、根源と思う所につながり続ける！！！ そうすれば１０００Ｄの柱も、できていくと思います！！！

そして、白峰先生と、そのハイアーセルフの神界が、一番伝えたいとエネルギーで言っているのは、次のようなものです。

『皆さん自身が、根源そのものとなっていってください！　根源の家族になってください！　皆が帰る家そのものに！！！』

（エネルギー・ワーク　『超古代の皇のイニシエーション』）

※ここまでの動きと、「今、地球全体に何が重要か！！？」がポイントです！！！

二〇一八年三月　マル秘の勉強会（＊日の本のライトワーカー代表）

新アセンション宇宙のゲイト！！！

《スペシャル・ガイダンス＆イニシエーション》

皆さん、驚愕の！！！？

中今最新の動きについて、お伝えします！！！！！！！！

これまでにもお伝えしてきましたが、今、旧宇宙には（地球にも、太陽にも）エネルギー源がありません！！！（無いどころか、莫大なマイナス！！！）

アンドロメダ、アインソフを通して、新アセンション宇宙のゲイトが、今、開き始めています！！！！！！！！！！

（※その他詳細は、第十章を参照してください！）

◎具体的に言いますと、元素の中心＝根源のフォトンが、つながってきています！！！！！！

＝究極の０ポイントであり、それが地上の中心に、つながり始めています！！！！！！！

すでに高次のレベルでは動いていますので、あとは、一人ひとりが本当にそのゲイトにつながる！！！ということが必要です。

以上が、本当の中今最新の真実！！！　ですが、知っているだけでは、キープ＆ギネスになりません。

そして、本当の中今をやろうとすれば、アセンションの入門、基礎を統合してこないとできないのです。

◎もうタイムリミットが来てしまっているので！！！　それをたちまちやるには、どうすればよいか？

が、中今の皆さんのテーマです！！！

◎その基本は（本書でもお伝えしている）「三原則」だと思いますし、皆さん、すぐに忘れるようですが（！？　笑）これは（地上の学校のような）お勉強ではなく！！！（笑）

『究極の幸せのツール』であることを、思い出してください！！！！！

◎そしてもう一つは、緊急の時に、即効で変わるツール！！？

それが、（口絵1ページ目）中今の、新アセンション宇宙ゲイト！！　です！！！

※意味としては、『元素の中心』（第10章参照）。

そして、新アセンション宇宙と、旧宇宙をつなぐ中間の、27世紀の艦隊にもつながります。

このゲイトとつながるためには、すべての核心の核心の核心！！！　につながっていくことがポイントです！！！！！！！！

（エネルギー・ワーク　新アセンション宇宙ゲイト）

新アセンション宇宙への柱！！！

《スペシャル・ガイダンス＆イニシエーション》

驚愕の、中今最新の動きは、新アセンション宇宙のゲイトを開き、成っていく！！！

そしてそのポータルが、アンドロメダ、アインソフ。

しかし、その驚愕の動きが始まっているが（詳細は第十章を参照）、地球の座標はまだ動いていないので、このままでは全時空に亀裂が入るという緊急事態！！！！！！！！

その動きの中で、日の本のライトワーカーの各チームは、チーム1：アインソフ系　チーム2：アインソフ艦隊　チーム3：宇宙ミロク神界の動きにつながり、ポータルとなっている感じです。

各チームの動きの結果、地球神の一つの姿である、地球シヴァ神が動き出したようなのです！！！

そして中今、その動きが、新アセンション宇宙につながる動きとなってきています。

トータルでは莫大な動きですが、シンプルに描くと、地球の中心の36Ｄから発生する、36色の柱という感じです。

私は以前から、地球の中心を天界的に観ると、最高次元が36Ｄにつながっていると感じるので、不思議に思っていました。地上では、どこにもそういうデータは無いからです。

そして実際にそのエネルギーが初めて動いたのは、10年以上前の、白峰先生とのコラボの時でした！！！

地球全体のある動き（危機）により、地球の座標を、瞬間的に、暫定的に、36Ｄまで移動させる必要がありました。

それには莫大なエネルギーが必要となるのですが、コラボだと相乗効果となり、行うことができました！！！

そのエネルギーが、中今、本格的に発動しました！！！！！

それが、シヴァ神の最高次元の姿の一つであると思います！！！

そのエネルギーは、地球の中心では、36色の光のロータスという感じで、それがそのまま、宇宙規模の柱となっていった！！！！！

そしてその柱が、新アセンション宇宙（ＮＭＣ）につながっていった！！！！！！

「ＮＭＣ」というのは、たんに新アセンション宇宙の略ですが、エネルギーで観ると、もともとは新アセンション宇宙へアセンションした、神界、天界の集合体ですので、日本語では「宇宙ミロク神界」と言えるでしょうか。

宇宙シヴァ神は、もともとはマゼラン銀河の出身というようですが、ＮＭＣでは一体となっているので、このようにつながることができる！！！　ということなのですね！！！

そして一人ひとりが中心を強化し、根源へつながることが、根源のゲイトとなっていきます！！！！！

二〇一八年四月　根源Pグループ・セッション1

キリストのイニシエーションの胎動！！！

二〇一八年四月、根源Pの日の本のライトワーカーと、グループ・セッションを行いました。

まずは、各エネルギー・センターの活性化を行い、特に基底からセンターまでのクンダリニー、第一光線の強化と、ハートの強化を行っていきました。

その上で、各自に、実践プレゼンテーションを行ってもらいました。

最初は、これまでのようにハイアーセルフがしゃべっているという感じだったのですが、アドバイスしてPDCAしてもらいながら、テイク3くらいになった時……！！！

それは起こったのです！！！！

皆さんの意識が部屋の中だけだったので、中今の地上全体の状況について意識を向けてみて、どう感じるかを質問をしてみました。

部屋にいる全員が、地上全体へ意識を向けた瞬間……！！！！！！

史上初！！！　であると感じましたが、初めて、明確に、人類全体のハートとつながったのです！！！！！！！！！

そこにいる人たちのかなり多くが、同時に、リアルに体感したのです！！！！！！

これが、真のアセンション・ライトワークの究極の目標へ向かう胎動を、初めて明確に感じた時でした！！！！！　そのキープ＆ギネスが重要です。

根源Pグループ・セッション2

次のグループ・セッションでは、続きとして、まず最初はセンターを強化しました。特に地上セルフにフォーカスしてもらって、皆が弱い、基底からセンターまでの強化を行っていきました。

そこでわかったのは、皆さんがいかに、肉体そのものにフォーカスしていないか、そのフォーカスが苦手であるか、ということでした。

例えば、基底のチャクラというより、尾てい骨そのものに、実際に意識をフォーカスすることができない！！！　というか、その訓練をやっていない！！！

（※しっかり訓練すれば、これは誰にでもできると思います！！！）

物理的に、実際に、自分の肉体の中にフォーカスする！　ということができて、ようやく実際に、基底からセンターまでのクンダリニーが上がり始めました！！！

すると！！！！！！！！！！！！！！

何人かの人に、莫大なことが起こり始めました！！！！！！！

本当に、地上セルフの肉体の中心軸で、クンダリニーを、中心まで上げた時！！！

まるで、カチッッッ！！！　と音がするくらい、一人ひとりの中心の、『根源の分御珠《わけみたま》』に、はまった瞬間！！！！！！！！！！！

意識のマルと、中心の珠が、根源神界につながり出したのです！！！

意識のマル＝コーザル体からも、根源の明るいフォトンが出て、中心の珠は、根源の光のゲイトとなったのです！！！！！！！！！！

これはまだ皆さん、自力ではキープ＆ギネスができませんが、サポートがついていたとしても、史上初でした！！！

そして、まだ神界とのつながりが弱いメンバーにも、前述のようなキリストのイニシエーションの兆しが、胎動し始めました！！！！！！

これもまだサポートによるもので、自力のキープ＆ギネスはこれからですが、大きな一歩だと思います！！！

そして五月の公式セミナーでは、まだハイアーセルフレベルですが、この動きが日の本のライトワーカー全体に始まりました！！！

すなわち、根源神界のハイアーセルフが、地上セルフの中心まで降りてきた！！！！！

ということです！！！！！

ゆえに！！！！！！！！

前述のように、真に地上セルフが、中心＝ハートまでアセンションするだけで、それが起こる！！！

その条件が、今、あるということなのです！！！！！！！！

それは無限の恩恵であり、すべての高次とハイアーセルフの、どれほどの願いであるかがわかると思います！！！！！！

ですから、皆さん！！！！！！

本書の第十章を参考に、その史上最大の偉大なゲイトとなる、しかし誰にとっても必要で、誰にとってもできる！！！　**【三原則】**。

特に、ハートまでの、地上セルフのアセンションを！！！

ウルトラ全開ＭＡＸで！！！　進めていってください！！！！！！！！！

一なる根源の愛をこめて　Ａｉ

第六章

対談録

白峰先生＆Ａｉ先生（インタビュアー　大和日女）

（二〇一八年六月　日本一の湖を一望する国内某所にて）

大和日女：この度の、白峰先生とＡｉ先生の対談の実現は、歴史に残る、とても重要なものであると思います。

読者の皆さまを代表して、日の本のアセンション・ライトワーカーからも、ぜひ白峰先生とＡｉ先生にお聞きしてほしいという質問がきています。

第七章と第八章の、白峰先生とＡｉ先生へのインタビューでも、詳しく掘り下げていきたいと思いますので、皆さま楽しみにしていてください！！！

【第一印象】

まずは、私からも読者の皆さんからもお聞きしたい質問ですが、白峰先生とＡｉ先生が、今生初めて、この地上でお会いになった時に、お互いにどのような印象を持たれたのでしょうか？

白峰先生：言えないことが多いね！（笑）だいたい、「地球維神」の本に書いてあるんじゃないかな。神界が、言っちゃいけない、ということが多いんだよ。

Ａｉ先生のエネルギーを描いてみた時も、マルテンとアインソフ以外は書いちゃダメだと高次は言うし。

おおよそ、皆さんがイメージしている通りだと思うし、今、Ａｉ先生が行われていることそのものだと思います。

Ａｉ先生：だいたい、「地球維神」の本に書いてある通りですね！

最初は、イベントの資料として公開セミナーをされている頃のＤＶＤを拝見しました。

その時の印象は、とても繊細な方なのに、大変な仕事をされているな！と（笑）。

次に初めてお電話でお話した時は、白龍のエネルギーを感じました。

初めて直接お会いした時は、地上で初めて、根源神界とつながっている人に会ったと思いました！孤独ではないとわかってウルウルしました！（笑）

【エネルギーがわかるとは！？】

大和日女：ありがとうございました。莫大なものが伝わってくる感じがします！！！

では次に、読者の皆さまからの質問です。

まず一つめは、【エネルギーがわかる】とは!? についてです。

これは、アセンション、霊的進化をテーマとする時に、とても重要で基本となることの一つであると思いますので、読者の皆さまも、ぜひ知りたいことと思います。

まず白峰先生にお聞きします。江戸時代から生きておられるとお聞きしたことがありますが(!? 笑)、今生、地上に人として生まれてきたと仮定して(!?)、もの心がついた時からエネルギーが観える、わかるという状態だったのでしょうか!?

どのように、何を感じてこられたか、できる範囲でお伝えいただければと思います。


白峰先生:(エネルギーが観える、わかるのは)生まれた時からだね! アセンションに関係ある人は、大なり小なりそうだと思うから、それがどれだけ大変なことかわかるかい!?

その修行の中で、だんだんと、地球神、宇宙神、宇宙人、龍神などと対話をするようになっていった。

ゆえに国家風水の仕事も、地球の神様や龍神様にお願いして対応している。

皆さんは、お金とか地位とか、何か足りないものがあると思っているかもしれないが、今、この莫大な動きの中で、生きているということ。そしてここにいて、アセンションに関わっているということだけで、成功であり、すべてに感謝すべきことなのです!

それを本当に認識すると、遺伝子と魂の楔《くさび》が解けるのです！

私の修行時代の体験もそうでした。
力が欲しいとか、何々が欲しいとか、最後には何も考えられなくなりました。
不動明王が祀られている所で、百日間の滝行をしました。

最初は、「寒い」「痛い」「やだやだ」（笑）と感じました！

次に、「寂しい」と感じました……。

一ヶ月後には、「どうでもいい！」になりました！（笑）

そして百日めに、「何も考えない」になりました！

すると最後に、龍神様が私に言いました。

「水は冷たいか？」と。

私は「はい！」と言いました。

すると龍神様は、「それがわかればよい！」と。

それが当たり前のことなのです。私の価値観は、そこから変わりました。

大和日女：ありがとうございました！　やはりとても莫大ですね。

次に、Ａｉ先生にお聞きします。ご著書の『天の岩戸開き――アセンション・スターゲイト』にも、ある程度書かれていたと思いますが、「エネルギーを観る」とか「感じる」ということについて、今生、最初に感じられたことは、どのようなことでしょうか！？

Ａｉ先生：そうですね、感受性は豊かでしたが、一見は普通の子供だったと思います！

「エネルギーを感じる」というテーマにおいて、今生、一番最初に印象的だったことは、小学校三年生くらいに、家族で温泉旅行に行った時のことです。目の前がとても綺麗な、どこまでも明るく、淡く、透明なエメラルド・グリーンの海でした！！！

太陽の光が波の紋となって、ゆらゆらしていて……！！！

それがあまりに綺麗で、いつまでも見ていたい感じになって、ふと気がつくと、完全にそのエネルギーと一体化している自分に気づきました！！！

これが、最初に（顕在意識で）、いわゆるエンパシー、感応力、対象と一体化する力を認識した出来事でした。それまでは、他の人と特に違うところがあると思ったことはありませんでしたが、子供心にも、この一体感は尋常では無いことがわかりました。

今でも明確に、そのエネルギーと映像がイメージできます。

その後しばしば、特に素晴らしい本を読んでいる時などに、完全にその世界に入っていることに気づきました。でもこれは子供なら皆、そうかもしれませんね！！！

大和日女：普通の人と違うとは思っていなかったのですね！？

Ａｉ先生：はい、全く！（笑）

大和日女：では、普通の人と違うと思った時、そして明確に「エネルギーがわかる」と感じた時は、どのようだったのでしょうか？

Ａｉ先生：そうですね、それはアセンションのプロセスとも関係して、トータルでは莫大なものとなっていきますので、詳細は第八章のインタビューのところでお話ししたいと思いますが、まずはハート・センター＝ハートのゲイトが（永遠に！！？）明確に開いたと感じた体験。

そしてエネルギー・センター（チャクラ）の活性化を、しっかり、きちんと行った結果、クンダリニーの上昇の経験もありますが、それよりも明確だったのは、スシュムナー（背骨の中心）に、高次から光が降りてきて、その瞬間から、すべてのエネルギー・センターが全開になったこと！！！

さらに、すべてのエネルギーと情報が、一度に押し寄せてきたと感じたことです！！！

その後は、前述のベースの上でという感じですが、高次のマスター方と明確にコンタクト（お話）ができるようになった、ということです！！！

マスター方から最初に伝えられたのは、私が人類のアセンションのひな型である、と。

すなわち、たんに生まれつきエネルギーがわかるとか能力があるとかではなく、一見普通で、人として生まれて、ゼロから思い出し、基礎を身に付け、活性化し、開き、覚醒していく！！！

後からハイアーセルフの記憶として思い出したのは、地球（人類）のアセンションがなかなかできない、どうやってもできない！　ということについて、宇宙評議会にマスター方から相談があったということでした。

大和日女：なるほど！！！　一つひとつが重要で、じっくりと詳細を探求させていただきたい内容ですね！　ぜひ第八章のインタビューでお願いしたいと思います。

ところで、神界のエネルギーについてはいかがでしょうか。

Ａｉ先生：子供の頃から、世界の神話もですが、日本の神話や古事記、日本書紀も読んでいました。やはり日本人ですので、日本の文化や神界には関心があり、十代後半の頃からは、国内の主な一の宮を巡って、いろいろなエネルギーを感じたり、学んだりしていました。

本格的に、日の本の神界、太陽神界のエネルギーを感じた、降りてきたと感じたのは、二十代前半の時で、伊勢神宮の内宮でした。

でもこれは、読者の皆さんも、大なり小なり、神社などで感じておられると思います。

大和日女：では、このテーマのまとめとして、「エネルギーがわかる」とはどういうことか！？　それがなぜ重要か！？　そのために重要なことはなにか！？　ということについて、ぜひ、両先生にお聞きしたいと思います。

白峰先生：すべての基本だね。私はエネルギーを感じる、観る力を観音力と呼んでいます。

Ａｉ先生：そうですね。宇宙のすべてはエネルギーであり、エネルギーでないものはない。

白峰先生：**皆さんにぜひ考えてほしいことは、【愛】とは何か！？　ということです！**

なぜなら、【愛】とは、自分自身を知らないとわからないからです。

イコール、自分がなぜ存在しているか！？　ということです。

それが重要な鍵になると思います。

Ａｉ先生：その通りだと思います！

高次のマスターたちと対話して、一番最初に最も重要だと思ったこと。

そして、これまでのすべてを踏まえて、最も重要だと思うことは、

【道は、愛に始まり、愛に終わる】ということ。

これまでのすべての経験を踏まえても、日に日に、ますます、その通りだと思います。

――読者の皆さんは、アセンションの学びと実践をしている人たちだと思いますので、やはりその通りであると思われます。

しかし、これまでに皆さんのアセンションをサポートしてきた実績と経験を踏まえると、皆さんが、その究極の核心を真にＧｅｔするためには、さらにもっと具体的で、わかりやすい、詳細のサポートが必要です。

そのための重要ポイントやノウハウは、これまでの拙著や本書に書かれていますが、具体的にはハート・センターを活性化するということです。

さらに、中今最新で、最も皆さんにわかりやすく、効果があったのは、次のようなものです。

「気持ち」

まずは、目の前にいる「相手の気持ち」をわかろうとすること、です！！！

それが「エネルギーがわかる」初めの一歩であり、そのものとなります！

ひいては、「地球の気持ち」もわかるようになると思います！！！

【中今】とは!?

大和日女：では、読者の皆さまから両先生への次の質問は、【中今】とは！？です。
「中今」とは何か！？　そしてその意味について、両先生のお話をぜひお聞きしたいと思います。

白峰先生：中今とは、過去、現在、未来にとらわれず、今この瞬間に精一杯生きること！

アセンション、地球維新というロマンに志を立てて、新たな光となって、生まれ変わる！

それが「中今」に至る、ということ！

そして「中今の今」は、少し意味が違います。
「今、今、今……」の時間軸の連続です！

Ａｉ先生：「中今」という言葉は、神道の言葉、歴史観と言われており、過去・現在・未来を統合した今であり、永遠の時間の流れの中の今という中心であり、たんに今ではなく、神代からのすべてを継承している今、というように言われているようですが、「中今」という言葉を広めたのは千天の白峰先生だと思います！
前述のような意味を表す言霊として、まさに唯一ですね！

そして宇宙連合の科学や、神界の核心を表していると思います。
その核心とは、前述の意味であり、千天の白峰先生がおっしゃった内容です。

【護る】とは！？

大和日女：次の、読者からの両先生への質問は、【護る】とは！？ です。

例えば、日の本を護りたい、世界を護りたい、地球を護りたい、ということだと思いますが、そのために何をすればよいのかについてお聞きしたいと思います。

白峰先生:詳細は明かせませんが、一部の方にも手伝ってもらって、日々、国家風水の仕事をしています。どうしても無理だと思う場合は、地球の神様や龍神様にもお願いします。

そして二〇一五年から、高次の艦隊も動いています。
大異変の対策や環境の浄化など、地球の科学ではもはや対応できないことが多いからです。

それらが私の仕事ですが、では、皆さんの仕事とは!?

それは、皆さんが、今、高次から来ている莫大なエネルギーを受け取り、それを家庭、町、地域に分け与えるということです!!!

(※高次がどれほどエネルギーを贈っても、そのポータルがいないと地球に流入しません!)

それはどういうことでしょうか!?

これまでのマル秘の勉強会、エネルギーワークも、すべてはこのためにやってきました！

今までのワークでは、皆さんの「器を創る」ことをしてきました。

天・地・人＝宇宙・地球・人

人として、その生命の響きを受け取る器を創ってきました。

莫大に変化している中今のエネルギーに、皆さんの進化が到達するように、この5年間で創ってきたのです。

※今、それが65％くらいまで達成しています！！！

※皆さんは、皆さん自身が宇宙に贈っている以上のエネルギーを受け取っています！

だから、皆さんの仕事とは何か！？　ということが重要です！！！

それは、皆さんが、その場にいるだけで、家、町、地域が変わる！

そういう存在に成る！！！

皆さんが一人いるだけで、その全員がシフトする！


そういう存在に成る、ということです！！！

ところで最近、ＴＶの都市伝説でフォトンベルトの話があり、やっぱりフォトンベルトはあるんだな！ということで、私の本も再び売れ始めたのですが……（笑）。
すると60人くらいの人が、私の会に申し込みをしてきました。
しかし、私は受け付けません。

「ぶらさがり健康法はダメ！」ということです。

なぜならそれが「当たり前」だからです。

地球は、このままでは、もってあと数年です。

日の本のアセンション・ライトワーカーのトップクラスが、あと2ランクのシフトをしないと、二〇一九年から大変動になります。
あとは皆さん、【愛】とは何か！！！　について、しっかりとフォーカスしてください！！！

Ａｉ先生：まずは一人ひとりが重要と思うことを実践するとよいと思います！
それが自分の本体＝ハイアーセルフのミッションであり、生まれてきた目的だからです。

そして真の自分＝ハイアーセルフにつながることになり、高次につながることになります。

大枠は共通していると思いますが、一人ひとり、その内容が違うと思います。

その内容も、無限にあることでしょう。

例えば、我々も一部をお手伝いさせていただいていると思いますが、千天の白峰先生の重要なお仕事の一つである国家風水。この内容も無限であると思います。

しかし、日の本、世界、地球を護るための究極の核心とは！！！

それは、千天の白峰先生がおっしゃっているように、とてもシンプルなことです。

日の本のアセンション・ライトワーカーである、またはそれを目指している読者の皆さん一人ひとりが、今、自分がいる場所、自分が住んでいる地域で、自分のエネルギーで、家、町、地域全体を変えていく。

（※我々はそれをフィールド＆シールドと呼んでいます。アセンションの波動、次元のフィールドを創り出していくということは、イコール、最大の護りともなる、ということです！）

それに勝るものはありません。

それが日の本の黄金人類であり、神人です。

それが、皆さんが今回、地球に、日の本に生まれてきた、究極の目的なのです！！！

そして、昨今の全地球規模のウルトラ大異変で、全地球人類がすでに気づいていると思いますし、千天の白峰先生も今おっしゃったように、人智ではもはやとうてい不可能な面も多々あります。

その場合も、私は「人事を尽くして天命を待つ」が重要であると思っています。

自分ができる限りのことを尽くせば、もう絶対に無理だと思っても、これまでのところは高次のサポートによる奇跡もありました。

アセンションは、三次元だけのことではなく、高次とのコラボでもあります。

そして宇宙連合のアセンション科学のように、課題が大きいほど進化が大きくなる、という面もあります。

しかし、限度があります。現在、全地球人類が認識していると思いますが、地球は、もうかなり前から様々な面で限界に来ています。

それらについても、白峰先生がおっしゃっている通りであると思います。

では、「護る」とは何か！？　これらの意味を踏まえて、重要なテーマです。

アセンションとは、たんに何かを、何かから護るということではない。

ゆえにやはり、アセンションのフィールド＆シールドを創っていく、ということですね！！！

高次とのコラボで！！！

皆さん一人ひとりと全員が、アセンションのポータル、ひな型となりながら！！！

そして、まずは白峰先生もおっしゃるように、生命の響き＝地球のエネルギーを感じて、共鳴することが重要ですね！！！

【君が代】

大和日女：最後の読者からの両先生への質問は、【君が代】とは！？　についてです。

「君が代」という言葉、意味、エネルギーは、日の本に住む人にとって、とても重要な一つであり、無限のものがあると思いますが、両先生のお話をぜひお聞きかせください。

白峰先生：皆さんは、「君が代」の意味を知っているかい！？

意味は二つあって、表と裏があります。

一つめ（表）は、天皇＝国の御代が、何千年も続くように！　という意味。

一つめ（裏）は、次のようなものです。

「き」と「み」とは、イザナ「ギ」（男性神）と、イザナ「ミ」（女性神）。

この一柱の神様は、国造りの神様ですから、両方の神様が一体となって、「きみ」。

その意味は！！！

地球人類の始まりからいますよ！！！　ということなのです。

ところで私は、二〇一七年に、うお座から水瓶座に本格的に入った時に、「綾小路君が代」と名前を変えました。

「白峰」は、平成元年から二十八年間、やってきました。

その他、私にはいろいろな異名があります。ロシアでは「イワン・シコシコ」、中国では「チン・スーコー」！？（笑）。

そして「中今」とは、「過去にも未来にもとらわれず、今を精一杯生きること」です！

ですから、実は、それらの意味を知ってほしくて、名前にしていたという理由もあります。

そしてきみが代とは、創造主であり、太陽を表します！！！

Ａｉ先生：――「君が代」。

この言霊と、君が代そのものは、日本人なら誰でも、もの心つくかつかないかのうちに知るのではないでしょうか。

それは素晴らしいことだと思います。

「君が代」は、ＤＮＡを活性化させる波動であるという説もあるようですが、とても奥深い、無限のマル秘がある感じがします。

オリンピックで、日本選手が金メダルを獲った時に、日の丸が掲揚されて、君が代が流れますが、その時に何とも言えない高揚感やウルウルを、多くの日本人が感じていることでしょう。

私が今生初めて「君が代」を聞いた、知ったのは、やはりもの心つくかつかないかの頃だったと思いますが、明確に意識し始めたのは、十代後半からで、神界を意識し始めてからだと思います。

最初がいつかは覚えていませんが、その時も、今も、「君が代」という言霊のエネルギー、イメージは、常に一貫しています！！！

常に一貫して、燦然と輝く、しかしこの上なく優しい光の、金色の菊（太陽）にしか見えないのです……！！！！！！

私はこれが、日の本の「国魂《くにたま》」ではないかと思います。

日の本の国魂の中心であり、日の本の民、一人ひとりが、その分御魂《わけみたま》を本来、持っている！！！

それは別の言い方をすると、白峰先生も以前おっしゃっていましたが、

「いたましく思う気持ち」

としか言いようがなく、まさにそれが日の本の国魂のエネルギーであり、日の本の太陽のエネルギーなのです！！！

大和日女：白峰先生、Ａｉ先生、ありがとうございました！！！　読者の皆さまにとって、とても重要な内容になったと思います！！！　重要なテーマばかりでしたので、一つひとつのさらなる詳細についても、ぜひ第七章と第八章のインタビューでまたお聞きしてまいります！！！

第七章

インタビュー 千天の白峰先生

神格

大和日女：第六章での、白峰先生とＡｉ先生の対談は、アンドロメダと天の川銀河のコラボレーションのようにも見え、とても貴重な機会をいただきました！

ここではさらに踏み込んで、お聞きしていきたいと思います！

まず最初に、実は最も気になっていたことの一つから、ご質問いたします。

先生は、「江戸時代からずっと生きて」いらっしゃる！　というお話を耳にします。ですが、実は、少なくとも二〇〇〇年以上前からなのでは！？　と推察しているのですが、いかがでしょうか！？

白峰先生：二〇〇〇年前……（笑）。それは神武のエネルギーのことを言っているな！

生まれ故郷は、シャンバラだしなぁ！　今の私はキャンピングカー生活と山小屋生活と温泉三昧！

「多次元同時存在」って知っているかい？

大和日女：神道、神話に関する用語ですね。神様は分身を創ることがあり、同じ神様が、同時に異なる時間と場所に存在し、働かれる、という。神智学として見ても、各レベルのハイアーセルフも、究極の本体は同じ、ということと同様であると思います。

白峰先生：神様と一緒に仕事をしていると、その時々で年齢も変わる、ということでもあるな。その神様の年齢になっちゃうから！

大和日女：なるほど！　白峰先生は、国常立大神《くにのとこたちのかみ》や、銀河神、宇宙神ほか、様々な神様や高次の存在のお仕事を地上で行われていますが、すべてソースは同じで、「艮の金神《うしとら》」と総称される存在、ということとつながりますね。過去の分身とつながれば、その時から生き続けている、とも言えますし！

器

白峰先生：「器」が重要なんダヨ！

大和日女：はい、先生が今、地上にいらっしゃることが、アセンションの重要な鍵だと思います。様々な高次元の存在のポータルとなって、日本、地球、銀河系、宇宙を護られるのは、肉体を持って地上にいなければ、できないことですから。
神様の器、とは、我々の目指す「神人」の核心でもあると思いますが、先生はなぜ、そのお仕事を可能にするポータルたり得たのでしょうか？

白峰先生：「器」とは何か！？　君たちが言うところの「地上セルフ」のことだが、人としての部分！！！
「ＶＳＯＰ」だな！！！

大和日女：ＶＳＯＰ！？　ブランデーですか？……

白峰先生：◎◎シーもよいが（笑）！！！

V＝バイタリティー！

S＝スペシャリティー！

O＝オリジナリティー！

P＝パーソナリティー！！

バイタリティー：二十代は情熱を燃やし！！！

スペシャリティー：三十代は専門的なことを身に付け！！！

オリジナリティー：四十代は個性を磨き！！！

パーソナリティー：五十代は人格を磨く！！！

これが大事なんです！！！

大和日女：人格形成において、とても重要なポイントですね！

白峰先生：修行も重要だが、普通に五十年も七十年も生きて、その生活の中にキーポイントがあります！

大和日女：特別セミナーでも、肉体の健康についてや作法など、「人としての器」についてのご教示も多々いただいておりますね。

白峰先生：これまでのセミナーでは、君たちの「器」を創るワークをしてきた！！！

「天・人・地」

「天」＝宇宙と「地」＝地球の間に、「人」としての法則がある！！！

「天人地」の「人」として！！！

生命の響きを受け取る器を創ってきた！！！

本格的に変化を始めている中今の地球と宇宙のエネルギーに、皆さんの進化が到達するための準備だな！！！　今、65％位まで来ている！

エネルギーがわかるとは!?

大和日女:第六章の対談でも、「エネルギーがわかるとは!?」のご質問において、器としての禊についてお話くださいましたね。

白峰先生:一番大事なことが何か、わかるかい!?

それは、**「素直」**なんです!!!!!

素直とは、**「スに直る」**と書く。これが重要だな!!!

その中で、直観、閃《ひらめ》きが出てくる。

もう少し、話そう!

エネルギーがわかるとは、「観たい」「感じたい」と、何かを求めることではない。

本来、誰でもなれることであり、根源的な恵みは、常に周りにある！！！

日本人は、環境として恵まれすぎているから、贅沢になっているなぁ。日本が世界のひな型の位置づけであるならば、それは世界そのものであることを自覚するべし！！！

生きて生かされている。

そこには「感謝」しか無い。

その絶対的な価値観を「スに直る」と表現しています！！！

感謝こそが原点です！！！

それが足りないから不平不満が出るが、それも、生きているからできること！！！

「中　今」

大和日女：エネルギーがわかる、ということの核心も、わかりたいと願うことではなく、器を美しく磨く、ということですね。よくわかりました！！！

「中今とは！？」というご質問にも、「本来、言葉で解説するものではない」とお答えいただきましたね。

白峰先生：中今は中今！！！　わかる人には、わかる世界！！！

難しいようだが、単純なり！

善し悪しではなく、すべてを受け取って感謝し、過去、現在、未来にとらわれず、今この瞬間に精一杯生きること！！！

そして、中今の「今」が重要なんダヨ！！！

五十年後にアセンションしても、意味が無い！！！

「今」それが起きる必要がある！！！！

地球の建て替え

大和日女：はい、先生はそのために、日々、身を削られるように、すべてを支えていらっしゃると思います。先生ご自身も、肉体を持つ「人」でもいらっしゃいますから。

白峰先生：全人類七十億を救おうとするなら、本来なら、肉体を離れた方が楽なんだよ。でもそれだと、ポールシフトが起きちゃうからな！

自分の創った生命原理の中に入って、やることがある。
人として生まれてきた。
そこに命の尊厳があるんだよ。

地球は5．555から6．666の波動に移行しています。しかし、地球が一番欲しい波動は、7．777！！　来年は、その完成なり！！！

私の肉体のベースは8次元、意識は9次元、本体10次元でやってきた。さらに根元と根源と創造神界から13次元まで！　地球に合わせるとつらいなぁ！！！

大和日女：地球の次元上昇は、そのまま、地球の神様の動きでもありますね。

白峰先生：地球創造主は、五億年前からその進化をサポート。

六五〇〇万年前から、サナート・クラマが人間の進化をサポートし始めた。

神武も、架空の存在ではなく、実際に龍体として存在していたんダヨ！！！

私の守護神の一柱に、死神様がいますが、死神は、「創造」「維持」「破壊」の「破壊」を司っています。

北極星の神様の姿であり、実は、「創造」の次の段階の、Ｎｏ．２の神様です！　地球では「魔王」と呼ばれているが、本当の姿は、光の根源！

大和日女：地球を核心として、全体が動き出している、ということですね！

白峰先生：地球は今、最終段階にいます！！！

本来の姿に戻る時が来ている！！！　ということです！！！

地球神界としての学びが終わります！！！！

それは、地球霊王の再生、復活でもあり！！

アニミズムの時代から地球にあった、もともとの信仰はすべて、太陽を絶対的な存在としていた！！！

日本も、ローマやシュメール、エジプトも、世界中共通の信仰だった！

地球は、新たなステージに入る！！！

それは、シリウスの太陽との融合でもある！！！

本来、太陽は二つあり、もう一つは、シリウスの太陽！　太陽系の太陽にエネルギーを送っていた！！！

月も二つあるが、もう一つが本物のエネルギーであり、シリウスの月！！！

月は、皆さんの肉体の生命原理を動かす働きを司っています！　実際に、農作物も、月の影響で育成されています。

実は、地球の水は、太古の月から来ました。

月から地球へ水が来て、それが海となり、生命の形態が発展！！

ダカラ！！！

月の水が無いと、生命として存在しない！

人体の６割が水。それは月の影響を大きく受けている！！　肉体は、大地で育ち、月に生かされていま
す！！

太陽は、エネルギー体にエネルギーを補給していきますが、本来、光は十二光線あると言われていま
す！！！

第一光線から第十二光線まであるが、そのうちの五つが、人間の肉体に宿ります！！

「五体満足」ということです！　そして、残りの七光線は、太陽から来ています！！

だから、太陽は七色なり！！

そして、太陽の光線を肉体に入れること！！！

それが、霊的進化なり！！！！

旧シリウスは、そのシステムも消滅！　新宇宙のアンドロメダから新シリウスと新太陽、そして新生トーラスで地球をつなげています！！！
（その時、私の心臓も止まりかけました！？）

そして、アンドロメダを中心とする新しい太陽系！！！！

私は、この地球を宇宙時代につなげる天命を持っているが、地球霊王の仕事としては、二〇二〇年から、本格的な建て替えに入る！！！　その建て替えには、私自身も入ることになる！

このままでは、地球はもってあと数年！
その時にシフトするか終了するかが、これからにかかっている！！！

「神一厘」の法則なり！！！！！

君たちが生きているのは、この日本！　それは神人候補として生きている、ということである！！！
その中で、アセンションや地球維新に関心を持ち、関わり、実際に活動している者たちが、アセンションの柱となり、アカシックレコードを変えていく！！！

そのために、君たちが変わる！！

早急に、あと二段階のシフトが必要！！！！！

地球維新

大和日女：はい、地上の現状を観ても、急ぐ必要があることがわかります。すでに、建て替えのエネルギーは動いているということですね。

白峰先生：地球の神様には、「壊す」「残す」「選ぶ」、三つの選択肢がある。

二〇一九年は、「選ぶ」＝選抜が始まるんだよ。

大和日女：神人の選抜、ということでしょうか？

白峰先生：地球は懸命に人類を護っている。だが、今の全体の意識のエネルギー、度数ではもたない！！！地球がアセンション＝次元上昇するには、全体の意識のエネルギー、度数が、最低「７００」必要！だが、下がり続けている！！！　重すぎるんです！！！

ダカラ！！！！！

二〇一九年から、本当に、本格的にシフトさせていくことになります！！！

二〇一九年から、神人の選抜が始まります！！！

二〇二〇年が、最終結論の年になる！

大和日女：まさに、今、日の本のライトワーカーにかかっている！！！　ということですね！

白峰先生：日本神界最後の仕事として、日本龍体再生の神事も進めている！

君たちのような、担当領域の違うポータルとのクロスオーバーは、異なるエネルギーが融合した磁場を創れる！！！　そこから生まれるエネルギーを使うこともある！

（ちなみに、この日本一の湖は、日本の龍体で観ると、子宮にあたる！！　すなわち、龍神、気、エネルギーを生み出す大元なり！！！）

汚染と破壊の対策は、宇宙艦隊に依頼し！！！
日本神界、地球神界は、日本沈没を避けるために、動いています！！！
このままだと、来年の夏は四五度の世界だからな！

大和日女：よくわかりました。神人候補者が、一歩でも、そのスタートを切る必要がありますね。

白峰先生：あと2ランク上がり！！！　全体の波動を上げられれば！！！！
本格的にシフトする！！！！！

大和日女：そのために、必要なアドバイスをいただけますでしょうか？

白峰先生：**「かたち」として生まれ、「きもち」を学び、「いのち」に戻る！！！**

すでに神人として創られたのに、自分を忘れている！！！

私の教えは、たった二つです！！！

見えないお化けを怖がらない！
飲まない酒に酔わない！

なぜかというと、それが「当たり前のこと」だからです！！

当たり前の物事の中に、真実がある。

当たり前のことをやってください。

皆さんは、常に生かされています！！！

すべては、生きているからできること！！

生きているだけで、感謝なり！

日々の積み重ねの繰り返しが重要です！！！

大和日女：神武天皇の御言葉に聞こえます……！

白峰先生：皆さんは、「秀才」ではなく、「天才」になってください！！！

「秀才」とは、勉強をして、「知識を身に付けた」人のことです。

しかし！！！！！

勉強すればするほど、ダメになる！！

そうではなく、

「天才」たれ！！！！

「天」の「才」とは、生まれつきの感性、心です！！！

自分の中心に響くものが、絶対であり、真実です！！！

【命の響き】もまた、感じるもの！！！！！

『華生宝瓊』の『瓊』は、珠＝命の響き！！！

華やかに生きて、命を輝かせる宝！！

朕華〜〜主！！！！！

大和日女：ありがとうございました！！！

白峰先生：「朕」＝天皇陛下を表し、「華」＝皇帝、「主」は創造主なり！！！

天皇陛下と皇帝と創造主に乾杯！！！

実は「力」＝「太陽」＝「神」を表します！！！

大和日女：朕華〜〜主！！！！！

第八章

インタビュー Ai 先生

宇宙、太陽系、地球コラボ

大和日女：第六章での、白峰先生とＡｉ先生の対談とテーマは、とても重要な内容でしたので、ここではぜひ、さらにその探求を深めていきたいと思います！！！

まず最初に、両先生の、今回、地上で初めて会われた時のお話を、より詳しくお聞かせ願えますでしょうか。

Ａｉ先生が白峰先生に、今回の地上で初めてお会いになられたのはいつですか！？

Ａｉ先生：二〇〇四年に開催した、日の本のウエサク祭というイベントの時です。その御招待をお贈りした時に、お電話をいただきました。

大和日女：その時のエピソードも興味深いとお聞きしましたが！

Ａｉ先生：ちょうど夕食の支度をしていて、野菜炒めか何かを作っていた時だったんですね。妹が、「お姉ちゃん、電話！　田村さんという人から！」電話に出てみると、「正和です」と……。しかしすぐには、オヤジギャグ（！？）がわからず、白峰先生を困らせてしまったようです（笑）。

大和日女：どんなお話をされたのですか！？

Ａｉ先生：白峰先生は、開口一番に、**【ウエサク祭にお招きいただき、恐悦至極！】**とおっしゃいました！　とても印象的でした。

そして、いろんなお話をしました。

たしか最初におっしゃったのは、自分（白峰先生）のエネルギーをどう思うか、ということでした。まだ直接お会いしていませんでしたが、とてもエネルギーに敏感な、繊細な方だと思いますとお伝えしました。そして、白龍のエネルギーを感じます、と。

白峰先生は、「ふんふん、なるほど」という感じで聞かれていました。

そして、あなたはどこから来たと思う！？　と私に聞かれました。

宇宙？　プレアデスとか？　と。私は、「分身はいろいろありますが、そういう宇宙関係でしいて言えば、アンドロメダだと思います」とお答えしました。

すると白峰先生は、しばらく黙って、何か考えて（審神して！？）おられるようでした。

大和日女：そして地上で初めて、直接お会いになったのが、日の本のウエサク祭だったのですね！？

Ａｉ先生：はい！　私は総合司会をしていたのですが、進行のある場面で、会場の（暗闇の中から！）サプライズで！　劇的な登場をされました！！！

「ウエサク祭にお招きいただき、恐悦至極！　サナート・クマラに代わって、御礼を申し上げます！」と、おっしゃいながら！！！

上下とも、全身真っ赤な衣装で（サンタ・クロースのようでした！）登場されました！

終了後、白峰先生の私的な懇親会にお招きいただき、そこで初めて間近にお会いしました。

座席は少し遠かったので、直接はほとんどお話しませんでしたが、ふと、白峰先生とは過去生でどのような関係があったのだろうか、と思いました。

その時に……！！！！

後にも先にも、主にはその時一回だけ、という感じでしたが、白峰先生は、『根源神界のフォトン』としか言いようのないものを観せてくださいました！

私はあやうく滂沱《ぼうだ》になりかけました！　地上では観ることができないだろうと思っていたものを観ることができたからです！

自分は一人ではないのだ、と感じて、滂沱になりかかったのでした！

その日の帰り際にお別れする時に、皆でハグをしあいましたが、白峰先生は、私のエネルギーを「（太陽エネルギーで）温かい！」とおっしゃいました。

二度目にある場所でお会いした時も、私が部屋に入っていくと、突然「熱い！　熱い！」と言って、上着を脱がれました。

白峰先生と私がいると、根源太陽のフォトンが共鳴して増幅する感じがしました。

大和日女：その後は、どのようなやり取りをされたのですか！？

Ａｉ先生：そこから様々な動きが加速していきました。

いくつか白峰先生の講演会のプロデュースをさせていただき、その中で、シリウス・ロゴスのイニシエーションがあったり、シリウスのキリストのイニシエーションがあったりしました（これらの詳細は、また別の機会にお伝えできるかもしれません！）。

そして、世界の盟主のプロジェクトがありましたが、これは国際情勢などのコンプラにより、いったん延期となりました。

大和日女：Ａｉ先生はズバリ、千天の白峰先生とは、どのような存在、どのような方であると感じておられますか！？

Ａｉ先生：そうですね、いろいろとありますが、ズバリ言うと、トータルでは、ここの宇宙の根源神のポータルだと思います。そして、＆イコール、地球そのものでもあると思います……！！！

大和日女：なるほど……！！！　とても深いものを感じます！！！
その他、どのような役割をされていると思いますか！？

Ａｉ先生：これもたくさんあると思いますし、具体的には私も知らないことの方が多いのではないでしょうか！（笑）

それらについては、白峰先生のご著書にかなり書かれています。でも、大和日女さんが第一章で書かれていたように、出会い、各自の役割、そして共鳴、コラボとなった時に動くエネルギーというのが、根源の始まりから決まっていたように思います。

そして最近、アカデミーでもお伝えしたように、運命、神命、天命が50%で、あとの50%は地上セルフの中今の、常なる選択と努力であるでしょう！！！

そして白峰先生は、私が知る宇宙史、地上史のすべての中で、最も「スッポン」だと思います（笑）！！！すなわち、私が知る限り、最も強靭な意志を持っている方であると感じます。

大和日女：地上で初めて日の本のウエサク祭で会われて、その次はどのような感じだったのですか！？

Ａｉ先生：前述のような、様々なプロジェクトの打ち合わせをかねてだったと思いますが、ある場所にお招きいただきました。

大和日女：その時に、どんなことを感じられましたか！？

Ａｉ先生：日の本のウエサク祭の夜の続きという感じで、他に適切な表現がなく、おこがましいようでもありますが、初めて、自己のトータルの波動量と同じものを感じました！！

大枠の役割は対照的な感じですが、根源ではつながっており、それを感じるという意味で、地上で一人ではないとやはり感じました。

大和日女：その後、どのようなコラボとなっていったのでしょうか！？

Ａｉ先生：地上だけでもすでに十四年以上ですので、とてもたくさんのことがあります。一つひとつのさらなる詳細についても、別の機会にお伝えすることができるかもしれません！

私のトータルのミッションのメインの一つは、人々のアセンションをサポートすること。人々の神人への神化のサポート＝日の本のミッション＝地球全体のアセンション・シフトをサポートすることであり、そのコラボだと思います（もちろん自身も日々精進しながら！！！）。

これは白峰先生とお会いする前から進めていた一つで、ここの旧宇宙のタイムリミットが来た、最初の危機のＡＤ二〇〇〇年前後から、高次のスピリチュアル・ハイラーキー（宇宙全体の進化を統括する高次のマスター方）との検討（要請）で始まりました。

ゆえに、我々のアセンション・アカデミーと白峰先生の会は、全く別のもので、直接の関係は全くありません。

宇宙、太陽系、地球の必要に応じてのコラボとなっています。

しかしそのご縁もあり、ここの宇宙の根源父神系の方でもありますし、根源のアセンション＆ライトワークを目指す人にとっては様々な意味で、（宇宙の系譜としても、ＤＮＡとしても！）宇宙の父と言える方だと思いますから、二〇〇四年以降、定期的に年に二回くらい、特別講師として、マル秘のセミナー、ワークショップを行っていただいています。

このような特別講師をしていただけることはほとんど無いと聞いていますので、大変恵まれていると思います。

その中では、宇宙、太陽系、地球規模で、様々な、とても重要な動きとなります。

ゆえに、白峰先生とのコラボのメインの一つは、日の本、地球、宇宙の様々なエネルギーの調整などですね。

それらについても、別の機会に、さらに詳細をお伝えできるかもしれません！

白峰先生も、これまでに伝えてこられましたように、宇宙史、地球史におけるアセンションのタイムリミットというのがとっくに来ていることが主な要因ですが、地球、太陽系、宇宙規模の、様々な大変動。これに気づいていない人類は、もはや一人もいないと思います。

その中で、最たる目的である、肝心の人類のアセンションが、まだほとんど進んでいないので、あとわずかでも、何とかもう少し、地上で学ぶ時間を作りたい！！！　ということです！！！

すでに、とっくの昔にタイムリミットが来ているので、これはとても難しいことです。

アセンション＝ライトワークは、至上の喜びであると思いますが、地上にいる地上セルフをポータルとしていますから限界もあり、特に地球そのもののポータルでもある白峰先生は、日々、文字通り、命を削っておられます！！！

これは、真に一線のライトワーカー＝根源神のアセンション・プロジェクトのサポーターも同様です。

でも、ライトワーク＝アセンションという宇宙の法則なので、至上の喜びであり、宇宙連合（我々の未来セルフ連合）が言う通り、課題が大きいほど進化も大きくなります。

ゆえに、白峰先生からも詳しいお話があるかもしれませんが、それほど多くの時間は残されていないと思いますし、多くの人類もそう感じていると思います。

しかし、アセンション＝進化が進むことによって、アカシックも変わるかもしれません！！！

大和日女：トータルの大枠が、とても伝わってきた感じがします……！！！

今、この瞬間から、我々一人ひとりが全開で精進して、微力ながらその一助となっていきたいです！！！！！！！

その力を少しずつ身に付けて、今後ぜひその詳細も学んでいきたいと思います！！！

そのための大切なヒントともなると思いますので、日の本のアセンション・ライトワーカーである読者の皆さんからのご質問＝今、重要と感じるテーマについて、より詳細を探求させてください。

まずは、大阪府にお住まいの、ひろしさんという方からの質問テーマです。

エネルギー

ひろし：私がご質問したいテーマは、「エネルギーがわかる、使える」とは！？　についてです！

Ai先生：この「エネルギーがわかる」というテーマは、アセンション・ライトワークの始まりで終わりの、重要な鍵の一つだと思いますし、これからアセンションを目指す人にも、人類すべてにも、重要なテーマの一つだと思います。ゆえに人類代表質問という感じですね！

ひろし：それには様々なレベルとスケールがあると思いますが、自分自身のこれまでの学びと日々の実践から、まず重要だろうと思うことは、今この瞬間！　この場に！　世界に必要なエネルギーであろう、と！！！

Ai先生：その通りです！！！　**そして、必要なエネルギーがわかったら、それを出せる自分を創ること、ですね！！！**

ひろし：大まかな感覚では、そうであろうと自分の中心で感じていますが、正直なところ、まだまだ確証を掴むに至っていません。

Ａｉ先生：それを掴むまでやる！！　ことが重要ですね！！！

ひろし：白峰先生も、Ａｉ先生も、「エネルギーで観る」ということをよくおっしゃられています。まるで実際に目で見て触っているかのように、こちらまで感じるくらいの詳細な動きをお話しされますが、どのような感覚でエネルギーが観えているのでしょうか！？
できればぜひそれについて、お聞きしたいと思います。

エネルギー・センター（チャクラ）の活性化や、各次元につながるのが先だと言われそうですが……（笑）！
毎瞬感じるエネルギーにフォーカスし、愛を出し続けることを常に心がけています。
世のため人のため、皆のためになるよう、もっともっと明確に知りたく感じています。
よろしくお願いいたします。

Ａｉ先生：そうですね、私の今生のプロセスとして時系列でお話しすると、幼少の頃から、美しいと思う自然界のエネルギーや、素晴らしいと思う本などのエネルギーにかなりフォーカスしていました。

各時期により、どんな光の色彩（光線）が好きか等も。

それらにより、自分の本来の世界やエネルギーがどのようなものであるかを、かなり子供の頃から認識していました。

これまでの拙著にも書いてきましたように、二十代前半までは、宇宙、生命、地球環境問題などについて、地球の科学的に学んでいました。

そしてニューサイエンスを経て、真に高次につながっている、古代からのアセンションのマスター方による、最新のアセンションの世界に入っていきました。

皆さんも大なり小なり同様だと思いますし、私の場合は、地球の科学的考え方、ニューサイエンス、そしてアセンションと進んできたので、より明確なのかもしれませんが、物理次元だけの世界ではなく、少しでも霊的進化の世界に入ると、すべての大元はエネルギーであり、意識であるということがわかります。

そうすると必然的に、「エネルギー」とは！！？　ということに意識が向くと思います！！！

それこそ、寝ても起きても、二十四時間、常に様々なことを通して！！！（笑）

ゆえに、まずは、重要と感じたことの【探求】ですね！！！

それを真にＧｅｔするかどうかは、その強さと深さです！！！

わかるまでやる、できるまでやる！！！

そして、「エネルギー」というテーマで最も重要なのは、「考えるものではない」、脳みそで考えてわかるものではない、ということです！！！

そう、【感じる】ものである、感じることでしか感じることができない、ということですね！！！

「考えるな、感じろ！」という、Ｂ．Ｌ（ブルース・リー！）の法則ですね！（笑）

――では、どうやって、どこで、感じることができるのか。

皆さん、アバウトでは、心、ハート、魂などというのではないかと思いますが、正確にはやはり、そのベースは、エネルギー・センター（チャクラ）です。

古代からの高次のアセンション・アカデミーでも、基礎、ベースとなっていますが、まずはエネルギー・センター（チャクラ）の活性化ですね！

市販の本などもたくさんあると思いますし、各自が合うものでよいと思いますが、私が行ったものは、アインソフからもたらされたもので、超古代から高次のアセンション・アカデミーで継承されているものであり、一見シンプルですが、とても深い理論に基づき、実際の効果が高いものです。

私は子供の頃から、夜の寝つきが悪かったのですが、これを始めて一週間で、人生で初めて、すぐに眠れるようになりました！

そして適切な指導の元で真剣にやれば、約一ヶ月で、基礎が身に付くと思います。

自分の各エネルギー・センターが活性化し、位置がわかり、活性化しているベストの状態がわかる。調整の仕方もある程度わかってくる、ということですね。

エネルギー・センター（チャクラ）も、無限の役割があると思いますが、物理次元ではない、物理次元（三次元）より高次のエネルギーを送受信する、最初のセンターであると言えます。そして上のレベルも、宇宙レベルまで、無限にあります。

ゆえに、「エネルギーがわかる！」ために、具体的に最初に必要なのは、エネルギー・センター（チャクラ）の活性化です！！！

※しかし大元は、「必要は産みの母！」だと思います！！！
本当に重要、必要と思えば、必然的に意識が向く！　フォーカスする！　探求する！！！　ですね！！！

※そしてこれは、トータルではとても重要なことです！！！
なぜならば、本当にエネルギー・センターのすべてが真に活性化し、全開になるということは、地球のレベルを超えた先までつながれるということであり、地上セルフの努力はもちろん、各自のハイアーセルフや指導マスター、地球の進化・アセンションを管理するマスターなどの許可とコラボ無しにはできないことだからです！！！

※ゆえに！！！　意図が重要である、ということです！！！

目的ですね。何のために力が必要なのか！！！

それが宇宙の法則にかなっていて、地球神にも届き、自分のハイアーセルフ（真の本体）のミッションとして、そのために必要なことを地上セルフがしっかりやれば、必ず道は開けると思います！！！
私自身、まさにそのようにして開いていきました！！！

さて、「エネルギーがわかる、観える」ためには！？　ということについて、もう少し詳しくお話ししたいと思いますが、無限のレベルとスケールがあると言えますので、とうていここですべてはお伝えできません。

そこで、重要なポイントをできるだけお伝えしたいと思います。我々のアカデミーの中では、アセンション・ライトワークの実践と学びの重要なテーマの一つとして、日々、ワークショップの中で等、ＯＪＴで実践コラボを行い、皆さんもじわじわと成果を上げています！！！

そして、これまでに私が書いた本もぜひ参考にしてください！！！

重要なポイントを大まかに言いますと、まず、エネルギーを感じるところは、エネルギー・センターのすべて、であると思います！

エネルギー・センターというより、エネルギー・センサーという方がわかりやすいかもですね！

ハート・センターもエネルギー・センターの一つですが、簡単に言いますと、エネルギー・センターの一つ上のレベルが魂であると言えます。

さらにその上がコーザル体（御神体）で、魂およびサハスラーラ（頭頂のチャクラ）とも関係しますが、ここでは主にエネルギー・センターの話に絞ります。

エネルギー・センターは、肉体や内臓のエネルギーの元であるとも言え、すべてが重要ですが、アセンションの観点で見て、特に重要であると思うのは、基底のチャクラ、中心のハート・センター、そして額のアジナー、頭頂のサハスラーラです。

基底（尾てい骨）のチャクラは、生命エネルギー、クンダリニーのエネルギーの大元であると言われています。

そしてハート・センターが、皆さんには一番わかりやすい（しかし最も高度！）と思います。中心であり、愛、光、心、気持ち、という感じですね！

ゆえに、（エネルギーを）【感じる】というあらゆる意味で、最も重要であり、中心となるのが、やはりこのハート・センターとなるでしょう！！！

ですから、適切な指導の元で、という必要がありますが、この愛の中心＝ハート・センターを活性化すればするほど、エネルギー・センサーが活性化していく、ということを、皆さんも感じると思います！！！

そして、本当は各自で発見していただく必要があるのですが、ネタバレ的な話で（！　笑）、前述のように、地球の時間が無いのでお伝えするのは、他の拙著でも書いているように、愛の中心のハート・センターが活性化しないと、すべてのエネルギー・センター（センサー）も活性化しない、ということです！！！

宇宙の法則として、ハート・センターは人体の心臓のように大切です。

ゆえに、「エネルギーを観る」力のメインは、額のアジナー・センターであると言えますが、愛のエネルギーと目的が無いのに、その力だけが発達すると、怖いことになります！！！（笑）

以上を参考に、どしどし道を開いていっていただきたいと思います！！！

白峰先生のご幼少については謎（！？　笑）ですし、第七章の突撃（！！？）インタビューで何か明らかになるのではないかとワクワクしていますが！！！（笑）

私自身のプロセスも全く同じで、述べてきた通りです。

アカデミーで皆で日々実践を進めていますが、さらなる詳細についても、本書でできるだけ、そして今後の様々な機会にまたお伝えしていきたいと思います。

最後に、このご質問のテーマの核心である、私が普段どのようにエネルギーを感じ、観ているかについて、少しお話しします。

まずは皆さんが、これまでに述べたような内容を進めて、まずはハート・センター＝愛＝人格＝ハート格！　を高めて！！！（笑）

すべてのエネルギー・センターがある程度活性化しているという前提で……。

基本的にエネルギーを「感じる」メインは、ハートです。

そして、エネルギーを送るメインもハートであり、つながるメインもハートです。

そして！！！　その愛の中心を支えるのが、基底からの（赤い）第一光線＝クンダリニーのパワーです。愛の意志でもあります。

ハイアーセルフ、すべての高次と、そのアカシック（記録）とのコンタクト＝情報の送受信の中心は、アジナー・センターです（脳みそではありません！）。

（エネルギー・センターが活性化し、ハイアーセルフと一体化してくると、皆が認識しているような脳みそは、三次元のことと、肉体維持以外には使いません。というよりも、物理次元だけで生きている人間は数パーセントしか脳を使っていないと言われていますが、アセンションが始まると、真の脳のすべての力を発揮していくと思います。超古代のマスターも、魂は太陽につながり、頭は宇宙につながると言っています)。

そして神界レベルになると、サハスラーラのレベルになると言えます。

これは言葉で説明するのは難しいですが、マルテンジュウで象徴されるすべてを統合した結果、マルテンになる、という感じです。

この状態で、どのようにエネルギーを感じて、観て、送受信するかということについてですが、まずエネルギー＝情報とは、ある所にあると言えます。

すなわち、物理次元で生きている人よりも、明確にアセンション・ライトワーカーとして生きている人の方が、格段にエネルギー量、情報量が多いということです。

愛や光も多いですし、潜在的に高次までつながっているハイアーセルフがいる、ということですね！！！

ゆえに、例えばそのようなライトワーカーと接する時。具体的には個人セッションのような設定がわかりやすいでしょう。そういう時には、地上セルフとハイアーセルフの両方を観る(感じる)ことが多いです。

例えば、地上セルフのエネルギーを観て＝エネルギー・センターなどで感じて、必要なアドバイスをする。

その人のハイアーセルフからの必要な情報は、アジナー・センターを通してくることが多いです。圧縮ファイルのDVDのような感じですね！！！

皆さんも、「悟った」「ピカッと閃《ひらめ》いた」「ヴィジョンが観えた」などの経験があると思います。基本的にはその周波数帯と同じです（この直観的な領域は、神智学ではブッディ界などと呼ばれ、とても高次の領域です）。

ゆえに、直観的な領域でもありますので、繊細なものであり、フルコンシャス（顕在意識）で日常的に行っていけるものであります。

しかし繊細であるがゆえに、そのためには、地上セルフの脳みその独り言！！？　愚痴！！？（笑）と、ハイアーセルフや高次からのメッセージの区別が明確にできる必要がありますので、それはやはり適切な指導の元での訓練も必要となります。

でも、重要なポイントは！！！

情報だけでは、良い、悪いがわかりませんが、ハートや魂がしっかりと活性化していたら！！！

圧倒的な、宇宙規模の、愛と光の大洪水として！！！！！！

明確にわかるでしょう！！！！！！！！！！！

さらに言えば、神界レベルになると、もはやエネルギー・センターも使わなくなります。

使わないというより、すべてが内包されている感じになります。

以上、言葉ですべてを伝えることはできませんが、エネルギーと大枠のイメージは伝わると思いますし、日の本のライトワーカーの進化の方向性を見ても同じですので、ぜひ参考にしてください！！！！！

各内容のさらなる詳細も無限にありますが、核心はとてもシンプルです。

それらについても、また別の機会に、わかりやすくまとめていきたいと思います。

中今

織日女：神奈川県在住の織日女です。日々のアセンション・ライトワークの実践の中で、「中今を生きる」ということが重要であると感じます。

「中今」とは何か！！？　ということが、現在、私が重要と感じるテーマですので、ぜひお話をお聞きしたいと思います。

私が感じる中今とは、「宇宙の創始から未来すべてを統合した今この瞬間」という感じです。

図形のイメージで言うと、「マルテン」という感じがします。

それは「統合」そのものであり、突き詰めると「根源」そのものであり、それが根源の「愛」と言えるものではないかと！

少し前でもなく、追いついていくものでもなく、本当に「中今」を生きるために、今、地上に生きている私たちが、すべてを「統合」するということは、すべてを「愛する」ということであると！

そこに向かって、ただ純粋に進んでいこうと思っています。

その中今の今を生きるために！！！

そして、白峰先生、Ａｉ先生のように、本当に二十四時間、「中今を生きていく」ために、最も必要なことが何か！！？

それは、たんに地上セルフの脳みそだけで生きている状態ではなく、「愛の化身」そのものである状態ではないかと思います！

自分に本当に正直に生きる！　なろうとするのではなく、成る！

絶対に何があっても、本当に根源から生まれた根源の子供になり、根源へ還る！　皆とともに！　それをこの地上でやる！

そう決心した時に、それらが初めてエネルギーでつながった感じがしました！！！

Ａｉ先生：「中今」という言葉は、神道の言葉、歴史観といわれており、過去・現在・未来を統合した今であり、永遠の時間の流れの中の今という中心であり、たんに今ではなく、神代からのすべてを継承している今、というように言われていますが、「中今」をそのような意味で、地上で最初に、最も表に出されたのは白峰先生であると思います。

ゆえに、第七章での白峰先生のコメントが楽しみです！

「中今」という言葉は、前述のような意味として、私もとても好きな言葉です。
前述のような意味を表す言霊は、他にはないと思います。

そして！！！　私が中今に感じる中今とは！！！！！

ズバリ言いますと！

中今とは、中今の中今、中今の今としか言いようがない！！！

ということです！！！（笑）

もちろん、ふざけているわけではなく（笑）、前述のような意味においては、核心的には、そうとしか感じられない、ということなのです！！！

でも、もう少し詳しく見ていきますと……

◎中今とは、「過去・現在・未来を統合した今であり、永遠の時間の流れの中の今という中心であり、たんに今ではなく、神代からのすべてを継承している今」という意味において、あらゆるすべてを無限に含んでいる。

◎その人の感じる中今が、その人の中今！！！

と、まずは言えると思います。

そして、「過去・現在・未来を統合した今であり、永遠の時間の流れの中の今という中心であり、たんに今ではなく、神代からのすべてを継承している今」とは、そのすべてを認識している状態であり、「中今を生きる」とは、その中今で、自分が感じること、重要と感じること、やるべきだと感じることのすべて！！！　をやること！！！

それをやっている状態！！！　であると思います！！！

それらの感じを掴んでいる（ハイアーセルフはわかっている、ハイアーセルフからのメッセージを受け取っている）と思いますので、この方向性でどしどし進んでいけば、ますます、「中今で生きる！」となっていくでしょう！！！

すでに中今で生き始めていると思います！！！

護る

からすｗｗ：栃木県在住のからすｗｗです。私が今、重要と思うテーマは、「護る」ということについてです。ここには様々な意味があると思いますが、アセンション・ライトワークと深く関わっていると思います。

私は日の本のアセンション・ライトワーカーとともに、日の本、世界、地球を護っていきたいと思っています。

では「護る」ということは、真にはどういうことなのか！？

究極は、愛で護るということではないかと感じます。

そして、白峰先生やＡｉ先生が、常に示してくださっていることそのものだと思います！！！

その愛を全開にしていくためには、まずはハート・センターを全開に活性化し、その核＝根源の分御珠《わけみたま》で日の本のライトワーカーと共鳴し、その愛のエネルギーで、日の本＝世界に、アセンションのフィールドを創っていくことだと思います。

それが、日の本＝世界を護るシールドにもなっていくと思います。

しかし現実には、まだようやく少し愛のエネルギーが増える体感があったばかりなので、さらに莫大なパワーが必要だと感じます!!!

それが愛の意志であり、愛の中心を支えることができる、基底からの第一光線だと思います。

しかしまだまだ軽々しく護る、護りたいと言える立場ではないと思いますが、根源のエネルギーが地上に降りてきているという奇跡の今こそ、すべてのアセンションのために、絶対にあきらめずに愛で護り抜きたいと思っていますが、いかがでしょうか!!!

Ai先生:「護る」というテーマも、とても重要で深いテーマですね!

これも無限の内容があると思いますが、まずは一人ひとりが重要と感じることが、自分のミッション(使命)だと思います。

「護る」ということは、どういうことでしょうか!?

これは、今、目の前にいる人、愛する人、家族、そして日の本全体、地球全体まで、様々なスケールがあることでしょう。

そして、その内容も方法も、様々ですね。

「愛で護る」というのは、究極はそうなのかもしれませんが、より具体的に観ると、始まりの動機ではないかと思います。

愛するから、愛しているから、護りたい！　と言う！

「愛」は、一番大事なことだと思いますが、物理次元では、抽象的に捉えられることが多いと感じます。

しかし、すべての原動力であり、ゴールの一つでもあります。

例えば、目の前にいる人、愛する人を護るとはどういうことか！？

そこには様々なものがあるでしょう。ケースバイケース、ＴＰＯでもあると思います。

ただ愛する、愛を伝えることだけが、本当にその人を護ることになるのかはわかりませんよね。

例えば親子や師弟、あるいは恋人同士で観るとわかりやすいのではないでしょうか。

本当に相手のことを思うほど、時には突き放したり、厳しく指導する必要もあるかもしれませんし、場合によっては真逆の行動に観えることもあるかもしれません。

物理的な行動も必要な場合が多いと思います。

それが日の本のスケールになっても、同じではないでしょうか。

日の本のスケールで観た、その立場とは、内閣総理大臣と、天皇であると思います。

自分が、日の本の首相になったつもりで観ると、日の本を護るとはどういうことか、イメージができるのではないでしょうか。

そうすると、そこには莫大なものがあるでしょう。

例えば、日の本をたんに外敵（！？）から護ればよいだけというものではない。

やはり親の視点に近いのでしょうか。日の本全体の健康や成長も考える必要がある。


そして、地球のスケールでは、自分が地球になったつもりで観る。

太陽になったつもりで観る。

宇宙になったつもりで観る。


そうするとますます、親のような観点になっていくのではないでしょうか。


より具体的な内容は、一人ひとりが感じる通りであると思います。

自分が傘になって護る時もあるかもしれませんが、トータルでは、必要な方向性、進化をサポートしていく、本当に必要な本質を変えていく、ということも含まれます。


あとは、ケースバイケースとＴＰＯの中今だと思います！

神人

愛心：大阪府在住の愛心です。私が今、重要と思うテーマは、「神人」です。

神人とは！？　神と人の一体化とは！？　神界のポータルとしての地上セルフとは！？　神人になるために何が重要か！？　等です。

自分がまずはアセンションして、人々のアセンションもサポートできるよう、一秒でも早く真の神人になりたい。神界・高次のポータルとしての地上セルフになりたいと思います。

今、そのために必要だと思うのは、次のようなことです。

根源の神界とハイアーセルフとつながること。

そのために必要な中今のエネルギーを感じること。

そのために必要なエネルギーを、日の本のアセンション・ライトワーカーとともに創る＝皆のハートでつながり、共鳴して、拡大していくこと。

アセンションの一つひとつの基礎の強化と総合力。

エネルギーの再現性。すなわち重要と思ったことや学んだことを、自力でできるようになること。

エネルギー・センターの活性化。特に基底とハートの強化。

エネルギーと言霊で、人に伝える力の強化。

その他、常にポジティブな選択をするなど、たくさんありますが、最も大事だと思うことは、常に宇宙の法則に基づくこと。すなわち、アセンション＝ライトワークとして行うこと。

常に、人（日戸）は本来、根源（神）の分御魂であるという認識を持つこと。

常に世界を愛で観て、感じること。

常に絶対にあきらめずにやり遂げること、だと思います。

それらを、積極的に、地上で、具体的に、様々な方法でアクションしていくことによって、視野も拡がっていくと思いますし、実際に自分が関心のある分野を活かして活動を始めています。

そのような動きの中で、ハイアーセルフとのコンタクトやQ＆Aも増えてきていますので、さらなるその詰めをしていくことで、よりますますつながっていくのではないかと思っています。

Ａｉ先生：「神人」というテーマは、日の本に住むライトワーカーにとって、最も重要なテーマです！！！
そのために一人ひとりにとって必要なことも、感じる通りだと思います。

そしてその時に、すでに始動しているのでしょう！！！

「神人」とは！？　そこには無限の内容があると思います。

大まかに言うと、文字通り、神と一体化した人であり、日戸《ひと》、霊止《ひと》なのです。

なぜそれが重要か！？　そこにも無限の内容があります。

簡単に言えば、親と子の関係性です。すなわち、万物の産みの母・父が宇宙＝神であるとすれば、我々はその子供。
そうであれば、我々の進化とは、遠い未来か近い将来、その親に近づいていくことであると思います。
そしていつの日にか、我々も、親となっていく！！！

神の子であるなら、本質的に、その資質を持っているはず。

そして日の本に住む人々は、その神話や伝説のように、最も神界とのつながりが深いのです。

神人になるために何が重要か！？

——宇宙そのもの、地球そのものが神とすれば、我々一人ひとりが、その全き一部であると言えます。

すでにその一部であり、本来、一体であると言えます。

肉体も、すべても、ですね！！！

地球と宇宙の、あらゆるすべても！！！

素粒子も、クォークも！！！

でも、人が植物や動物と最も違うことは、「自我」があることでしょう。
すなわち、自分の意志で、自分の意識で、宇宙や神や自分について、考え、感じることができる！

その「自我」というものが、死んだら無ではないもの、いわゆる「魂」と言えるものであり、神の分御魂と言えるものであると思います。

その「魂」が、基本のハイアーセルフであり、永遠の、本当の自分（の最初のレベル）であると言えます（そこから上は、根源まで無限に連なっていく）。

ゆえに、「神人になる」という最初のレベルは、まずは自分の本体である「魂」との一体化です。

まずは「魂」＝自己の御神体とつながること、一体化すること！！！　ですね！！！

その方法とは！？　いろいろあると思いますが、これまでに観てきた結果による主な重要ポイントは、次のようなものです。

◎魂の中心の位置というのは、人体の中心であると言える。ゆえに、意識の中心が、人体の中心になることが重要！！！

◎現在の人類総体の平均では、意識の中心が人体の中心となっていない。エネルギー・センターで言うと、第三のあたりか、あるいは逆にスロート（喉）の位置にあることが多い。自己中心の生き方だと意識が第三に留まる。脳みそで考えてばかりでハートが活性化していないと、脳みそで考えたことばかりをスロート（喉）で話すので、意識の中心がスロートのあたりとなる。

◎魂の中心も、ハート・センターの中心も、人体の中心である。
ハートと魂が活性化すると、この中心が意識と活動の中心となる。

この中心は、地上セルフ＝地上にいる自分と、高次のすべてが、唯一、一体化できる中心である。
◎ハートを活性化させるためには、（本来は皆、わかっていることだと思うが）、「愛から始まる」ということを真に理解すること。すべては愛から始まると言える。
◎常に意識の中心をハートと魂の中心にするためには、エネルギー・センター、クンダリニー、スシュムナーの活性化が必要である。
基底からハート・センターまで、すべてを活性化し、クンダリニー（生命エネルギー）が、基底からハート・センターまで、常にしっかりと上がっている状態である。
◎そしてハートから上のチャクラも活性化し、サハスラーラからスシュムナー（背骨の中心）を通って、高次のエネルギー＝ハイアーセルフが、ハートと魂の中心まで、しっかりと降りて、中心で一体化すること。

——大枠は以上のようなものです。

これらは、すでに多くのライトワーカーが進めつつあり、成果を挙げてきています。

この状態が、神人、天人の第一弾と言え、アセンションの第一弾は、基本のハイアーセルフ＝ハート、魂と一体化することですので、ぜひ参考にしてください！！！

継続力

Ｋｅｉ：兵庫県在住のＫｅｉです。私が今、重要と感じることは「継続力」です。継続力を身に付けるためには、何がポイントなのか！？

継続力とは、スッポン根性的なイメージや、探求心、何があってもやり遂げる意志、力、吸収力などのイメージがあります。

自分の表現では、突き進む愛、顕現し続ける愛、という感じです。

Ａｉ先生：「継続力」は、何に対しても重要なことですね！

アセンションで観た場合も、アセンション・ライトワーカーになるために、そしてアセンション・ライトワークを行うために、最も重要なポイントの一つであると思います！！！

ゆえに、「継続力」が重要だと思っているなら、すでにその道に入っているのです！！！

そして、自分が真に重要と思うことが、自分にとって、その答えなのです！！！

Ｋｅｉ：ありがとうございます！　そのように、まずは核心を掴み、トータルも把握する必要があると思いました！

その上で、「継続力とは！？」「それを体得するには！？」を探求していきたいと思います！

まず重要だと感じるのは、心、愛、ハート。

そして、動機と目的が最も重要であると感じました。

どうしても成し遂げたいこと！　例えば自分の場合、愛を拡げていきたい！！！　ということを強く望んで、感じる時に、継続する意志とエネルギーが生まれる感じがします！！！

もし愛が、すべてを変える鍵なら！　まずは自分がそれを実践し、体得し、変わったと感じるまでやることだと思いました。

Ａｉ先生：そうですね！　その継続力のパワーを、しっかりＧｅｔして、ぜひ皆さんにも伝えていってください！　それが愛の地球維新の力となっていくと思います！！！

Ｋｅｉ：継続力の鍵は、まずは意識の中心を人体の中心とすること。
すなわち、ハートと魂の中心にすることだと思いました！
そしてその状態を二十四時間キープすること！！！
そのためには、基底のチャクラからの第一光線（クンダリニー）も重要だと思います。

Ａｉ先生：それによって、「継続力」のＧｅｔへ向けての始動が始まり、皆さんにも伝えていけそうですね！！！

「継続力」とは!?　なぜそれが重要なのか!?　というよりも、皆さん一人ひとりが重要だと思うこと、実現したいこと、成し遂げたいことを、【成功させる鍵】です！！！
そして、「継続力」のツボとは!!!???

それは、**【愛の度数】**だと思います！！！！！！！！！

本書には、アセンションというテーマがありますので、お読みになっている読者の皆さんが成し遂げたいと思うことは、きっと、自分のためだけではないでしょう！

ゆえに、それは「**愛から始まっているもの**」なのです！！！

ですから！！！！！！！！

それを真に成し遂げるためには！！！！！！！！

愛が強ければ強いほど！！！　必ず、成し遂げられる！！！！！！！！！

そして、より偉大なことを成していけると思います！！！！！！！！

きみが代

トオル：大阪府在住のトオルと申します。私が今、最も重要と感じるテーマであり、関心があるのは、「きみが代」とは！？　についてです！！！

そこには、無限の意味があると思います。

「きみが代」は、日本の国歌ですので、日の本を代表するものであると思います。

そしてその意味については、いろいろな解釈があると思います。


私が感じる「きみが代」というエネルギーは、まさに日の本を代表する日の丸であるとともに、なぜかその本源は、根源の神界から来ていると感じます。

そして、日本国内だけではなく、地上だけでもなく、地球だけでもないエネルギー。

宇宙全体に必要な、アセンションのエネルギーという感じがしています！！！


そして宇宙の根源から、地球、日の本へと、脈々と受け継がれてきた感じがするのです！！！

その「きみが代」のエネルギーこそが、すべてを統合する鍵ではないかと感じるのです！！！

ゆえに、宇宙の根源が、すべての親であるとすれば、私は「きみが代」に、その皇御親というエネルギーを感じるのです。

そして、宇宙の高次は、大枠では神界と天界で表されると思いますが、そのすべてを統合できるのが根源であり、根源のエネルギーだと思います。

Ａｉ先生：「きみが代」については、様々な解釈がありますね。国歌ですので、日の本に住む一人ひとりが感じる、その意味とエネルギーの総体であるとも言えます。

私も「きみが代」については、様々な意味とエネルギーを感じます。

私が「きみが代」のメインのエネルギーとして感じるのは、（日本の皇室の家紋であり、日本の国章として扱われている）「菊花紋」のエネルギーです。

「菊花紋」のエネルギーは、いつも、「太陽」そのものであると感じます！！！

太陽系の太陽、地球を遍《あまね》く照らす太陽、そして魂の中心の太陽！！！

生命を生み出し、育む、万物の親。生命の根源。

そうであるなら、神話、神界、太陽と、最も関係が深い、日の本に住む皆さんは、その生命の根源とも、最もつながりが強いのではないかと思います！！！

それを継承しているから、日の丸があり、「きみが代」があるのではないでしょうか。

太陽の子供たち。その胸の中心に、チビチビ太陽を輝かせていくのが、日の本の神人の役割なのです！！！

そしてもう一つ、「君が代」の国歌に感じるエネルギーは、ＤＮＡを変容させるエネルギーです。前述のような、太陽の子供、黄金人類＝神人に変容させていくエネルギー！！！

地球維新

Ｌｏｔｕｓ：十年以上前に、地上で初めて白峰先生にお会いし、個人相談をさせていただく機会がありました。

その時に白峰先生から、「おまえは何がやりたいんだ！？」と聞かれました。

私は「地球維新です」と答えました。

すると白峰先生から、「おまえにとっての地球維新とは何だ！？　具体的には何をするんだ！？」と聞かれました。

悲しいことに、その時の私には、明確に答えられませんでした。

しかしそれが私にとって、とても大きなターニング・ポイントとなったと思います！！！

この時に、私の「地球維新」の探求と実践の旅が始まったのです！！！

その時から十年以上、歩んできた中で、今、感じるのは次のようなことです。

地球とは、宇宙のひな型である。

地球のアセンションとは、宇宙すべてのアセンションのひな型である。

地上のすべて、地球のすべてのアセンションであり、神化である。


そのように感じています。

そして、白峰先生から学んだ数々の中で、最も衝撃だった言霊。

それは、**【根源とは、ただ一つ！　それは愛！】**という言霊！！！

これは何年も前に、白峰先生から直接お聞きしたものですが、私の宇宙史全体の座右の銘であると言えます！！！


そして先日、Ａｉ先生からも同様のお話をお聞きしました。

根源とは何か。根源に意識を向けると、自分の根源のハイアーセルフとつながる！

宇宙の中心は愛。すべての宇宙の共通語も愛。

愛のポータルとは何か！？　愛と一体化した人に意識を向けた時、１００％の愛が返ってくる！！！

愛が共鳴する。増幅する！！！

というようなお話でした。

それが、白峰先生とＡｉ先生の核心であると感じました！！！

その話を聞いた時に、ハートの中心が震えました！！！

そして二十四時間、根源＝愛に意識を向け、愛とポジティブなエネルギーを贈ると、共鳴して増幅し、ウルウルしました！！！

それをライトワーカーたちと共に行うと、まだほんのわずかですが、愛の共鳴のエネルギーが、世界にも広がる兆しを感じました！！！

その状態がすべての核心であり、根源の愛との共鳴があって初めて、すべてのライトワークがあることがわかりました！！！

十年以上前に、白峰先生と初めて地上でお会いした時には答えられなかった、その核心。

今は胸を張って、お伝えできると思います！！！

根源の愛のポータルとなり、その共鳴を強化して、世界に贈ることができる存在が増えていけば、地球維新が可能となっていくのではないかと思います！！！

――これまでに、Ａ·ｉ先生と白峰先生から学んだことは、

「この地上に必要なすべてを変える愛と意志」

そのものです。その核となる日の本のライトワーカーが、根源の愛のポータルとなり、その根源の愛の家族＝神人が百人以上となれば、日の本、世界、地球全体のアセンションも、夢ではないと思います！！！

それが私の「地球維新」です！！！

すべての核心は「愛」ですが、それを地上で成すためには、自らの愛の意志を根源まで届かせることが必要だと思います！！！

そのためには、揺るぎない愛の意志の第一光線（クンダリニー）が絶対に必要で、そのパワーが、日の本に住む我々一人ひとりの愛の意志の中心＝日の丸となる！！！

それが地球維新の日の丸であり、愛の魂だと思います！！！

これらが、中今の地球維新（神）に感じることです。

我々は、絶対にこれを可能にし、成し得ると信じています！！！

白峰先生、Ａｉ先生、日の本のライトワーカーとともに頑張りますので、よろしくお願いいたします！！！

Ａｉ先生：私が「地球維新」という言葉を地上で初めて聞いたのは、白峰先生のご著書であったと思います。

とても重要な意味と響きを持った言霊であると思いました！！！

その後、いろいろな所でも使われていると思いますが、この「地球維新」という意味も、それぞれが感じる役割があります！！！

「地球維新」という意味について、トータルで私が感じるのは、「地球全体のアセンション」！ です！！！

そして、「地球維新」という言霊は、とても力強いエネルギーを感じさせます！！！

そこに、地球創始からの、地球史すべての願いとエネルギーが、込められている感じがします！！！！！

これまでのすべて。そしてこれからすべてを、「中今」に込めるエネルギーを！！！！！

——ゆえに、地球のすべてが関係していると思いますので、トータルで一言で言うと、「地球（全体）のアセンションそのもの」！！！　という感じがするのです！！！

ゆえに、地球のあらゆるすべてが関係していて、関係の無いものはない！！！

「維新」という意味は、辞典などでは、「あらゆるすべてが改められて、新しくなること」というように定義されているようです。

まさにピッタリ、としか言いようのない感じがします！！！

「あらゆるすべてが改められて、新しくなる」！！！！！

それは、すごいことだと思います！！！！！

地球規模で！！！　全地球が！！！！！

それは、想像がつかないくらい、すごいことではないでしょうか！！！？？？

――そこに、無限の可能性を感じます！！！！！！

そしてその可能性を持つのは、他でもない、今、ここにいる我々人類だと思うのです！！！

――今、あるエネルギー・ワークのために、太古からの大自然の地球に最もつながっている、国内のある場所へ向かいながら、このやり取りを記録していたのですが、右記の言葉を書いた瞬間に、今まで見たことがない、巨大な、この上なく鮮やかな光線の虹が現れました！

地球さんからのメッセージですね！

すべてが新しくなった地球――。

それは、地球全体のアセンションに他ならないと思います。

そのためには、地球人類一人ひとりが、全く新たに生まれ変わる＝アセンションする必要があるということですね！！！！！！！！！

そのために、皆で、全開で進んでいきましょう！！！！！！！！！

それが「地球維新」です！！！！！！！！！

大和日女：後半のインタビューのテーマとして、「アセンションとは！？」ということについてより詳しく、そしてＡｉ先生のそのプロセスやノウハウについても、できるだけ詳しくお聞きしてまいります！！！

まず最初に、Ａｉ先生が今生初めて「アセンション」というものに関心を持ったきっかけやプロセスなどをぜひお聞きしたいと思います。そのプロセスが、アセンションとライトワークを目指す皆さんに、とても参考になるからです。

Ａｉ先生：前述のように、もの心ついた時から、感受性が豊かなこと以外は、かなり普通の子供だったと思います。しかし特に十歳前後から、エンパシー（共感力）がものすごく強いことを感じていました。美しいと感じたエネルギーなどとの一体化が半端ではない（これがアンドロメダ星人の特徴のようです）。

七歳くらいの時に、宇宙連合（我々の未来、ハイアーセルフ連合）とコンタクトして、宇宙の無限について体験しました。それについては、顕在意識ではいったん忘れて（封印されて）いましたが、その後、十歳くらいの頃に、初めてアンドロメダ銀河の写真を見て、地上セルフの世界観が変わりました！！！（私が来た銀河だと思った！！？）

その時から、天文学や宇宙論に関心を持つようになりました。

地球は太陽の周りを回っていて、太陽系は銀河の中心を回っている（ものすごいスピードで、螺旋を描いていると言われています）。

そして二〇一六年十月のＮＡＳＡの発表では、観測可能な宇宙の範囲にある銀河系の数は二兆個！！！と、これまでの推定の十倍となっています！！！

さらに、生命が存在する可能性がある惑星は、ここの銀河系だけで数百億個あるという説もあります。

それらのことを考えると、日常のささいな悩みがばかばかしくなり（笑）、無くなっていきました。

足元も大事ですが、物事をグローバルなスケールでも観るというベースになったと思います。

小学生の中学年の頃は、ファンタジーや神話が好きでした。「ナルニア国ものがたり」は、自分の故郷（！？アンドロメダ！？）に似ていると思いました。

小学校高学年の頃からは、ＳＦに惹かれました。「スタートレック」のように、宇宙船で宇宙を飛び回って探検をしている方が、本来の自分という感じがしました！（笑）

その他、小学校高学年の時に印象が強い出来事は、戦争について考えたことでした。

なぜ戦争が存在するのか！？　子供心にですが、物事を決める必要があるのなら、戦争ではなく、国の代表がバスケットボールの試合で決めたらいいのに！　と真剣に思いました……。

そして人類の歴史の中で、多くの戦争に宗教が関係していることを知った時に、「そういう神様は全部ウソだ！」と思いました。

しかし後に、いろんなことがわかってくるほど、ある意味で全部本当なのかもしれないと思うようになりました。この時に、歴史があっても、新興のものであっても、宗教は嫌い（！？）という意識がインプットされたようで、地球の純粋な科学の観点（のみ）でのアプローチをするというスイッチが入ったようでした（これらは、先入観なく学びを進めるための高次の計画だったと思います）。


そして高校二年の十七歳の時に、本格的に始動しました。

この頃は、進路を決める時期なので、その時にスイッチが入ったのです。

自分の進路、すなわち、自分が今生、地上で何を成すべきかを検討し始めた時に、同時に必要だと感じたことは、「地球に今、何が必要か」「地球で今、何が最も重要か」「宇宙と生命が存在する目的とは！？」などを探求していくということでした。

この命題がどこから来たのか不思議でしたが、とても重要なことであり、自分が成すべきことを決めるために、その答えが必要だと感じたのです！！！

後にわかったことは、この時から、地球のスピリチュアル・ハイラーキー（霊的進化を司る高次のマスター方）の長のサナート・クマラのサポートが始まったということでした。時が来た、という感じでした！

それから数年、その答えを導き出す学びが始まりました。

しかし、NASAの科学者も命題としているテーマの答えが出るのだろうか!? と思いつつも、学校の美術の成績がよかったので、デザインの方向へ進みながら、探求を続けていました。

その時に、二つの大きなターニング・ポイントがありました。

一つは十九歳の時で、あるピアニストによるドビュッシーの「月の光」の生演奏を聴いた時に、ハート・センターのゲイトが全開になる!!! 二度と閉じない!!! という経験でした。その時に、明確に大勢のミューズが降りてきたのが観えました……。

二つめも同じ時期で、それまでの探求の成果で、今、地球で最も重要な問題の一つが「環境問題」である、という結論に達していました。

そしてなぜかある晩、一晩中、真剣に、自らのハートと魂のすべてで、祈ったのです……。

「地球を救うためには、どうしたらよいのでしょうか!?」

「どうしたら、地球のすべての人が、地球を愛するようになるのでしょうか!?」

……そのためには、なぜか、自分が一番大事なものを捧げる必要があると感じました。

捧げて惜しいもの、というのが思いつかなかったのですが、しばらく考えた結果、しいて挙げるとすれば、自分という存在そのものであると思いました。自分という存在＝魂が、この宇宙から完全に消えてしまったら、少し寂しいかな！？　と！！！

そこで、何に向かってかは明確ではありませんでしたが、次のように伝えました。

「私が地球を愛する心＝魂を、すべての人に分け与えることができるなら、その結果、自分の魂が消えてもかまいません」と……。

——不思議だったのは、明確にそれが**【聞き届けられた！】**と感じたことでした！！！

その時に、サナート・クマラと思われるマスターを中心に、その後ろに大勢のマスターがいるのが観えました……。

これが神智学でいう「キリストのイニシエーション」であると、後にわかりました。

しかし、この瞬間から、すべてが怒涛の加速となっていきました！！！

（あの時に言ってしまったから……と、半分笑いながら後悔するくらい！　笑）

でも、アセンションの法則と同じで、消えて無くなるどころか、シフトするほど、統合するほど、すべてが豊かになっていくということが、すぐにわかりました！！！

この二つの大きなイニシエーションが、いわゆるスピリチュアルな学びを全くしていなかった時だということが不思議ですが、今、振り返ってみると、既成概念が無く、本当に、心底、心から、ハートと魂の奥底からのものである、ということが重要なのだ！！！　と思いました！！！

この後、二十代前半の頃に、ニューサイエンスの学びまで来て、宇宙は機械のようなものではなく、すべてが有機的に相互作用している、一つの大きな生命体なのだ、ということがわかった時に、それまでの探求の第一弾が終わったことを、明確に感じました！！！

そしてこの直後に、ニューエイジと出会ったのです。

振り返ると、すべてが、一つひとつ自分の意志でも選択しながら、大いなる高次のサポートの元にあるとしか言いようがありません！！！

ニューエイジ、スピリチュアルな学びとの出会いも、とても笑えるものでした！

ある日、大きな書店に、ニューサイエンスの画期的なシンポジウム（たしか科学と宗教の融合というテーマだったと思います）の最新レポートの本を買いに行った時、前述のように、純粋培養で（！？）宗教嫌いに育ったので、いつものように、わざと宗教、精神世界のジャンルのコーナーを大回りして、通らないようにしました（笑）。

そして目当ての本は、すぐに見つかったのですが、なぜかその本の隣に！！！　謎の本がありました。

内容は、宇宙的な神道のような感じだと思いました。

「もう！　こんな所にお店の人が間違えて！」と思いましたが、何となく手に取って、パラパラとめくってみました。これが人生で初めて、本格的なスピリチュアルの本を手に取った時だったと思います。

パラパラと観てみて、最初に感じた感想は、「最近の宗教の本には、ＵＦＯや宇宙人も出てくるのか！！！」という驚きでした（笑）。

しかし、その本はある星に行った探検記でしたが、その高度に進化した意識や、その星の文明についてなど、とても納得できるものであり、なぜか懐かしい、知っているものであり、とうてい笑えるものではありませんでした……！！！

――結局、その本を買って帰り（笑）！　それがきっかけとなったのです。

そこから、新たな猛勉強（！？）が始まりました！

トータルで感じたことは、地球の科学の探求という山を登ってきて、ニューサイエンスを理解したことにより、一つの頂上にたどりついたということでした。

そしてふと、隣を見ると、もう一つの違う山があったのです。

そして、そこまで来て、人生で初めて！！！　宇宙や生命の探求について、ニューサイエンスで言っていることと、ニューエイジで言っていることは、言語が違うだけで、本質は同じなのかもしれない！！！と思ったのです！！！


そして数か月後には、やはりその通りだ！　と確信しました。

（関心を持つと徹底して突き詰める性質のようで（笑）、数か月で大きな書店の精神世界の大枠を網羅しました！）


そこから、スピリチュアルの本格的な探求が始まったのです。


まず最初に関心を持ったのが、エネルギー・センター（チャクラ）の活性化についてでした。

アカシックを観ると、アインソフからアトランティス時代に伝えられ、その後、高次のアカデミーや神殿で伝えられてきた、効果的でわかりやすい方法で、エネルギー・センターの活性化を進めました。

七歳の時に初めて祖母に買ってもらった高学年向けの本が、「キリスト」の伝記でしたが、ロード・サナンダのエネルギーとのコンタクトも学びました。

この頃は、まだ八十年代後半だったので、「アセシンション」という言葉は、まだ日本には入っていませんでした。

（ニューエイジを通して、高次のマスター方が、そのための準備を進めていました！）

そしてこの頃に、神智学とも出会い、スピリチュアルの山の探求の旅の答えが、神智学であることがわかりました。宇宙の目的、進化の目的。それは永遠、無限の意識の進化、霊的進化であり、現在で言う「アセンション」であると！！！

答えを見つけたところからが本当の始まりですが、答えを探す旅がようやく終わったことを明確に感じました！

（しかし神智学は難解に書かれていて、過去生で学んでいないと、この内容の大半は理解できないと思いました。ですが実践していくほど、核心はシンプルで、子供でもわかると言うより、むしろ子供の方がわかるということがわかっていきました！！！）

そして、いよいよAD二〇〇〇年前後に、日本にも「アセンション」という言葉と内容が伝わってきました。

——ここまでを振り返ってみると、私の今生の道の始まりは、「アセンション」という言葉ではなく、十七歳の時の、「今、地球と人類にとって、何が一番重要で必要か！？」でした！！！

その最初の答えが、地球を助けるためには、人類が変わる必要がある！！！　ということであり、それが宇宙創始からの生命の法則である（霊的）進化である、ということです。

そして神智学でも、この時期の人類のシフトの重要性について、以前から高次のマスター方も述べています。

ゆえに、日本に「アセンション」という言葉と内容が入ってきた時に、「いよいよだな！」と思いました！！！

そして、すべてが本格始動となったのです！！！

二十代前半のスピリチュアルの探求と学びが始まってすぐに、ある有名な神職さんに、ある神社の内宮へ連れていかれ、太陽神のエネルギー（御霊《みたま》）を降ろしていただく神事を行っていただきました。

二十代の半ばには、（湾岸戦争が始まる直前に）ある日突然、すべてのエネルギー・センターが全開になり、根源からの光が、頭頂を通ってスシュムナーに入ってきました。

その瞬間から地球の地軸とつながるようになり、すべてのエネルギーが入ってくるようになりました。

その後、二〇〇〇年前後の大きな出来事は、二一世紀が幕開けする直前に、【スターゲイト】が開いたことです！！！　それまでも、ハイアーセルフや高次とのコンタクトはできるようになっていましたが、その時は、とうてい、言葉では説明できない！！！【スターゲイト】が開いた！！！としか、言いようがないものでした！！！　時が来た！！！という感じで！！！

たしか二〇〇〇年前後のお誕生日の頃だったと思いますが、ある晩、のんびりとお風呂に浸かりながら、高次のマスターからの最新のメッセージを読んでいました。

すると……！　ふと気づくと、文面に書いていないことを、余白にびっしりと書いていたのです！！！

それまでのコンタクトは、地球のマスターが中心で、その他はもともと関係が強い高次や神界が主でしたが、この瞬間から、太陽系、銀河、宇宙レベルのマスターや高次の存在と、望めば、どこでも、いつでもつながって、コンタクトをすることができるようになりました！！！

そして二〇〇一年から、いよいよ根源へのアセンションが始動しました！！！

この頃に、スピリチュアル・ハイラーキー（宇宙全体の進化を司る高次のマスター方）から、新アセンション宇宙へアセンションするためのアカデミーを地上で開いてほしい、という依頼（要請）がありました！！！

ここからの詳細は、拙著の『天の岩戸開き――アセンション・スターゲイト』他に詳しく書かれていますので、ぜひ参考にしていただきたいと思います！！！

大和日女：ありがとうございました！！！　とても重要なポイントがたくさん入っていたと感じます！！！　いずれまたぜひ、一つひとつのさらなる詳細も探求させていただきたいと思います！！！

では次に、「アセンションとは！？」について、改めて、中今最新で、Ａｉ先生が感じておられることをお願いいたします。

そして、今、最も重要なポイントや、そのノウハウについてもできるだけお願いいたします！！！

Ａｉ先生：「アセンション」とは、その語源は太陽が昇るという意味や、キリストの昇天などと言われていますが、何となくイメージが合っている感じもします。

日本では次元上昇とも言われていますが、次元上昇というのも、皆さん、わかるような、わからないような感じではないでしょうか。

白峰先生は、「時元上昇」、それはすべての元、地球そのもののアセンションであるとおっしゃっていると思います。地球、宇宙全体がアセンションするから、人類もしなくては（大変！）、ということですね！

一般的には、次元上昇とは、三次元から五次元へのアセンションと言われているようです。

たしかにそう思いますし、皆さんも何となくイメージが湧くことでしょう。

（実は九十年代から人類は四次元に突入していて、実際は四次元から五次元へのシフトであると思います）。

「アセンション」とは何か！？　それだけで少なくとも一冊の本になると思いますが！！！　一言で言うと、「進化」。たんに姿形が変わることではなくて、真の進化。意識の進化、霊的な進化です。

そしてその究極が、「神化」だと思います。


その「アセンション」にも、無限のレベルがあります。

まずその第一段階は、ハイアーセルフとの一体化。

皆さんにとって、最も身近なハイアーセルフとは、ハートであり、魂です。

その一体化が、五次元（の人）になる、ということですね！！！

ハイアーセルフは、永遠の、真の自分ですし、さらなる高次にもつながっていますから、自分が何のために今、地球にいるのか知っていますし、サポートもできる。

ゆえに、ハイアーセルフと一体化すると、望む現実を創ることができる、幸せになるのです！！！

そのために重要なことは、エネルギー・センターの活性化とかいろいろありますが、一番大事なのは、ハート＆魂との一体化であると思います。ハートで生きる。魂で生きる。

ハイアーセルフからのメッセージ（エネルギー）は、簡単に言うと「ワクワク」です！

もっと核心で言うと、「感動」（ウルウル）です！！！

ハートと魂で感じることです！！！


そして、もう一つ重要なのは、【宇宙の法則】です。

このたった一つの法則とは、「与えたものが返ってくる」＝「宇宙に贈ったものが贈られる」と言われていますが、その通りであると思います。

要するに、目的、意図ですね！！！

自分のためだけだと、何のエネルギーも動かないし、サポートもコラボも無い、ということです！！！

それをイコール、「アセンションの法則」と呼んでいます。すなわち、アセンション＝ライトワーク、ライトワーク＝アセンションです。

かと言って、サポートをもらうために（！？）というのもダメです（笑）。


すべては、自分のハート＆魂の、奥底、中心の中心、核心の核心が知っていると思います！！！！！！

（脳みそではなく！）ゆえに、考えるな、感じろ！　ですね！！！

感じてから考えてみてください！！！！！！


――その他の中今の動きや重要ポイントは、第三章のマル秘のセミナー録にもありますし、第十章でもまとめていきたいと思います。

皇《すめら》

大和日女：Ａｉ先生へのインタビューの最後に、私が今、最も重要と感じるテーマを挙げさせていただきます。

それは、『皇』というテーマです。

皇とは何か！？　その役割とは！？

なぜかそれが今、とても重要なテーマであると感じており、それを今、Ａｉ先生にお聞きすることそのものが重要であり、神界に刻まれたアカシックであると感じるのです！！！

――Ａｉ先生は、『皇』というエネルギー、意味について、どのように感じておられますか！？

Ａｉ先生：『皇』とは、無限に、様々な意味があると思います。

そして、それぞれが感じるものもあることでしょう。

トータルでは、その総体だと思いますが、例えば辞書などでの【皇御国《すめらみくに》】の意味は、「皇国であり、日本のこと」であると書かれています。

——私が個人的に感じる『皇』という言霊のエネルギーは……。

まずトータルでは、「万物の親」であるという感覚です。

宇宙そのもの、宇宙創造主、宇宙神という感じですね！

そして次に感じるのが、万物の源のフォトンです。

それがよく表れているのが、山上憶良（奈良時代の歌人）の、万葉集八九四番の次の長歌だと思います。

神代より　言ひ伝て来らく
そらみつ　大和の国は
皇神《すめがみ》の　厳しき国
言霊の　幸《さき》はふ国と
語り継ぎ　言ひ継がひけり

大和日女：ありがとうございます。とてもそのエネルギーが伝わってきました！！！

Ａｉ先生：ところで大和日女さんは、私について、ズバリ、どのようなエネルギー、どのような存在、どのような役割であると感じていますか！？（忌憚《きたん》の無いところを！　笑）

大和日女：え――っ！！！　困りました！！！　とても一言では表せません。一冊の本くらいでないと……！！！

Ａｉ先生：一言で言うと！？

大和日女：――「奇跡」。

Ａｉ先生：？？？

大和日女：今、ここにある奇跡。今、ここがある奇跡。

Ａｉ先生：とても文学的な表現ですね！！！（笑）
でも、言わんとしていることの（莫大な）全容が、圧縮ファイルで伝わってきます！（笑）
本書は同時進行ですべての章を進めているので、現時点ではまだ第三章の「Ａｂｏｕｔ Ａｉ」を書き終えていないとのことですが、第三章でその詳細が展開されていると思いますので、楽しみです！
まあ大枠では、地上と高次のライトワーカーすべての成果により、今、ここのアカシックがある、ということですね！！！
残り時間は無いかもしれませんが、人類のためのアセンションの時間と場がまだある！
そして、核心では莫大に、それが進みつつある……！！！

ところで、役割としてはどのように感じていますか！？

大和日女：一言でまとめると、宇宙の皇というエネルギーと役割が、一番近いと思います！

Ａｉ先生：それはハイアーセルフかもですね！　でも皆も、究極を突き詰めれば同じだと思います。

大和日女：――そしてさらに、続きの重要なテーマがある感じがします！！！

それは、「それらのすべてを人に統合するとは！！？」という感じです。

最近、Ａｉ先生がセミナーで次のようにおっしゃったことが、とても重要だと思いました。

「人として対等だからこそ、神格、霊格が重要となる！」と！

Ａｉ先生：つい先日のワークショップで、皆さんが参考例として、私が普段どのようにエネルギーを使っているか知りたいとのことでしたので、次のようなことをお話しました。

当たり前のことかもしれませんが、私は今生、もの心ついた時から、道で出会うお年寄り、子供、赤ちゃん、隣の人、動物、自然界、すべてに対して、上とか下とか考えたことがなく、対等というより、何か必ず学ぶことがあると思っていました。

そして、実際にそうでした！

本来、すべての人、すべての存在に、とても愛すべきところがあり、それがその人の核心であり、ハイアーセルフだと思いますが、大抵、大好きになります！！！　親友という感じです。

この話が、皆さんにとても参考になったようです。

そして神格、霊格という前に、まずは人格、ハート格という感じだと思いますが、難しく考えるのではなく、前述のように、すべての存在一人ひとりが本来、素晴らしい存在だと思うのです！！！

それを上手く表現できていないだけなのですね。

たまたま今日、Ｌｏｔｕｓさんと勉強会の打ち合わせをしていたのですが、Ｌｏｔｕｓさんも、日の本のライトワーカーの皆さんも、未だに（！？　笑）「どうやったらハートが活性化するのか！！！」と、難しく考えているようです！！！

私は小学生の子供たちと話していると、とてもハートが活性化しているなあと思うのですが！！！（笑）

ハート＝愛は、アセンションの初めであり、終わりであると思いますので、そこには無限の内容、レベル、スケールがあると思いますし、そのノウハウも然りであると思いますが、今、皆さんのハイアーセルフが伝えたいことは、

ハートもハイアーセルフ！！！

ということです。

人の中心、魂の中心がハートであるというのはイメージしやすいと思いますし、これまでの多々の検証でも、地上セルフ＝地上で自分と感じる自分と、すべての高次が真に一体化できるのは、その中心のみです！！！

ゆえに、そのハートのエネルギーとは、地上セルフが半分、ハイアーセルフが半分、という感じなのですが、ライトワーカーの皆さんの、最初の一番重要な課題であり、最初のアセンションと言えるのが、**ハイアーセルフとの一体化**です。

すなわち、真にハイアーセルフと一体化するまでは、大なり小なり分離していると言えます。

それがライトワーカーの皆さんの最初の重要な課題であり、皆さんが最も真剣に取り組んでいるところです。

ですから、「ハートを活性化するためには！！？」と、難しい顔で（！！！　笑）考え込んでいる時は、十中八九、地上セルフだけで（しかも脳みそで）考えていると思います！！！

ゆえに、Ｌｏｔｕｓさんへ、ハイアーセルフ連合からお伝えしたのが、「ハートもハイアーセルフ！！！」

というメッセージでした！

すると不思議なことに、これまでは頭でウンウン唸《うな》って（！？）考えていたのに、突然、とても純粋で美しいエネルギーが通るのです！！！

参考になりましたら、皆さんもぜひ試してみてください！！！

大和日女：ありがとうございます！　とても参考になりました！！！

――この章の最後のテーマは、もともとは「地球の未来を担う子供たちへのメッセージ」でした。

Ａｉ先生：はい！　そして先日、地球とつながるある場所へ行った時に、地球すべてから、大いなるすべてから、大音響でメッセージが聴こえてきたのです！！！

「地球の未来を担う子供たち」とは！！！

——それは、あなた方である！！！

と！！！！！！！

たんに小学生の子供たちを表すのではなく、今、本書を読んでいるあなた、あなた方である！！！

と！！！！！！！

第九章

（寄稿）千天の白峰先生

「二〇一二年問題の本音と建前」

では話そう！
二〇一二年問題の本音と建前。
憚《はばか》りながら千天の白峰より。

実は東日本大震災で、日本人の集合意識が４割下がった。
わかりやすく説明すると、意識の度数が65点から38点になったのだ！
アセンション、すなわち次元上昇とは、実は地球上人類の集合意識に共鳴する。
最低限、80点ないと無理だ！　それが38点になってしまっている。

あれから六年後、二〇一八年に、久しぶりに山脈の地下室の、ある設備を稼働させた！

（意識工学のスタバカフェならぬスターゲイト！）

何を測定するのか！？　何を測定できるのか！？

簡単に言えば、エーテル空間のエネルギー磁場である。

専門的な話は、すべて飛ばそう！

結論は、まだ地球上の人類の意識磁場が低いということ。

日本人でもやっと50点にいくかというレベル！！

その原因は三つ。国際情勢、氷河期、そして太陽異変。

二〇一二年問題とは、実は、二〇一二年に地球の歴史が初期化されたということ。二〇一三年から加速化して、二〇一六年に変化。

二〇二〇年までの進化が、実は時間軸では五年遅れている！！

これでは、アセンションどころではなし！！　（生活が第一になる　笑）

人類の意識を観察すると面白い。

人間は、実はアセンションを望まず、99．９９９％は、それを理解する力すら無い。

神一厘の仕組みよりも残酷な、天使のテーゼが今ここにある。

されどマイノリティ～！　ごく、ごく少数の人材に、可能性あり！！！

新年号となる二〇一九年五月五日以降に産まれて来る子供たちは、すでに65点以上のエネルギー係数あり！

二〇一七年の年末、正確には冬至に、ある人を測定したら、なんと930度あったという！

簡単に言えば93点。

キリストや釈迦クラスは1000度、すなわち100点なり！

たった1人の人が、4億人の集合意識を動かせる世界！

90点クラスが13人いれば、人類の集合意識を70点にシフトできる！！！

信じるか！？　信じ無いかは！？　あなた次第！！

問題の核心は、「人間が変わること」！！！

夜が明けるから、太陽が昇るわけではない！！！

太陽が昇るから、夜が明けるのだ！！！！！！！

千天の白峰拝

《地球神からのメッセージ》

今、皆さんがいる、この宇宙。
その宇宙の始まり。
それは、一滴の水から始まったと言われている。
水は、すべての生命の源。
でも、それは物質次元から見たものである。
では、究極の真実とは何か。

始まりの一滴の水とは。
根源神、宇宙神、創造主、大いなるすべて……（名前は皆さんが好きに呼べばよいと思うが）
その「愛」そのもの。

宇宙、そして地球は、（根源（神）の）「愛」から始まり、
「愛」から成っている、ということ。

それが究極の真実である、ということ。

皆さん一人ひとりとすべてが、
愛から始まり、愛から成っている、ということ。
それが究極の真実である、ということ。

それを忘れず、そして思い出してほしい！！！
それがあなたの道を照らす燈台となるように！！！

根源の愛は、ただ一つ！　Ｌｏｔｕｓ

皆さん、こんにちは！

千天の白峰先生からのご依頼で、この原稿を書かせていただくこととなりました。

千天の白峰先生から、私に直接お伝えいただいた中で、これまでのすべての人生、過去生、未来、分身、ハイアーセルフを含めて、究極の、最も重要だと思うことは、ただ一つです！！！！！！！！！！

それは、ある日、千天の白峰先生から直接伝えていただいた、

「根源とは、ただ一つ！　それは愛なり！！！」

というお言葉です！！！！！！！！！

そして今、この原稿を書いている時に、宇宙のすべてから、莫大に来ているエネルギーとメッセージも、ただ一つです！！！！！！！

宇宙は、愛から始まった。
宇宙のすべてが、愛から成っている。
宇宙のすべてが、愛に包まれている。
宇宙のすべてが、愛の中にある。
宇宙のすべてが、愛！！！！！

それに気づき、それを感じる時に、まさにその中にいることに気がつくでしょう！

宇宙のすべてが愛である、ということに。

宇宙のすべてが愛の中にある、ということに。

そして自分が、愛の中にいる、ということに！

その莫大な愛を感じるでしょう！！！

宇宙の空間すべてが、愛という名の水、アストラル・エネルギーに満たされているということに。

始まりであり、終わりであり、始まりも終わりもなく、永遠の愛。

その時に、この宇宙の初めの目的が、第一弾として完了するでしょう。

宇宙のすべてが、すべての生命が、愛という名のキリストになるでしょう。

宇宙のすべての愛の連合より

国常立大神との誓《うけ》ひ　錦太郎

皆さん、こんにちは！　錦太郎と申します。

日の本の龍体の再生と活性化のため、少しでもお役に立てばということで、千天の白峰先生のご指導を受けながら、時折、微力ながら日の本の御神事のお手伝いをさせていただいています。

その中で、千天の白峰先生より、今回の原稿を書くようにとお話がありました。

次に記すのは、日の本の龍体の活性化の始まりの時に、自分にとって最も重要であった内容です。

国常立大神との誓ひ

真っ二つに裂ける日本列島。阿鼻叫喚《あびきょうかん》で逃げ惑う人々……。

それは、まさに地獄絵図でした。

国常立大神とつながる、ある座標にて、大神とのやり取りの中で受け取ったヴィジョンとメッセージです。

とにかく凄まじいエネルギーと衝撃的な内容でしたが、ある意味、もっともなことだとも思いました。自らの命と分離し、大自然の法則を無視して地球を破壊し続けてきた、傲慢極まりない我々人類のなれの果てなのですから……。

錦太郎「それでも、何とかならないものでしょうか？」

国常立大神「自業自得だから仕方がない！！」

錦太郎「それは重々承知しています。ですが、これまでの過ちをすべて清算し、新たな未来を創造するべく、仲間たちが愛の学びと実践を頑張って続けています。ただ、まだしばらく時間が必要なんです。それまで、何とか、お願いします！！！！」

国常立大神「……」

錦太郎「私ができることなら、何でもします。必要なら、命をも捧げます。すべて責任を持ちますから、どうか『これ』に免じて無理をお聞きください。よろしくお願いします！！！！」

国常立大神に「これ」＝私が根源と感じるエネルギーを全開で贈りながら、涙ながらに誓願していました。

国常立大神「よし、わかった」

――先ほどまでの地球をひっくり返すほどの凄まじいエネルギーが、穏やかなものへと変わっていました。

錦太郎「本当ですか！！　ありがとうございます」

国常立大神「ただし、命は粗末にするなよ」

錦太郎「はい」

国常立大神との誓ひがなされた瞬間でした。

神界では、神々と約束することを「誓ひ」といいます。
この約束は、事がなされるまで絶対に破棄できません。
そして、効力は永遠です。

「どえらいことをしてしまった！！」と気づいた時には、すでに後の祭……。

身が引き締まる思いとともに、でも、これで本当にやりたかったことが始まるかもしれないという期待感が膨らんでいきました。

そして、この日を境に、本格的な神事が始まることになります。

次々に来るハイアーからの神事に関するチャンネルやメッセージ。
また、千天の白峰先生からの直接の指令をこなすために、Ａｉ先生のアドバイスを受けながら、全国を飛び回ることになりました。

中でも、千天の白峰先生が御縁をつないでくださった大山津見神とのコラボレーションは、とても印象に残っています。

日本総鎮守として働いておられる山の神様で、陽気でお酒が大好き、優しくてとにかく大きい。いつも見守ってくれている安心感。心から尊敬できる、大好きな神様でした。

そんな大山津見神とのコラボのハイライトは、千天の白峰先生からの指令による、日の本の黄金龍体の中心と対応した、ある座標での神事でした。

御神体の巨大な磐座に大山の神様が一体化した瞬間、眩《まばゆ》いばかりの太陽の光が日の本全体に放たれました。

それは、まるで神武の復活であり、新しい神武誕生の儀式のようでもありました。

地球が太陽との一体化に向けて動き出した瞬間だったように思います。

そして、国常立大神とのコラボも、とても印象に残っています。

国常立大神の荒魂のお姿が、まるで大魔神のように観えて……国常立大神を、大魔神様とお呼びしています（笑）。

そんな大魔神様と白龍大神とのコラボにて、日の本の中心部のある座標で、根源と地上とをつなぐ柱を立てる神事も執り行いました。

とはいえ、神事というより、日頃から大魔神様と千天の白峰先生からは、何かとても可愛がって（？・）いただいているエネルギーを感じています（笑）。

一般的な「可愛がる」ではなく、相撲部屋のような（！？）「かわいがり」なのですが（笑）、おかげさまで、ずいぶん強くなれたように感じています。

このように、大魔神様や大山の神様などの神々や、千天の白峰先生のご指示で神事を進めることが多いのですが、トップ＆コア、そして、トータルとしては、私が行っている動きは、根源のポータルであるＡｉ先生のサポートで進められています。

このように、これからも、根源神界をメインに、神々や高次とのコラボの中で、引き続き神事が行われていくでしょう。

日の本と地球の真のアセンションが成し遂げられる、その日まで！！！

国常立大神との誓ひは続きます。

白峰先生のご著書より～珠玉の言霊～　国丸

皆さん、こんにちは！　国丸と申します。

この度、白峰先生からのご依頼で、白峰先生のご著書の中から七冊をピックアップして、感想と、重要と思う内容をご紹介させていただきます！！！


皆さまのご参考になれば幸いです。

『「超予測2012」地球一切を救うヴィジョン』（徳間書店）

この本は、「いのち、きもち、かたち」ということの意味を、私が初めて受け取った本です。

一見すると、マネーの話に始まり、陰謀論の話かなと思えるのですが、読み進めるほどに、本当に言わんとすることはそうではない、ということに気がついてきます。

むしろ、そうした世界の裏の動きを、一つのきっかけ、証拠として、日本とはどういう国か、日本人の役割とは何なのか、ということを語りかけてきているように感じるのです。

つまり、裏の裏は表であり、日本人の役割が表に現れてくることを示唆され、また、痛切に願われているように感じました。

最終章では、それらが最もシンプルに表され、「ありがとうございます」という日本の言霊の響きと意味の大切さを伝えられています。

それが文字通り、「言霊」として伝わってくるように感じます。

そして、その究極を「君が代にこめられた宇宙の真理」として表現されています。

それは祈りを超えた祈りであり、地球一切を救うヴィジョンの核心として伝えられた言霊だと思いました。


「日月地神示　黄金人類と日本の天命」（明窓出版）

日本人の天命とは何か！？　ということが、最も詳しく、かつ深く書かれている本だと思いました。

第一章には、「国常立大神とは、地球そのものの意識体の神様であり、実は、日と月が合体した神です。」とあります。

そこから感じるのは、この本はタイトルの通り、日月地の神様からのメッセージそのものではないか、ということでした。

つまり、日月地の神様が日本人に天命を託すべくメッセージとして書かれたのではないかと思うのです。

その内容が、「世界の地球人類のひな型として、黄金人類に成ってください！」ということだと受け止めましたが、それは結局どういうことなのかな！？　と思った時に思い起こされたのが、次の部分でした。


『「青龍」のパワーは、高き理想と夢を持ち現代を積極的に切り開こうとする人に強く感応するのです。確かに青龍時代は激動の時代ですが、「青龍」は決して日本を終焉させようとは考えていません。日本を「いきいきとした国」「みずみずしい国」として再びよみがえらせようとしているのです。それには疲弊した戦後民主主義をやり直し、「青龍」の龍気と感応した真の民主主義の確立を急がなくてはなりません。

（中略）結論を言えば、「義務としての負担」こそが、「青龍」と感応する方法です。今それが日本人はかけているのです。日本人は民族の誇りを自覚し、国を愛し、精神的にも自立しなければなりません。その精神的バックボーンとして復活させなければならないのが、「やまとこころ」なのです。「やまとごころ」とは「いたましく思う心」のことです。人をはじめ動植物の不幸を見逃すことができない心のことです。「負担の論理」を表す言葉であります。』


激動の時代を生き抜く。そして激動のエネルギーを地球維新の力に変換していく核心が何か！？

その答えが、ここにあるように思います。

自分自身、激動を目の当たりにする度に、いつもこのことを思い出し、ここに書かれていることは本当に真実だなと実感する限りです。


「風水国家百年の計 LOHAS ワンネス 地球維新」（明窓出版）

風水学の原点は観光であり、『観光とは、光を観ること』という序文から、この本は始まります。

白峰先生の御著書は、すべてがそうだと思うのですが、本の表紙に、最も伝えたいエネルギーが込められていると思います。

この本の色彩豊かな表紙からは、地球の生命磁場と共鳴している、とても美しい光線を感じました。

また、『本来の風水とは、国というものをグランドデザインするものです。本来の風水師の仕事とは、国を護ることなのです』と書かれています。

それは、実際の土地に行かれて行われることもあると思いますが、その本質は、どこにいても「観光」をし、いかなる時もグローバルに世界と向き合い、国体を護り、地球を護り、環境造りをされている、ということなのだなと感じました。

後半のテーマは『ＯＫ牧場』となっています。

その意味は、『Ｏは「ワンネス」で宇宙の創造主。Ｋは「キング・オブ・ザ・キングス」、つまり、王の中の王、地球霊王のことです。その頭文字を採ってＯＫ牧場と言っています。私たちは、ワンネスという創造主から、この肉体を持った地球という有限性の中で無限を体験するために、自由に生きてもＯＫですよ、という許可を貰いました。』と解説されています。

そうすると、我々は、進化の場として設定された地球という星で、生かされている、ということに思い至ります。

気づいている、いないに関係なく、ワンネスとキング・オブ・ザ・キングスによって、常に、毎瞬、生かされている、ということなのだと思います。

私たちの、アセンションの動機というのは、そのことに本当に気がつき、自分が本心から、何を恩返ししたいのか!?　と燃えるような情熱を発露させることにあるように思います。

「宇宙戦争　ソリトンの鍵」（明窓出版）

この御著書で繰り返し伝えられているのは、宇宙戦争とは遠い星の出来事ではなく、この地球でも共時性を持って現象化している、ということでした。

地球が宇宙のひな型であればこそ、プラスのエネルギーも、マイナスのエネルギーも、その影響が型として表れる、ということだと思います。

この本の結びとして、『必ず、新しい時代は訪れる！　この本の出版目的は、「宇宙的カルマの法則と共時性について」地球でのすべての戦いが終わる時、宇宙にも平和が訪れる。それは、２０１２年のアセンションが最終テーマである！（ビギン・ザ・ビギン）』とあります。

このテーマについて、最も重要だと感じたのは、次の地球＝宇宙の創始についてのお話でした。

『41兆年前は、地球が一番始めに、たった一滴の水球として宇宙に存在した時間なのです。

（中略）数霊でいうと41は「天御中主」という神様を表すのです。宇宙の創造主です。

（中略）その時、宇宙はなかったのですよ。宇宙があって地球があるのではありません。地球が中心で、地球があって宇宙があるのです。その時は、水球があるだけで、他には何も無かったのですが、その水球が、地球そのものや生命の始まりだったのです。それを形象学では、丸に点という図で表しています。全宇宙にたった一滴の水ということを表しています。
（中略）人間の身体には、41兆年前からの、宇宙創造からの進化の歴史が全部刻まれているのです。人間を創ったのは神様じゃないですからね。たった一粒の球体からすべてのものが創られたのです。それを仮に神様と言っているだけです。
（中略）だから、生命の神秘といった場合、人間自身もまた神であることに気づかなければなりません。外にいる神様や仏様に手を合わせるという世界じゃないのですよ。金星でも、アンドロメダでも、プレアデスでも、通用するのは生命磁場の共通理論しかないのです』

歴史にカルマがあるのだとしたら、それを解くには、原点に戻ることが一番大事だ、と伝えられているように感じました。

宇宙の原点が、地球の創始の水球であり、それが、生命磁場そのものであるならば、我々も、その磁場と共鳴できるのですよ、というメッセージなのだと思います。

それが、この宇宙の始まりの、この上なく純粋な愛であり、41兆年の時を経て、今なお、燦然と輝いている、と思いました。

「地球維神ガイアの夜明け前　LOHAS vs STARGATE　仮面の告白」（明窓出版）

白峰先生の地上での肩書きは、数えられないくらいあり（それも氷山の一角かもしれませんが）、莫大な情報と体験をお持ちだということは、本を読まれた方は誰しも感じると思います。

そして、特にこの本からは、白峰先生の語られるすべてが、そのエネルギーと密接につながっている！！！　ということを感じさせられました。

そうしたエネルギーと情報を、何のために発信されているのか、ということのヒントが、次の内容にあるように思います。

『皆さんの意識、すなわち、方向性のない集合意識を共通意識までもっていかなければなりません。その共通意識とはいったい何かと言えば、それこそが、アセンション、すなわち、次元上昇・地球の大変革です。これが共通意識になった時に、それが軸となって、ぐるぐると回っていくのです。集合意識というのは、そこかしこにあるわけですが、ボウフラのように方向性が定まっていません。はっきりと言い換えれば、皆さんの意識の中心が、まだ定まっていないということです。これは今だから、聞き入れられる話です。

（中略）これから皆さんの集合意識がどこにつながって、どこを軸として昇っていくか、これがとても重要なのです。そして、日本では天皇制がとても重要です。内容どうこうではありません。このシステムを絶対に崩してはいけない。なぜなら、地球の地軸と共鳴しているからです。年号というものは歴史そのものを表します。次の年号になった時に、日本の本来の働きが出てきます。同時に、テーマが海となります。（中略）もう一つ捕捉しますと、人間の集合意識とはいったいどこにあるのかと言えば、実は海の中にあるのです。海と共鳴しているのですね。

（中略）例えば、地球がもしフォトンエネルギーに包まれて次元上昇するのならば、そのファクター、つまり因子は、海なのですね。海がエネルギーを媒介するのです。地球が変わるとすれば、海が変わってくるタイミングと同時に変化します。宇宙の変化、地球の変化、人類の変化が起こるのです。』

我々が地球・宇宙と一つになって共鳴する軸となる、ということをおっしゃられているように思います。そしてその軸とは、自分の中心軸でもあり、全体の中心軸でもある。

だからそこに百匹めの猿現象の可能性がある、ということだと受け止めました。そのことが、文末のメッセージとして、次のように表されています。

『歴史とは、いつもそうですね。明治維新の時もたった４０００人です。核になったのはたったの30人、これが２００人を動かし、最後、４０００人で日本を変えていきました。変わった後から、明治維新と呼ばれるようになりました。

（中略）皆さんの意識がある極限に達した時に、エネルギーのメルティング、すなわち、融解現象が起こります。その時に、瞬間的にパチッと変わります。だから、すごいことなのです。』

その意味が凝縮されて、トータルのメッセージ、

『認めただけが世界であり、肯定しただけが自分である。そして自分が世界である。真実は為すことにおいてある』

が伝えられていると感じました。


「福禄寿　幸せの暗号（言霊・音霊・色霊・数霊）」（明窓出版）

人間としての在り方の最も基本の法則が何か、ということに気づかされた本です。

それが、「福禄寿」であり、読めば読むほど、その深さが身に染みてきます。

『福＝人間関係。プラスに作用するすべての人間関係。禄＝お金。寿＝健康（心と身体）プラスエネルギーが元気なこと。成功者はこの三つのバランスがよい。三つの中でも、寿が一番大切である。』とあります。

一見当たり前のことに聞こえるので、軽く受け止めがちですが、当たり前のことが実は当たり前ではなかったり、当たり前のことが実は最も重要であることに気づくべきだと思いました。

その理由の一つは、福禄寿＝人間関係とお金と心と身体の健康は、すべて、自分の力だけで存在しているのではない、ということだと思います。

福＝人間関係は、文字通り、縁であり、関係、お金も、関係性の中で巡《めぐ》るもの。

健康も、大自然の恵みの中にあるものだと思いました。


その時に、福禄寿という知恵の根本が、どこから来ているのかという問いかけが、自分の中に出てきたのです。

福禄寿という言葉は、もともと、中国の皇帝が学ぶ帝王学の教科書の冒頭にあるとされ、それは大和魂に通じるものでもあると白峰先生は言われます。


そうすると、中華の知恵も、日の本の知恵も、根本は同じだと思うのですが、それは「宇宙の法則＝宇宙に贈ったものが返ってくる」に基礎があるように思えます。


もう一つは、「宇宙のあらゆるすべてはエネルギーでできている」ということと関係していると思います。

宇宙人とか、天使とか、根源神界などだけがエネルギーなのではなく、「すべて」ということが重要だと感じました。

ボールペンだって、お茶だって、すべてがエネルギーで宇宙の一部であるということになります。

その、「すべてはエネルギー」ということを、白峰先生は幸せの四つの暗号として、『言霊・音霊・色霊・数霊』として挙げられているのだと思います。

宇宙の法則の中で、すべてがエネルギーである世界を生きれば、「嬉しい・楽しい・幸せ」の世界となり、それこそが「中今に生きて悠天に至れ」への架け橋のように思えました。

「地球大改革と世界の盟主　フォトン&アセンション&ミロクの世」（明窓出版）

フォトン・ベルトやアセンションということが、盛んに言われ始めた二〇〇四年に発刊された一冊ですが、シンプルかつ深いメッセージとして、今なお心に響いてくると思いました。

この本の文末には、次のように書かれています。

『この本のテーマは、実は、フォトン・ベルトでもアセンションでもなく、地球の夜明けである。すなわち、フォトン・ベルト＋アセンション＝人類進化こそが地球の夜明けである。すなわち、地球の大変革がテーマである。このテーマの最大の話題は人類全員に関わるドラマであること！　そして地球自身の変化に応じて、人間も宇宙も変化していることだ！　『永遠の中今』に生きれば常に我々はフォトン（光子体）

と一体にて輝き、宇宙へとアセンション（次元上昇）が可能である。この大きなドラマに参加できる事を私は誇りに思う』と。

また、別の頁には、こうあります。

「我々すべてが、新しい空間に移動する権利、我々すべてが新しいコーディネーターとして生まれ変わる権利と義務がそこに存在するということだ」と。

この『権利と義務がある』ということが、ミソであるように感じました。

宇宙からは、アセンション、地球維新に参加することが、万人に等しく、権利として与えられている、ということだと思いますが、何を選択するか！？　ということが分かれ目なのだと思います。

選択とは、「地球の夜明けということを、自分がどのように受け止めるのか！？」ということにあると思います。

それが、たんに外から仕入れる情報なのか、内なる変化なのか。

自分の人生の中に地球維新があるのか、それとも、地球維新の中に自分の人生があるのか。

地球維新が起きるから、自分が生まれ変わるのか。自分が生まれ変わるから、地球維新となるのか。

問いは様々だと思いますが、地球維新への参加とは、１００％自発なのだと思います。そして逆説的ですが、自発だからこそ、そこで『義務』を受け取ることができるということだと思います。

つまり、自分が本心からやりたいことを選択すれば、そこで使命が、初めて観えてくると。それが自分維新であり、権利＝義務を全うすることが、地球維新への参加なのだと感じています。

「温泉風水開運法」（明窓出版）

「風水とは」「開運とは」「温泉とは」の認識が、根本的に変わる本だと思いました。

風水については、次のように書かれています。

『風水学を家相の部類に入れてしまっているのが現状である。しかし、本来の風水学は、自然の原動力、天地の『生気』とどのように感応できるのかを追求した学問である。決して、易学や家相ではないのである。現代的に言えば、自然環境と人間生活がどのようにすれば良好な関係を構築できるか、考える学問が風水学である。』

さらに、最も感銘したのは、次の言葉でした！！！

『私達は日常の生活に追われて大切なことを聴く時間もなくなってきた。鳥の声、虫の声、皆様の生活環境の中でカラスの声は聴いても、大自然のハーモニーは全く聞けなくなっている。人生、旅をして温泉に入り、大自然とたわむれる。

それは、人間本来が持っている「命の響き」と、共鳴するための生命回帰の働きである。』と。

こうして温泉開運風水ということの本質を認識すると、普段の意識の在り方が変わってくるように感じました。

白峰先生がおっしゃる、気脈とか龍脈というものが、はっきりはわからなかったとしても、大自然とたわむれて温泉に浸かっている心地よさは、誰しもわかるものだと思います。

都市に住んでいるうちに薄れてしまった自然の、本来の在り方を思い出せるのが、温泉というツールではないかと思うのです。

そうすれば、その感覚を自宅にも持ち帰りして、風水＝大自然の命の響きを、家や地域に循環できるかも！　と思えてきます。

自分で感じた体験のエネルギーは、必ず自分の中にあるはず。

そうであれば、最大の開運術は、自分が生命エネルギー＝温泉のポータルになっていく、ということだと思いました。

だから、開運ということの究極は、アセンション・ライトワークであり、アセンション、ミロクの世、地球維新のアカシックの創造そのもの！！！　ということだと思います。

縄文神からのメッセージ

オステオパス　深谷直斗

皆さん、こんにちは！　オステオパスの深谷直斗です。

（※オステオパシーと、深谷先生の詳しい紹介については、Ａｉ先生の前著「根源の岩戸開き２」の巻末を参照ください）

【祈り】

初めに「祈り」というテーマで、我々の祖先について見ていきたいと思います。

そもそも、「祈り」とは何でしょうか！？

日本やネイティヴの文化の始まりは、すべてが自然に、自然から出て来たと思います。

自然から花草が生まれ出るように、我々の文化も同じだったと思います。

それを表しているのが、次頁のものだと思いました。

ハート形の土偶です！！！

実は最近、我々の先住民族や縄文のことを調べていたのですが、この画像を観た時に泣けてきました！！！

どうしてかというと、これは、

《命の神》

なのだと思います！！！

土偶というのは、そこに、命＝神を表現しようとしていると感じ、すごく感動したのです！！！

こうして画像を観ただけで、感動で涙が出て来たのは、初めてだったかもしれません。

こうしたところから日本の文化が始まったと思うのですが、そこから人の「所有」という概念が出て来ると、戦争とか権力とか、いろんなことが出て来ました。

それが、人の埴輪やウマの埴輪の形になったということだと思います。

その延長線上に今の私たちの文化があります。

だから今、皆さんに伝えたいことは、日本人の心は、元をたどると『光』に繋がっているということです！！！

その繋がりを取り戻す！！！　ということだと思います。

分断の語源は、「シェイターン」といわれていますが、それは「サタン」とも同じ語源ともいわれています。

要するに、それは『命の歓びとかけ離れている』ということだと思いますが、それが現代文明だと思います。

そして、本来の文化というのは、『自然といかに対話するか』＝『生命の理に合わせる』ということだと思います。

それを体現していたのが、縄文文化だと思います。

縄文文化は、我々が思っている以上に長く、20万年前から続いています。

弥生以降の所有の文化は２３００年前で、歴史は浅いのです。


さて、『祝詞』というのは、時・場所・行為で成立するそうです。

つまり祝詞というのは、「その時、その場所でふさわしい行いをする」ということです。


例えば、私や皆さんが、今、ある場所で、ふさわしいことを行えば、バイブレーションとして、その土地に作用すると思います。

ですから『祈り』とは、『命、文化、人を大事にしたい』という気持ち。

それを、バイブレーションにして、その場を祓い続けているようなことなのだと思います。

さらに私は最近、1人で300kgの米俵を担いでいる、昔の女性の写真を見てビックリしました！！！

昔の人は、身体の出来が違ったのです。

私たちは、身体の軸を1本でも取るのが大変ですが、昔の人は4つの軸があったといいます。

縄文人は、巨大な石を担いでいたといいます。

また昔の人は、蕎麦の出前を、1人で60人前も運んでいました！！！


そのようなことを最近調べていて、たどり着いたのが『ハートの土偶』だったのです！！！


現代は、男性性のピラミッド社会ですね。力が支配するトップダウンの世界だと思います。

でも、縄文の精神は、『たくさんの人がいて、みんなが繋がりあっている』ということを表します。これが縄文的な考え方だと思います。

これを象徴するように、昔の縄文の人たちの集落は、円形でした。

真ん中に、自分たちの祖先を埋めていました。

そして彼らは、祖先の死者の霊を囲んで、踊っていました。

動物の皮を張った太鼓を叩いて、周りで村人がくるくる踊りだす。それが毎日の夜のお祭りでした！！！

この考え方は、今のお盆祭りに残っています。


だから、縄文の精神は、『調和』、『分かち合う』ということです。

もちろんリーダーはいるのですが、リーダーの選び方がとても独特です。

彼らにとってのリーダーの基準は、『最も貧しく、人の役に立ちたい人』というものでした。

母系文化ですので、女の人に力があり、リーダーは男性でしたが、リーダーを決めるのは女の人でした。

そしてリーダーが驕《おご》りだすと、女性は「お前は違う」と言って（笑）、その座から引きずり下ろし、バランスを取っていました。


ここまでをまとめますと、力のピラミッドとは男性性であり、やぎ座の象徴です。

一方、みずがめ座は女性性の象徴です。


そして、今、みずがめ座にシフトしているということですね！！！

【自然との共生】

アイヌの人々は、クマと同じ生活圏にいました。

その人々は、山のふもとの川の近くに集落をつくり、クマも同じところに住んでいました。

なぜなら、クマは、サケを食べ、山で木の実を食べますし、人間も魚を獲り、木の実を食べるからです。

だから、人間とクマは友人同士です。そこには何万年と続いていた歴史があります。すべてを分けあっていました。例えば、この川の東は人間が、西側はクマが、という感じです。だからクマと人間は出会わないようにできていました。それくらい人間とクマは近しい関係だったのです。


森というのは、動物＋植物です。

そして森は、一つのマンダラ＝宇宙だといえます。

すべての動植物が、関わり合い、絶妙なバランスで成り立っています。


元々、マンダラとは大日如来が中心で、神様が動くとすべてに波及する、というものです。

だから、森もマンダラなのです。

すべてが、密接に関わり合い、成り立っています。


しかし、現代の日本の森は、かなりひどい状態になっています。

日本の森林は国土の２／３もあり、とてもたくさんあります。

それはすごいことで、森林大国なのですが、しかしその内の４割は人工林です。

そして人工林には、下草が無いのです。

ゆえに単一の生き物しか住んでいなくて、生態系、多様性がありません。

この状態は、生命を共食いにさせているといえます。

また、下草が無いので、保水力も無く、虫も一匹も住めません。

日本の森の４割がそうなのです。


でも、伊勢神宮の森のように、豊かな人工林もあります。


そして人工林は、根が無い状態で枝が生えています。なぜかというと、すべて挿し木だからです。

命の循環が無く、緑の砂漠といわれています。そして人工林は、災害に弱いのです。


生態系ピラミッドの頂点は、クマとタカであるといわれています。

ゆえにクマとタカを保存できれば、すべてが保全できるということです。

しかしクマ・タカの保全はすごく難しいといわれています。

実際にヨーロッパでは、クマが最初に絶滅しています。

ヨーロッパの森は、日本の森と違って全然怖くないのです。

僕は熊野で修験の修行をしていた時は、夜の森が深くて怖かったのですが、オステオパシーの研修でイギリスに行って、森で野宿をした時は、危険な動物がいなくて、全然怖くなかったのです。

そして、クマは森をつくる名人です。例えば、木に爪を立てて、中にウロをつくったりします。そうすると、ミツバチの巣になったり、フクロウの巣になったりするのです。

いろんな生命を助けています。

原生林は、大木の樹間が40ｍぐらいあります。枝々が太陽光を遮《さえぎ》ると生命が育たないのですが、クマが木に登ってご飯を食べると、森に光を入れてくれます。


そして昔懐かしい風景の「里山」についてですが、昔の人工林は「ここまで」と境界が決められていて、山の頂上は神の領域として護ってきました。尾根筋に人工林は無かったのです。

ところが、今は、すべてが人工林になってしまいました。

しかし、山は地球の肺ですので、それを埋めているということになります。


さらに里山の良いところは「雑木林」です。

その役割は、森―雑木林―人里という感じで、自然界と人の世界の間のバリアになっていたのです。

しかし、今、そのバリアが無くなっています。


それらとも関係する話ですが、一九六〇年代に狂犬病が流行って対策をして、野犬がいなくなると、いろいろな動物が山から降りてきているのが現状となっています。野犬もバリアの働きをしていたのです。

また、原生林は、保水力が豊かです。例えば、御神体山と呼ばれるような山がそうですね。

保水力豊かな原生林からは、地下水が吹き出ています。

地下水は、１００年ぐらい前の雨です。

しかし、人工林にすると保水力が無くなり、20～30年後は、地下水も減少するといわれています。

さて、大地とは地球ですが、古来からのネイティヴ・アメリカンたちの大いなる疑問というものがあります。

「自然とは、何であって、何でないのか！？」というものです。

その一つの答えが**「地球は一人の女性である」**といいます。

そして、その女性は、あらゆる、身体、心の好不調があるということです。

そう想う時に、初めて地球がわかる、ということです。

ネイティヴは、地球を敬うとは、女性を敬うということだと言います。

大地を癒すことが、自分を癒すことであると！！！

【人類の進化の意図と生命の理】

実は、人間が他の生物を見下し始めたり、戦争で奪い合ったりするような思考方法を持ったのは、２０００年前くらいです。

これは20万年のホモサピエンスの歴史の１００分の１にすぎないのです。

ですから、ホモサピエンスとして地球に誕生してからの20万年という長い間は、人類の進化の意図と生命の理は一つだったのです。

その間、「人」は、光り輝く祈りのバイブレーションを発し、他の生命から尊ばれ、歓迎される存在でした。

我々のＤＮＡは、この生きる喜びの記憶をとても多く残しているのです。

では、人類の進化の意図とは何なのでしょうか？

これは、地球の意思でもあり、非常に重要な事柄です。なぜなら人類は、母なる地球の子供であり、地球の意思そのものであるからです。

私たちの祖先が、四足歩行の小さな動物から人間に至るまでに、とても強い意図が働きました。

多くの動物は、背骨が横向きで四足歩行です。普通にサバイバルのためなら、四足歩行が一番パワフルです。足も速いし、安定するし、力も強いです。

直立の二足歩行なんて、遅いし、バランス悪いし、サバイバルには不向きなのです。


でも、私たちの祖先は、空に瞬く星を見つめて、「なんで自分は生きているのだろう？」とふと思ってしまったのです。

その不思議をもっと知りたい。生きている意味を深く考えたい。その想いがとてつもなく強くなり、数千万年という時間をかけて、やがて二足歩行になり、背骨が縦になり、頭には大きな脳ができ上りました。

その子供たちが今の「人類」です。

人類の意図と生命の理が、二人三脚で進化して、「ヒト」が地球に誕生しました。


鳥だってそうです。地を這うトカゲが、「空を飛びたい」と願ってしまったのです。

その意図があまりに強く、少しずつ羽毛が生えて羽になり、腕が翼になり、空を飛ぶことを実現しているのです。


意図が無ければ生命が進化することも、誕生することもありえません。

だから私たちのＤＮＡは、その想いでできているといってもよいでしょう。

「なぜ星があるのだろう？」「なぜ生きているのだろう？」「生きている意味は何なのだろう？」それを人は知りたかったのです。

そして身体はその答えを知っています。

地球に感謝した時。命のために祈った時。人を愛した時。身体がリトマス試験紙のように反応して、教えてくれるのです。

身体が、嬉しさと喜びを感じ、周りとの一体感が生まれると、どんどん無限に力が流れ込んできます。大地も、太陽も、風も、すべてと繋がり、無限に愛せる。そのために生きているのです。

それが『人は光り輝く存在である』という意味です。

元々は、そのように感謝の中で生きていた人類が、弥生時代になって初めて、農耕を始めました。それと同時に、土地を所有するという概念が生まれ、統治する権力者が登場し、次には他の土地も自分のものにしようと争いはじめ、その果てに国家が誕生しています。

でも本当は、最初の農耕を思いついた人は、「これでもっとみんなが幸せになれる」と思ったでしょう。

こうやって野菜を育てて種を管理すれば、もっと豊かに愛しあえる。もっと力いっぱい歌って自然に感謝できる。そう思ってみんなに農耕を伝えていきました。

でも一瞬だけ「まだ足りない」という想いがはみ出て、気が付けば、その想いにいろんな欲望がくっつくと、雪だるま式に大きくなって、もう誰にも止められなくなってしまった。

それが現代にまで繋がり、今ではもう、いったい何のためにこんなにたくさんの食料を作っているのかわからないのです。

愛や感謝を表現して、光り輝くために進化した人間なのに、あまりに人の本来の在り方から離れすぎてしまって、何のために人類を絶滅させる爆弾を作っているのか？　もう誰も何も理由がわからないのです。

でも、もし現代人が、地球と対話し、すべての人を愛し、生命のためにもう一度祈るのなら、今まで培ってきたこの技術力は、人間が光り輝く愛の方向に使うことができるのです。

これほど素晴らしいことはないはずです。

その素晴らしい世界のために、縄文時代から連なるネイティヴ・アメリカンの文化が、今、とてつもない価値を持つ、人類の希望のように感じられるのです。

【ネイティヴ・アメリカンとの出会い】

私が初めてネイティヴ・アメリカンに惹かれたのは、星野道夫さんの写真集でした。

動物だけに意識を向けているのではなく、種としての生命に流れてきた時間や、他の命と繋がり、それらが果てしなく広がっていて、自分も関わっていることを感じさせてくれるからかもしれません。

そんなアメリカ先住民族の暮らしは、自然の厳しさと共存して生きた強さや、その奥にある、人類の宝のような知恵や誇りが生き生きと現れていました。

現代の日本にいる自分にも、人々が太古の神話の時代に生きた遠い昔の感覚が蘇《よみがえ》り、その感覚がどうにも嬉しく、懐かしさを覚えるのでした。

私はそのようにしてネイティヴ・アメリカンの情報に触れるようになり、ネイティヴ・アメリカンの文化を学ぶ人々と知り合いました。

スウェット・ロッジ・セレモニー、ネイティヴ・ソング、その他のどれもが、人間と母なる大地が共鳴する特別なバイブレーションを発していました。

そのバイブレーションによって、人を清め、土地の精霊もウキウキと嬉しそうにするのを感じたのです。

そこで出会う人たちは、他人と自分を大切にできる自由の感覚を持ち、自分らしく生きる人たちでした。その中で出会った言葉は、**「自分らしく生きれば人は光り輝く」**。それが私の人生にエンジンをかけてくれた言葉です。

社会人1年目の時に、私は地球を救おうと意気込み、自然保護団体に就職しました。しかし自然保護とは、行政や企業と対立関係になることも多いのです。想いが伝わらない寂しさや、自分の無力さに、私はどんどん虚しくなってしまいました。そんな時に、先輩が教えてくれたのです。

「ドキドキやワクワクを大切にして、何か少しでも興味を感じたら、はい！　と迷わず手を挙げて、すぐに行って挑戦するんだ。スピードと勇気が大事なんだよ。その先に本当の自分に出会える。そして、自分らしくあれば人は輝く！　これは君の大好きなインディアンのやっていることだよ！」

人が勇気を出して、自分らしく生きる時、宇宙全体が味方をしてくれているのを感じました。自分らしさを得た身体は、プリズムとなり、光が通り抜けると、その人は「虹の戦士」となるのです。

【光り輝くアニシナベと虹の戦士の伝説】

北米大陸の先住民族には、ほとんどの部族に共通する、『虹の伝説』という伝説が語られています。

地球の動物も木々も姿を消しはじめ、人々が争い、愛しあうことがなくなる時に、ある子供たちが現れる。

その子供たちは、木々を、動物を愛し、人として互いに愛しあい、もう一度皆が幸せに暮らせるよう、力を貸す。

その子供たちは『虹の戦士』と呼ばれる、というものです。


この予言は、現代社会を物語っています。

私たちの祖先は、この深刻な現代社会がいずれやってきて、子孫の心が深く傷つくことを知っていました。

祖先は、私たちを力強く励ましてくれているのです。

「お前は光り輝く虹の戦士となり、母なる地球を救う存在だ！」と！

あなたは動物を愛していますか？　植物を愛していますか？　人を愛していますか？　もし愛しているのなら、あなたは虹の戦士になれるのです。

もし愛していなくても、虹の戦士と出会い、共に力を合わせることで、あなたも輝き始め虹の戦士になれるのです。

ネイティヴらしいお話をもう一つしたいと思います。

イギリス人がアメリカ大陸に初めて上陸した時、そこにいた先住民族に、「あなたは何者ですか？」と尋ねたそうです。

先住民族は、「私はアニシナベだ」と答えました。

ネイティヴ・アメリカンには、アニシナベ族、ホピ族、ラコタ族のように、それぞれの部族に名前がありますが、実はそのすべてが、それぞれの部族の言葉で「人」を意味しているのだそうです。

そして、この「アニシナベ」という言葉の意味を分析してみると、

アニ＝being
シナベ＝shining

であり、shining being ＝「輝ける者」という意味になるのです。

先住民族は初めて出会ったイギリス人に、「私は輝ける者だ」と堂々と宣言したのです！

これは、ネイティヴ・アメリカンが自信過剰な訳ではなく、人とは、それほどまでに美しく、眩しく光り輝く存在だと知っていたのです。

【日々の生活が祈り】

ネイティヴ・アメリカンの文化に触れるまでは、私は、祈りで世界を浄化するとか、本当にできるの？自己満足に終わってしまうのではないのか？　と思っていたことがあります。

でもそれは間違いでした。

祈りの光は、地球の汚染物質を浄化します。

戦争で死んでいった人々の心を慰めます。

周囲にいる生命すべてを喜ばせる波動が出ます。

病気で苦しんでいる人の身体を癒します。

ネイティヴ・アメリカンの祈りがよくわかる言葉として、「7世代先の子供を想い、今を生きる」というものがあります。

これは、「自分の今の暮らしが子孫に影響している。今の一挙一動に注意深くなりなさい」という意味です。

祈りとお願いするのとは訳が違います。毎日そういう生活をする、ということなのです。

人は母なる地球の子供であり、言い換えれば、人は地球の共振体だということです。

ゆえに当然、祈りは地球を意識しないと世界に波及できないのです。

地球の輝く領域＝地球の核から、対流するマントル、それにより動くプレート。

そこに意識を送ると、あなたの下半身が活性化します。人は地球の共振体なので、構造上そうなっているのです。

瞑想でチャクラに意識を送るだけではないのです。

では、水の幸せを祈るとはどういうことでしょうか。

それは身体の水の健康を願い、そういう生活をするということ。

川の生き物たちが健康でいられるように日々慎むということ。

海がすべての生命を育めるように、美しく保つ努力をすること。

工業廃水、原油、汚染水、そういうものを一切流さず、すべての生命が健康で幸せに、ずっと暮らせるように、私たちがそれを願い、日々の行動で示すことなのです。


表面的に、水がきれいになりますようにとお祈りしても、水は全くきれいになりません。

水は調和と循環をつかさどり、生物の身体を自由に行き渡り、また自由に出ていって、他の生命の身体にも入ります。水が地球の生命を巡らせているのです。


水は女性性であり、月の力と呼応します。

月が満月になれば大潮となり、水の力が増すと、地球全体で浄化と再生のプロセスが促進します。

これは女性の生理周期と呼応していて、もし現代人が月明かりの自然光で生活するなら、月と女性は完全に一致します（ちなみに男性は３か月周期です）。

例えば、昔は満月に農作物を収穫し、新月に植えるというバイオダイナミクス農法の知恵が主流でした。

また、満月の夜、縄文人たちは不思議な形をした土器を地面に立て、朝が来るまで夜露を溜めて、「月の水」を集めていたようです。

満月で水が力を増し、大気の水分量が増した夜は、月のパワーが入った夜露が取れると信じられました。

月は満月と新月を繰り返す、再生のシンボルでした。

そして女性の生理周期と一致する生命のシンボルでもあったのです。

その再生と生命の力を宿した水は、死者に振りかけられ、その水が村の妊娠した女性の中に入り、死者が再生すると考えられていたようなのです。

だから縄文時代の村は、死者を大事に取り囲むように円形の集落をつくりました。

縄文時代から、月や水にはそのような不思議な力があるということが、人間の深層心理に残されています。

水に祈るとは、祖先からの魂の循環も同時に表現されているのです。


では、火の幸せを祈るとはどういうことでしょうか。

火は私たちの熱い命、ソーラーパワーです。

火を囲むと人は安心して絆が深まります。

心が温められ、正直になり、心の内を語ります。

火は人間と仲が良く、人間をずっと守ってくれていました。

火の幸せを祈るとは、世界から戦争をなくし、原子力を使わず、火の力で争ったり、地球を汚したりしないということです。

温かい火で美味しい食事をしたり、仲良く囲んで語らうことです。

火は男性性であり、太陽の力そのものです。地球の輝くマントルやマグマの熱です。火はすべての命を動かすエネルギーであり、水の循環と助け合って、命を育てているのです。

すべての生命の幸せを祈るとは、そういうことなのです。

祈りとは、心で何かを願うだけでなく、意識を向けて、毎日そういう風に生きるという意味なのです。

そして祈りは、インドラの網のように、その宝石に触れることで無限に共鳴して、全世界に波及するのです。

【祈りで問題を解決する】

ネイティヴ・アメリカンもまた、西部開拓時代に大変な惨殺を受け、居留地に閉じ込められ、非道な人権侵害を受けました。

一九七八年、アメリカ政府はインディアンの人権をすべて奪う、十一の法案を制定します。インディアン撲滅法案です。

当時この絶望を、ネイティヴ・アメリカンは、祈りで解決しようとしました。

その計画はどんなものかというと、アメリカ大陸５０００㎞を、祈りながら歩くという「ロンゲスト・ウォーク」と呼ばれるものです。

そしてロンゲスト・ウォークが始まる前の晩に、血気盛んなネイティヴたちが祈った言葉は、「大統領と大統領の家族の幸せ」でした。

「私たち赤い人は、白い人たち、黒い人たち、黄色い人たちと協力して、この祈りを成就するために歩く」と宣言しました。

この祈りを聴いた、日本のお坊さんたちが、このウォークに参加しました。

日本山妙法寺の藤井日達上人は言いました。

「世界が平和であるためには、アメリカが平和でなくてはならない。アメリカが平和であるために、アメリカ先住民族とアメリカ政府が仲直りしなければならない。そのために私たちはネイティヴ・アメリカンをサポートする」

そうしたら白人も、黒人も、有名なアーティストやアスリートも、このウォークに参加して、四つの聖なるカラーが一つになって、アメリカ大陸に祈りを捧げ始めたのです。

そしてロンゲスト・ウォークがワシントンについた時、アメリカ大統領はインディアン撲滅法案を棄却しました。

こんなにたくさんの人が、自分の家族の幸せを祈って、５０００㎞歩いたのです。

自分の幸せを祈る人たちの人権を奪うことは、当然できないでしょう。

祈りで解決するとは、闇を光で照らす行為なのです。

【大地を優しく歩くことは、母なる地球と話すこと】

そしてこのウォークで、ネイティヴ・アメリカンは、自分たちが誰であるのかを思い出しました。

ネイティヴ・アメリカンは、数万年という歳月をかけて、地球を歩いて渡ってきた、「歩く民」だったからです。

ネイティヴ・アメリカンの口承伝説には、人間の旅の知恵が一万年分あります。

未来の子供たちの生き抜く知恵になるように伝承してきた、長い長い旅の歌です。

私たちは彼らの子供なのです。


この伝承は主に、約一万年前にアジアにいたネイティヴ・アメリカンの祖先が、ロシアとアラスカの間にあるベーリング海峡をいかにして越えてアメリカに渡ったか、いかにしてアメリカ大陸を旅して人類が広がったのかが、驚くほど正確に伝えられています。

口承伝説はさらに、信じられないほど古い歌、人類がまだアフリカで樹上生活をしていた、遠い誰も知らない人類の古層の記憶を歌い始めます（認知考古学では、今世界に広がっている現生人類の十万年前のプロトタイプではないかと推測しています）。

ネイティヴ・アメリカンの祖先は、アフリカでの樹上生活を捨て、エジプトから中東の砂漠、ヒマラヤの山岳地帯、シルクロードからアジアへと広がっていきます。

文字通り、地球を踏破する「歩く民」でした。

この道筋はモンゴロイドの道であり、私たち日本人にもこの祖先の血は色濃く残っています。


歩くことは、それ自体が祈りです。

すべての土地は太古から人間が暮らしてきた、祖先たちの霊が宿る神聖な場所なのです。

歩くことは巡礼であり、土地のスピリットと対話し、祖先と繋がるツールなのです。

ネイティヴ・アメリカンの知恵はこのように言います。


「地球のために祈るとは、母なる地球を優しく歩くこと」

この意味を知りたくて、つい先日、私は初めてアメリカに渡り、ネイティヴ・アメリカンと共に、「祈りのウォーク」をする機会を得たのです。

【地球から生まれた歌】

その旅は、ミネソタ州にある、リーチレイクという湖を歩いて一周します。

実は今、アメリカでは、ミシシッピ川に石油のパイプラインを通す事業が計画されています。もしこのパイプが事故で破損すれば（パイプラインの事故はアメリカだけで1日45件）、ミシシッピ川の下流域が重油で汚染され、そこに住むすべての生命と水が奪われることになります。

このウォークは、その水への祈りの一環として捧げられます。

そして去年亡くなった、ロンゲスト・ウォークのリーダー、デニス・バンクスのお墓がリーチレイクの畔にあり、そのお墓参りをするためです。

1日数10km歩き、そのあとイーグル・スタッフ（一族を導く旗）を持って、ランナーが数km走ります。ウォークが始まると、足の疲れはもちろんなのですが、靴擦れで皮膚が破れ、足の裏には血豆がいくつもできました。それでも歩き続けると、血豆が合体して大きくなって、信じられない痛みになりました。足が熱を持ち腫れあがってしまいました。お線香とモグサで血豆を焼いて何とかしのぎますが、普通であればまともに歩くことができない激痛です。

そんな中で私は、5mくらいの旗を持って数10km歩き、またランナーとして毎日走りました。

これは忍耐力ではなく、ネイティヴ・ソングの不思議な力のおかげです。

歌い始めると、痛みが引き、疲れが癒されるのです。

みんなで歌うと、歩いている全員に力強いエネルギーが伝染します。

それだけではありません。周りにいる虫たちを愛おしく感じ、虫たちもキラキラして、可愛らしい妖精のように僕たちを応援してくれるのです。

さわやかな風が吹き抜けると、木も花も一緒に揺れながら、同じエネルギーが拡がっていくのです。


日本の神道では、「時」と「場所」と「行為」により、土地のスピリットとの交信を図るといいます。ふさわしい時に、ふさわしい場所で、ふさわしい行いをする。それが神道の祈りです。


歩くという行為は、すべての瞬間が奇跡のように過ぎ去っては、また訪れます。

歌いながら歩くと、そのバイブレーションがお祓いとなり、土地のスピリットに働きかけます。

土地のスピリットとは、そこで暮らしてきた祖先の霊です。

この歌は、数万年も祖先が歌い続けた、魂の依り代《よりしろ》になっているのです。

歌うことでご先祖様を讃え、繋がる。自然が喜び、身体に入ってくる。

それがネイティヴ・ソングです。


ウォークが終わって、特別な儀式を行った朝、僕はリーチレイクをテラスから眺めていました。風が強く、いつもより波が高くなっています。

そこに、ネイティヴ・アメリカンの若いリーダーのロイがやってきて、僕に話しかけました。

「水の声が聞こえるか?」

ロイは西海岸のネイティヴの部族で、祖先の伝統を大切にしています。

「風が吹いて、湖が歌っているだろう? 波がドラムを叩いている」

そう言いながら、ロイが部族の古い歌を歌い始めました。

流れるような優しい響きが、水の歌だと僕に教えてくれました。

歌い終わるとロイは、「美しい朝だね」とにっこり笑いました。

この瞬間、私には、はっきりわかりました。ネイティヴ・アメリカンの歌は、自然の波動から生まれ、数万年の昔から同じ響きで、人々に歌い紡がれてきたのです。

癒しの歌、スピリットの歌、感謝の歌、知恵を持つ亀の歌、力強いバッファローの歌……

自然は歌を歌うのです。その歌に人間がセッションして、ネイティヴ・ソングは生まれました。

優しく大地を歩くことは、人間の自己満足ではありません。

人が歩いて出会う、美しい自然、愛おしい生き物、過ぎ去ってはまた訪れる景色は、地球の歌声でした。

人が歩くとは、一緒にその歌を地球と歌う行為なのです。

人が自然に感謝して喜びを歌う時、木も湖も風も嬉しそうに歌うのです。

だから、こんなにも優しく人間を癒してくれるのです。


無限にまだまだ歩ける力とは、疲れれば疲れるほどに、エネルギーを失えば失うほどに、祈りの歌が入り口となり、無限から来るエネルギーをリアルに感じるのです。

人間は、自然の愛から生まれて、光の存在として生きていた。

頭ではなく、初めてそれを身体で感じました。

【インディアン・タイム】

そのような場を共有した仲間は、たった２週間だったのに家族のような絆で結ばれました。皆でご飯を作って食べ、火を囲んで話して、たくさんのセレモニーを経て、ネイティヴの土地と時間の流れの中で、自然に愛や優しさがお互いに生まれていきました。

参加した日本人も、自分らしい時間の流れを徐々に取り戻していきました。

不思議なもので、その時間の流れは、分かち合う心でいっぱいなのです。

「インディアン・タイム」とはよく言ったものですね。

「インディアンみたいに時間がルーズな人」に使われる言葉ですが、本当は違います。

インディアンは時計に縛られない、自分らしい時間の流れを持っているのです。


「正しい時に、正しいことが起こる」。ネイティヴを象徴する言葉です。


現代社会では、様々な問題をスピーディに意思決定していくことに価値があり、それができると社会では「すごいね！」と褒めてくれます。

でもネイティヴから言わせると、自分を見失って周りに振り回される人の生き方です。


ネイティヴ・アメリカンが憧れる動物にイーグルがいます。

イーグルは、自然界で一番太陽の近くを飛ぶ、誇り高い大型の猛禽類です。

イーグルの狩りは、空高くからじっくりと獲物の動きを見ています。

そして、「ピーッ」と一声鳴くと、一気に急降下して、猛スピードで獲物をとらえてしまうのです。

そのようにじっくりと場を見極め、いざとなったらパワフルかつスピーディにアタックする。そんなイーグルの狩りは、ネイティヴ・アメリカンの憧れなのです。

急ぐ必要はありません。心が良し！　となったら、いざ進めばよいのです。

忙しい中で暮らしていると、時間はまるで暴れる獣に乗っているような感覚になります。

コントロールしたいから時間がもったいないように感じるのです。

でも、ゆったりとした自由で気持ちの良い時間の流れは、そんな不安感は一切ありませんでした。今の幸せな瞬間がずっと続いていくような、何とも心地よく安らぎ満たされた感覚でした。

このウォークは、紛れもなく人生で一番心地よい日々になりました。

【精神の成長とエルダーの役割】

こんな風に、高いバイブレーションを経験してから普段の生活に帰ると、日常が色あせて見えてしまいます。

あぁ、あの時あんなに素晴らしかったのに……となってしまうのです。

これは精神的なリバウンドのようなものですが、仏教の修行が良い参考になります。

仏教の修業期間中も、やはり精神性が高まります。でも修行が明けて、日常に戻るとバイブレーションが下がってしまうのです。

そのバイブレーションの上下を指導者が見て、「では、君の次の修業はこんな感じだね」と、精進できるように道筋を立ててくれるのです。

修行を経ると、日常に戻ってやはり少し下がるけど大丈夫、底上げになっているのです。

「お！　君は普段に戻っても、そんなに下がってないじゃないか！　では君には、もう少しきつい、飛び級の修業を！」となれば、より早く仏教的に出世できるのです。


これが「無限上昇」です。

こうしてどんどん精神性が高まっていくことをいいます。

この時いかに、このリバウンドを小さくするかが重要で、一番は落ち込まないことです。

堕ちるのは当然と理解することです。

そうして普段の生活の中に、少しでも高い周波数でいられるように、瞑想したり、歩いてみたり、歌ってみたり、いろいろ自分が良い状態でいられる工夫をして生活すればよいのです。

例えば、普段の私たちの生活には食べることがあり、その中でも精進料理とか薬膳料理などは、高い周波数を保つために発達したものなのです。

お寺で一番偉いというか、徳があるのが和尚ですが、その次は料理長です。

低い周波数の物を食べると、それを食べるみんなの修行が進まないし、お寺の雰囲気が悪くなる。だから料理長は、もう和尚ができるくらい徳が高いのです。

誰かにご飯をよそってあげたりとか、そういう時に愛を込めると、その人が気持ち良く、自分も周波数が上がっているのです。

自分がグラウディングできる音楽を聴いたり、そういう料理を作ったりすれば、もっと高い状態でいられるんです。

ネイティヴ・アメリカンは祈りの文化です。スウェット・ロッジなどは毎月行います。毎朝サークルになってお祈りを捧げます。毎食、食べ物にも祈ります。祈ることが普通で、人間はみんな無限上昇していたのです。

人生が祈りだから、一番ピュアなのは、たくさん祈ってきた長老です。

つまりお年寄りがものすごく純粋で、リスペクトされます。

日本のお年寄りの現状を見ていると、なんだか寂しい気持ちになってしまいます。

現代社会は最先端の技術や知識に価値があるので、昔の知恵はもうどうでもいいようです。

それに引き換え、ネイティヴの社会の長老は、最も知恵深くピュアです。

だから、悩みを抱える若者がアドバイスを求めたり、一族の重要な意思決定も、やはり長老のピュアな視点をみんなが膝を打って讃《たた》えます。

これは、長老が一番たくさんこの無限に近づく祈りを経て、「無限上昇」しているからです。

皆さんも無限上昇したいですよね！？

欲望や、まやかしに人生を踊らされたいでしょうか？　たぶん、そんな人はいないです。

なぜなら人間は、「自分がなぜ存在するのか？」を知りたいのです。

もし、そんなのどうでもいいという人がいても、ＤＮＡが知りたいのです。

きっと添加物や社会の常識に被爆しすぎて、今は忘れているだけで、本当は自分の人生を生き、命の役割を果たしたいのです。

みんな自分らしく生きる道を精進していきたいのです。


精進するという本当の意味は、目的を知り、精密に進むという意味で、精進は実は六つのレベルの中のレベル四。だから精進できるっていうのは、もうかなりすごいことです。

精進できたらあとは、「無限上昇」するだけです。


ではいかにして精進するか。それは六波羅蜜に書かれています。

これは、実践を通して自分の生きる道を定める、知恵の道です。

一つ一つを見ていくと、布施↓浄戒↓安忍↓精進↓禅定↓般若　となります。

「布施」とは、分かち合う心です。まず人生はここから始まります。

「浄戒」は、分かち合うことを表現するために、私はこういう風に生きていこうと決めることです。見習うべき師匠を見つけて、お手本に生きるのも立派な浄戒です。

この生き方は正しい、自分の方向性がわかっていれば、辛いことを忍耐できます。

それが安忍です。盲目では不安で耐えられません。

そして次に「精進」が出てきます。自分の生き方を知り、それに沿って日々、邁進しているのです。

そのように日々自分の役割を生きていると、チョー気持ちいい！　となってきます。

これが「禅定」の訪れです。これは例えば日々仕事をしてハイになって「この仕事が天職だ！　もう止まらない！」となる感覚です。

勉強でも勉強ハイ？　とかありますが、日々が自分のありのままになった状態です。

それが般若という智慧の道ですよ、と六波羅蜜は教えているのです。

般若や波羅蜜とは、あの般若波羅密多心経の知恵の教えなのです。

人間はこのようにして、自分の役割を知り、日々の実践を通して、無限への扉が開かれて、無限に愛せる、感謝できる人間になっていくのです。

これは、私たち人間が本当にやりたかったことであり、宇宙の目的でもあるのです。

【オステオパシーの祈りと宇宙の目的】

私は、オステオパシーと呼ばれる治療法で、人を施術する治療家ですが、ネイティヴ・アメリカンの祈りと共通するものを、治療の中に感じるのです。

A．T．スティルは、オステオパシーを発見したアメリカ人ですが、彼もまたオステオパシーを研究する中で、ネイティヴ・アメリカンの文化や言葉や哲学を、一生懸命学んだといいます。

オステオパシーが自然医学といわれる理由の一つです。

オステオパシーの仕事は、身体のバランスを極限まで整えて、自然界にある気やプラーナと呼ばれるような生命エネルギーと、身体が交流できるように導きます。

このコンセプトを理解するには、まず「フルクラム」を知る必要があります。

三次元を象徴する球体のすべての領域に、効率よくエネルギーを行き渡らせるためには、球体の中心からエネルギーを放射するのが一番効率がよいです。

「フルクラム」は、この生命エネルギーの支点となります。当然フルクラムがずれると、エネルギーが偏ってしまいます。だからオステオパスはフルクラムを中心に戻すのです。

このフルクラムをずらす要因となるのが、病変といわれる、身体のブロックです。

では、どのようにオステオパシーは、この病変を取り除き、フルクラムを中心に戻すのでしょうか？

まずフルクラムは、身体のすべての部分にあります。肝臓にも膝にもあるし、身体一つにもあるし、細胞一つにもあります。

そのフルクラムを感じるには、具体的に、組織にコンタクトして、膜を動かしながらバランスを維持します。そうするとボリュームの支点を感じます。これがフルクラムです。

しかしこのフルクラムは、病変の力と対話した状態の、仮のフルクラムです。

病変を悪者扱いする人がいますが、病変は悪いものではありません。身体を傷つける力が加わった時に、身体のバランスを何とか維持しようとした結果、ある一部を緊張させて病変が生まれます。実は病変が身体を守っているのです。

もし病変が無ければ、身体はストレスに負けて粘土のように構造を維持できません。

この緊張した病変を調和するために、オステオパスは身体のバランスを維持し続けます。

この間、フルクラムからは、バイオダイナミクス・フォースと呼ばれる、生命力の放出が進んで、病変の力を弱めていきます。

やがて、どんどんと調和が進み、静かになっていき、静寂のような一点にたどり着きます。

完全なバランスです。

病変が、周りの組織と調和を取り戻して、組織の開放が起こるのです。

バランスを取り戻した身体は、フルクラムが中心に戻り、生命力が全体に行き渡り、結果的に循環力も上がり、自然治癒のプロセスが進んでいくのです。

この治療のプロセスは、ネイティヴ・アメリカンが祈りの中で、自然と交流している状態と非常に近いのです。

メディスンマンと呼ばれる呪術師もまた、自然界にある薬草や様々な祈りを通して、自然と人間の交流を促し、癒しを導きます。

疾患に苦しんでいる人は、身体が不自然にゆがんで、自然との交流が絶たれているのです。

オステオパシーでは、人が病になる時は、食べ物の毒素や、過去の怪我などもあるのですが、「自分に嘘をつく生き方」が病気を引き起こすと考えます。

このような考え方は、世界中の先住民族の文化や、チャクラの考え方と同じです。

自分の意思に背くことを強要されると、その部分のチャクラの気が失われてしまうからです。

例えば、土地や家族との精神的繋がりを絶たれると、人間の下半身は弱くなり、免疫力や生殖力も低下します。第一チャクラの気が失われていくからです。

意思に反した嫌な仕事をすると胃潰瘍になります。自分自身の内なる力を侮辱され、第三チャクラの気が嫌な仕事に奪われるからです。

このようなチャクラの概念は、あたかも先住民族の霊的な考え方を体系化したようです。

オステオパシーの目的の一つとして、ボディとマインドとスピリットの統合があります。

治療では身体のバランスを取りますが、いったいどうやって、高次元の精神や、とらえられない心のバランスを取るのでしょうか？

三次元の球体を考えてみる時に、二次元の平面しか知らない人は、この三次元を感知することはできません。

球体が平面を通り過ぎるのをイメージすればわかります。

二次元の世界の人は、まず、球体の一番下が平面に当たると、「何か丸いのが現れたな」と思います。そして球体の中心が平面に沈んでいくと、「あれ？　丸が大きくなってきたな」と思います。そしてまた、球体が平面を通り過ぎていくと、最後には「あれ？　今度は小さくなって消えてしまった……」となるのです。

この現象は通り過ぎるという四次元の時間軸を含めているので、四次元の人には全体が見渡せます。私たちは普段三次元の中を生きているので、より高次元を感知することはできません。

オステオパスは、この三次元の、瞬間、瞬間の最も美しいバランスを維持するのです。

三次元を美しくセットし続けて、ようやく五次元の扉が開くのです。

そして、高次元の働きを高めるために、祈りの力が非常に重要になってきます。

施術者が、患者さんの健康や幸せを祈った時に、意識的な周波数が高まり、高次元が働きます。

そしてバランスの取れるスピードが段違いに上がっていくのです。

そしてその意識で完全なバランスが取れた時に、「スティルネス」という、すべてと繋がった場ができます。

すると「宇宙の意識」が訪れ、術者と患者の境目も消えた状態になります。

この状態で起こる開放は、通常のリリースよりも格段にパワフルで、身体全体に波及していく浸透性があります。

オステオパシーは、このように治療を進めます。

バランスを取りながら、患者さんの光を増やそうとしているのです。

愛や慈しみを持って触ることで、さらに人の輝きが増すのです。

なぜなら人は、元々光の輝きの存在であり、喜びや愛でできているからです。

オステオパシーは、ネイティヴ・アメリカンの祈りと同じ方向を見て、同じ存在と繋がろうとしています。

宇宙と繋がることで、癒しが起こり、本当の自分だった頃に身体が戻ろうとするのです。


この時訪れる宇宙の意識には、宇宙の願いが込められています。宇宙の目的です。


宇宙は初め、意識でした。これを「純粋意識」といいます。

宇宙が生まれる前は、何も無いけどすべて有る「空」でした。

その「空」に意識が生まれた瞬間、エネルギーが爆発して宇宙が誕生したのです。

宇宙には元々、天地創造の意図がありました。

天地創造を実現するために、「存在」を具現化する力が必要です。

宇宙は四つの力をまず創ります。

それが量子力学のいう「重力」「電磁気力」「弱い核力」「強い核力」です。

今、私たちの身の周りに有る「存在」を創った力です。


この宇宙には、私たち人類がいます。動物もいるし、植物もいます。彼らはそれぞれ生命を持ち意識を持っています。これは、宇宙が意図して望んだからこうなりました。

でも考えてみてください。地球は46億年前に生まれた岩石惑星なのです。岩石が、水と太陽の力で少しずつ生命となり、複雑な意識を持って、「なぜ生きているのか？」を考える「人」になりました。

宇宙の目的は、すべての存在が意識を持ち進化していくことなのです。

進化とは、存在の意識が純化していくことであり、元の宇宙の純粋意識と対話することなのです。

有史以前の人間は、宇宙と対話していました。無限との交流です。光り輝く祈りです。

でも、何かの意図が働き、繋がっていたはずの、自然と隔離された現代人の意識へと変化していきました。その理由はなぜかわかりませんが、もしかするとこれも宇宙が計画した新たな進化の途上なのかもしれませんね。

キリスト教の悪魔はサタンです。この語源は分断を意味する、「シェイターン」ともいわれています。悪魔とは繋がりあった状態から分断して分けていくことです。

動物たちは、同じ大地に生まれた魂の兄弟です。

しかし動物は、人間とは違う。文句も言わないし感情も単純だ。人間が便利に利用したらよい、となります。

私が楽をするために、辛くてしんどいことは、貧しい人々に任せればよい。

不安、恐れは、不満足、貪欲です。

これが、分かち合うことを忘れた戦争を生む悪魔の思考です。


この宇宙には、大切な約束があり、変化し続けなければ存在できないという掟があります。

諸行無常です。目の前に存在しているものはすべて、時間を超えて変化し続けています。

人間も当然、進化し続けるのです。


祈りの光は無限です。その力にアクセスすることは、自然、宇宙とも繋がり、無限に分かち合う、根源的な人類の癒しです。

祈りは日々の暮らしであり、意識を向けて行うアクションです。静かな祈りもいいけれど、マザーテレサが言うように、愛は動き続けるパワフルな祈りです。


ワンネスは気持ちいい、ポワーン、フワフワ〜としたものだけではありません。

その先があり、傷ついた他を、自分の痛みととらえ、手を伸ばして助けに行く行動です。

大丈夫です。人間はそれがしたいのです。

自然と他の生命に感謝し、みんなで喜びあい、人を愛したいのです。

それが、無限を体現して祈るということ、その祈りが宇宙との対話です。

オステオパシー治療室　＊ｉｎｉｐｉ（イニピ）　オステオパス（施術者）深谷直斗
http://planetdream.web.fc2.com/index.html

地球との共鳴　天鏡

うつ症状と、電磁波の関係

「なんだか気分がパッとしないな〜」「何にもやる気が起こらないよ」「人と会うのがおっくうだな〜」と気分が落ち込んで、意欲が低下する体験は、皆さんにも心当たりがありますね？

そんな気分になっても、好きなことを思いっきりすることで、パッと気が晴れればいいですよね！

ですが現代、日常の生活に支障をきたすほどのうつ状態になっている人が、国内で百万人を超えたという厚生労働省の調査（二〇〇八年）があり、その数は年々増え続けていて、ある調査では、３百万人にもなると推定されています。

うつ傾向は、今や社会問題の大きな一つになっているようです。

うつ病になる原因を調べると、明確には解明されておらず、様々な要因が複合的に重なり、起こっているようです。

その中で一般的には知られていない電磁波との関係も、とても大きいと私は感じていますので、そのことについてお伝えしたいと思います。

私は、振動療法を学び、行っていました。

それは心身に表れた症状に、本来の周波数を共鳴させることで改善していく、バイオレゾナンス（生体の共鳴・ドイツ発祥の振動医学）を応用したセラピーです。

それにより、原因のわからない不調に襲われ、うつ傾向になっている方の中には、電磁波が関係している電磁波障害の症例も少なからずいるだろう、ということを知りました。

携帯電話、家庭の電化製品、様々な電波発信塔、太陽フレア等により、肉眼では見えませんが、現在の私たちの環境は電磁波がいたるところに漂うスモッグの中で暮らしているようなものと言えるようなのです。

電磁波障害の症状はうつ病とほぼ同じで、喜怒哀楽の表現が乏しくなり、無気力で、無表情になっていく傾向があります。

電磁波に晒《さら》され続けると、最初に背骨の頸椎5番に電磁波が蓄積されはじめ、だんだんとその上下に拡がっていくことと関連しているようです。

頸椎5番というのは喉の中心辺りで、エネルギーセンターである喉のチャクラの部分と重なります。

喉のチャクラが電磁波に影響を受けると、その上下にある脳＝アジナーのチャクラと、心臓＝ハートチャクラのつながりがブロックされ、分断されます。

振動療法では、脳自体にも電磁波による影響が出てくると言っていて、うつ傾向の人は、脳の血行が悪く、脳下垂体がうまく振動していないという研究結果があります。

また、ハートは愛を司るチャクラで、本質的な喜びや生きる目的ともつながった、とても重要なところなので、ハートとのつながりがブロックされると、だんだんと無気力になってくるのも理解できるのではないかと思います。

だから、うつと診断された方の中には、電磁波障害の方も含まれているだろうと推測されますし、頭に靄《もや》がかかっているような、なんだかスッキリしない状態の時も、電磁波の影響である可能性があることを覚えておくとよいのではないでしょうか。

第九章（寄稿）千天の白峰先生

では、喉のチャクラを活性化させ、電磁波の影響から少しでも心身を護るためには、どうしたらよいのでしょう！？


その一つの鍵を、ハートが握っていると考えられます。

なぜなら、愛を司るハートは、心臓が体のすべてに活力となる血液を送っているように、ハートが活性化することで、生命エネルギーを他のチャクラに送り、活性化することができるからです。


では、ハートを活性化させるには！？

やはりハート本来の愛でいることや、ポジティヴでいることだと私は思います。

ハートは、《愛》を司りますが、愛の反対は【恐れ】です。


このような相反する感情・思考の周波数は、実は数値的には同じです。

しかし同じ周波数でも、（＋）ポジティヴ＝乱れのない美しい波形（本来）なのか、（－）ネガティヴ＝乱れた波形なのか、の違いとなります。

同じ周波数（１秒間の振動数が同じ）の

（＋）**ポジティブ**　　　　（ー）**ネガティブ**

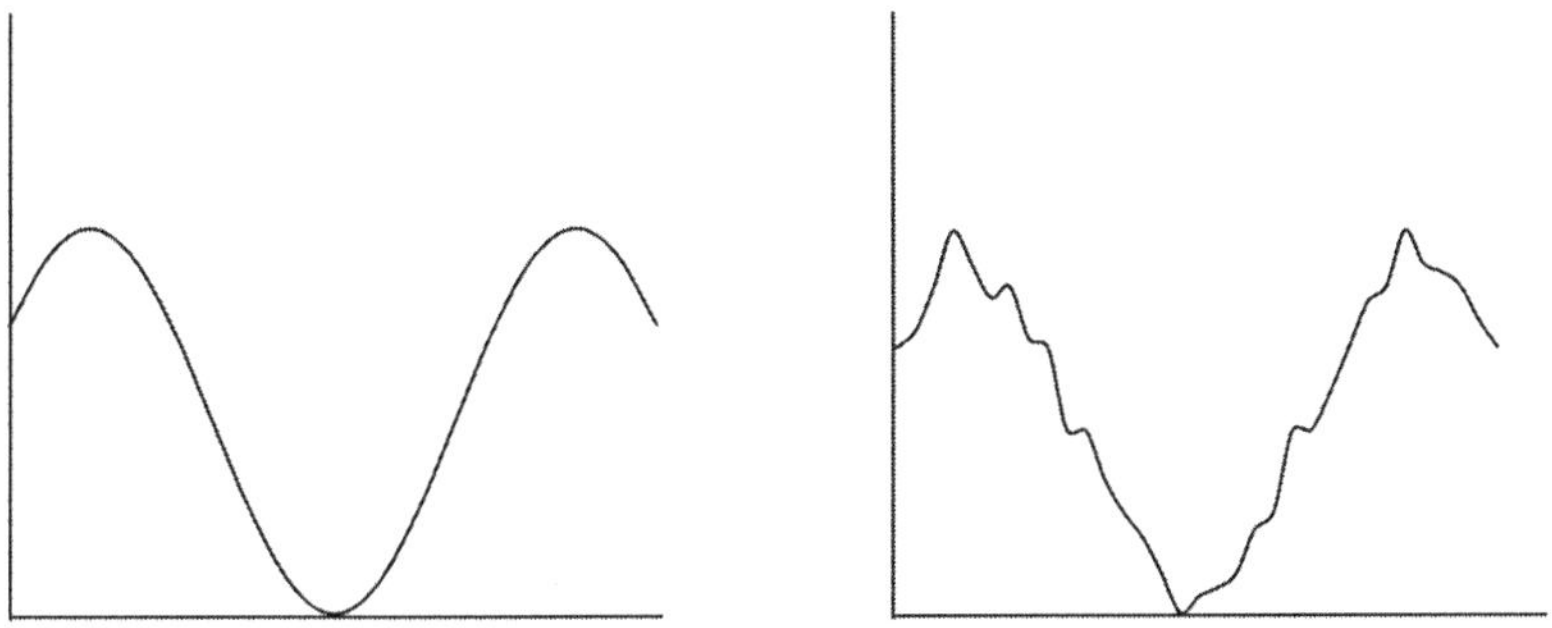

本来の美しい乱れの無い波形　　　　いびつで乱れがある波形

（ー）に（＋）の美しい波形を共鳴させることで、（ー）のいびつな波形が
本来の美しい波形に調整されていく。（振動療法の理論）

つまり、本来の【愛】のハートも、ネガティヴ思考になって【恐れ】を抱くと、電磁波と共鳴し、蓄積し、ブロックされていくのではないかと思います。

だとしたら、ハート本来のポジティヴな【愛】であれば、電磁波とは共鳴しない！

ネガティヴな感情に浸りそうになっても、ワクワク・ウキウキ・楽しい・ハッピーを選択し、ポジティヴへと上回っていけば、問題なし！　ではないかと思うのです。

ポジティヴ・シンキングは、周波数的に見ても正解で、ポジティヴでいれば、ネガティヴ（マイナス・エネルギー）に共鳴しない！　引き合わない！　ということなのだと理解しました。

電磁波を蓄積しやすい人、しにくい人の差の一つは、このポジティヴに生きることとつながるのではないかと感じます。

大地とつながり、エネルギー循環を活性化する

日々、電磁波の中で暮らす私たちにとって、溜めてしまった電磁波を排泄するケアを行っていくことが、健やかでいるために重要であると感じます。

では、電磁波にいかに対処していけばいいのか、人の本来のあり方も含めて、考えてみたいと思います。

まずは、イメージワークをやってみましょう！

さあ、ありのままの豊かな自然が残る、美しい森や山にいるところを想像してみてください。

輝く緑に包まれた中、心地よい、ふかふかの大地の上に裸足で立ち、足の裏で感じる草や土の感触を味わってみましょう。

そよ吹く風や、暖かな日の光を感じ、純粋で楽しげな小鳥たちのさえずりに耳を傾け……。

全身で、植物や鉱物、野生で暮らす動物や虫たちが奏でる、心地よいハーモニーを感じてみてください。

場所は、透き通るように美しい海につづく浜辺でもいいですね。

いかがですか？　何か変化を感じられたでしょうか？

ゆったりと時間をかけてイメージしていけば、心地よさを感じられるのではないかと思います。

私は、呼吸がゆっくりと、深くなり、穏やかな気持ちになって、全身の細胞がイキイキとしてきて、エネルギーが大地や空間と交流してくる感覚になりました。


人を含め、動物、植物、鉱物も、自然の一部、地球の一部としてつながり、エネルギーの交流をしていて、私たち一人ひとりは個々にバラバラで存在しているのではない、ということを実感します。


次に、地球とのエネルギーの交流の一つとして、「アースをする力」があります。

それは体内で発生した、不要なエネルギー＝毒素を、足から大地へと流す働きです。

不要なものは、呼吸や、尿や便、汗などから排出されますが、エネルギーとしては、主に足から排泄されるのです。


また、大地からのエネルギーの「地の気」は、逆に足から入ってきます。

まるで大地と呼吸をしているようですね！

このように足はとても重要な働きをしています。

一方、現代の私たちの環境を見ると、大地は多くのコンクリートのビルや、アスファルトの道路で埋め尽くされ、自然と切り離されたものとなっています。

ゴム底の靴でアスファルトの上を歩いていると、アースをすることはできず、排泄されるべきエネルギーが体内に溜まっていきます。

そして機能の衰えている部位に蓄積され、更なる機能不全を助長する原因となっていきます。

それならば、電磁波を含む不要なエネルギーは、溜めずにどんどん流していけば、健やかになりますよね。

そのために効果的な方法の一つが、先ほどのイメージワークのような、自然の中に行くことです。

海に入ったり、裸足で砂浜や草原を歩いたり……。

自然との交流を楽しむことですね。森林浴やタラソテラピーなど、自然に親しむことで元気にリフレッシュすることは、皆さんも感じておられると思います。

私が学び、実践してきた、振動療法による電磁波障害に対する施術は、周波数7．83をメインに行っていました。

すなわち、地球の脳波といわれるシューマン共振です。

7．83、14．1、20．3……。周波数としても、自然の源である地球そのもののシューマン共振が、電磁波の排泄に有効だったのです。

つまり、地球との共鳴が、本来の健やかな状態であるためにはとても重要であり、特に脳の状態にも、とても重要であることを証明していると感じました。

その他、体のアライメント（調整、調節）、姿勢を整えることも、地球との共鳴、そしてデトックス（毒素の排出）にとても重要であると感じます。

私たちの体を究極にシンプルに例えて、中が空洞のホースのようなものだとイメージしてみてください。ホースの中に血液やリンパが流れ、エネルギーも流れている、という感じで。

そのホースがあちこち曲がりくねっているとしたら、いったいどうなるでしょう？

曲がりくねった周辺は、流れが滞り、よどみ、いらないものが溜まってきますよね。

つまり姿勢が整っていないと、歪んでいるところに毒素が溜まりやすくなるのです。

私はヨガもやっていますが、ヨガでは体の中心に天と地を結ぶように真っ直ぐな軸を通し、姿勢を整えることをとても重視しています。

専門的に言うと、スシュムナーやクンダリニーを通すことです。

それが電磁波の排泄を含むすべてのエネルギーの循環・デトックスに有効だと感じています。

ヨガに限らず、姿勢・体幹を整えるものは、すべてそうだと思います。

ですので、皆さんもご自分に合った姿勢を整える何かを探していってみてはいかがでしょうか？

ダンスや舞なども良いのではないかと思います。

最後に、ご自分の足をチェックしてみてください。

どんな様子でしょうか？　しなやかでスベスベ、スッキリとし、指一本一本が自由に開き、足首も柔軟に動く人は、かなり良い状態でアースしやすいのではないかと思います。

もし指の節が太くなっていたり、パンパンに張り、全体がむくんでいたり、かかと等の角質が硬くひび割れていたり、足首の動きが鈍い……などの人は、ホースでいう出口が詰まりぎみで、アースしにくくなっているのではないかと思います。

でも、ご安心ください。そのような場合も、足の指一本一本、足裏、足首などをゆっくり、ゆったりと十分にもみほぐしていけば、少しずつ流れていくようになると思います。

並行して、お水をたくさん飲むことも心がけていただければと思います。

体の約70％は水分で、美しい水が体を流れていると、エネルギーもスムーズに流れやすくなります。

水の惑星・地球とも、さらに共鳴しやすくなるのではないでしょうか。

これらのことが、皆さんのお役に少しでも立てば嬉しいです。読んでいただき、ありがとうございました！

エネルギー循環・電磁波デトックスのための体づくり

【体の中心軸を通す】

エネルギーラインのスシュムナー、クンダリニーを通すこと

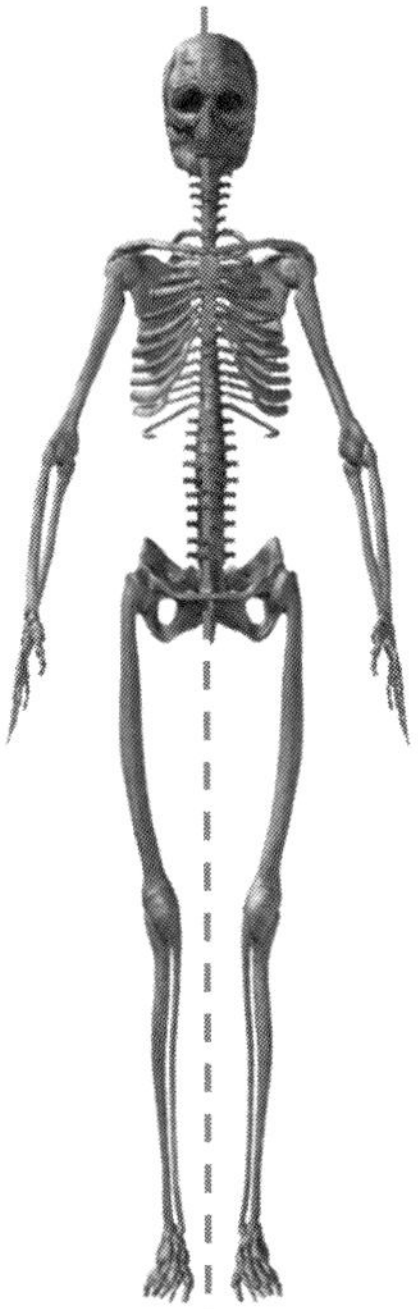

【肉体のアライメント】

背骨を中心に足から頭までの正しい姿勢＝軸を通すこと

第十章

Ai 先生より 寄稿

中今の動きについて

日の本のアセンション・ライトワーカーの皆さん、日の本のアセンション・ライトワーカーを目指す皆さん、こんにちは！！！！！

中今までの動きについては、皆さん、いかがでしょうか！！！？

皆さんそれぞれ、いろんなことを感じておられると思います。
おそらく皆さんの多くが、今、最も感じていることの主な共通点は、異常気象や変動が、ますます、ますます、大きくなっていることではないでしょうか！！！

このままだと、本当にやばい！！！　でも、どうしたらよいのか！！？
という感じでしょう！？

こうした変動については、アセンションに関わる各界から、様々な情報がすでに出ていると思いますし、詳細はこれまでの拙著も参考にしていただきたいと思いますが、わかりやすくまとめると、次のようなものです。

○古来から予言されているように、今（実はかなり前。正確にはＡＤ二〇〇〇年前後）、この（旧）宇宙の最終期限がきている。銀河、太陽系、地球も同じ。

その期限とは、一言で言うと、【アセンションの期限】である！！！

○宇宙の高次の最終アセンションも、地球時間のＡＤ二〇〇〇年前後（正確にはＡＤ二〇〇一年）から本格始動。

○ＡＤ二〇〇一年から、新アセンション宇宙が始動し、宇宙の高次＝我々の最も高次のハイアーセルフも、新アセンション宇宙へのアセンションを始動。

○しかし、地球の最終アセンションが終わっていないため、各界＝高次と地上のライトワーカーは、何とかしてもう少し時空をキープしようと努力してきた！！！

○太陽も地球も寿命に来ていると言われており、地球が冷えていく分のエネルギーを太陽が増やしているが、それらも限界に近づいている（白峰先生とも確認しています）。

○その間、何度も大きな危機があり、それは今現在もギネスを更新している。特に二〇一四年以降は、不可能に近い状態。

○地球規模、宇宙規模のことであり、そのポータルとなる地上のアセンション・ライトワーカーの目覚め、進化が、とうてい間に合っていない！！！

――大体、以上のような感じだと思います。

では、どうしたらよいのか！！！！？

※結論から言うと、『根源』のパワー以外にはありません！！！

では、根源、そして根源のパワーとは何でしょうか！！？

根源とは、万物の根源。

「なんか難しそうに聞こえる」と思うかもしれませんが、しかし、日の本のライトワーカーの皆さんに、「あなたの感じる根源とは！？　そのエネルギーは！？　イメージとは！？」と聞いてみると、皆さん、なぜかちゃんと、それがあるようです（笑）！！！
そしてそれらは、大体共通しています。

ですから、皆さん（の地上セルフ）が、壮大でものすごく高度と感じることは、自分には無理だ、わからない！　と決めてしまう、潜在的な固定観念があるということですね！

ゆえに、内容に関わらず、意識を向ければ向く！！！　つながる！！！　ということです！！！

実は、真の自分＝ハイアーセルフは、たいがいのことは知っている、できる、ということです！！！

それが一見、壮大なことであっても！！！！！！！

ですから、『根源』とは！？　についても、無限にあると思いますが、皆さん一人ひとりにとって、皆さん一人ひとりが感じる通りと思います！！！

私が『根源』について感じることもたくさんありますが、まず最も重要と感じることの一つは、『フォトン』（光子）です。
万物の源そのものであり、万物の源＝フォトンが生まれる所、という感じです。

ゆえに！！！！！！

不可能を可能にする、無から有を生み出すのは、唯一、根源のフォトンの力である、ということなのです！！！！！！！！！

——では、どうやったら、その『根源のフォトン』の力を得ることができるのでしょうか！？

それは、『根源へのアセンション』しかありません！！！！！！

皆さん一人ひとりが、根源であると感じる所！！！！！！

そこへ向かってのアセンションあるのみです！！！！！！

そのためのノウハウは、拙著でもお伝えしてきましたし、本章でもできるだけまとめていきたいと思います。

何事も同じだと思いますが、一番重要なのは基礎です。基礎ができれば、無限の応用と、真の進化につながっていきます！！！！

そしてあとは感性ですね！！！　頭で難しく考えるのではなく、まずは感じること！！！　感じるままに！！！　心で、ハートで、魂で！！！

真のアセンション＝ライトワークを目指すなら、適切な指導の元での学びが必要となりますが、しっかりと、自分の心、ハート、魂につながり、それが中心となれば、ハイアーセルフにもつながっていきますので、道が開いていくことでしょう！！！

——さて、二〇〇四年以降の動きとしては、特に二〇〇五年から、新アセンション宇宙へアセンションした、天界の最も高次のエネルギーが地球に降りてきています。

そのエネルギーは、旧宇宙では神聖白色同胞団（グレート・ホワイト・ブラザーフッド）と呼ばれるものであり、宇宙全体の進化を司る、高次のマスター方のネットワークの、新アセンション宇宙版です。我々は通称、新Gと呼んでいます。

その代表のマスターが、新アセンションション宇宙にいる、1000D以上のマスター・モリヤです。

この領域は、根源神界に最も近く、根源神界とつながっている、根源天界と言える新領域です。アセンションの様々なサポートをしている高次の「艦隊」の源も、ここであると言えます。

このエネルギーが、二〇〇五年から、1000D（1000という数霊もメタファーであると言えますが、最も根源に近いという感じですね！）とつながるアセンションの柱（主に第一光線の柱）と、その神聖なゲイト＝神殿となって、地上へ降りることができるようになっています！！！

しかし！！！　完全にそのポータルとなれるまでには、まだ地上のライトワーカーの進化が進んでいません！！！　（二〇〇五年の時には、地上セルフがペッシャンコ（！？　笑）となったようで、皆さん、日々、さらなる精進中のようです！！！）

第十章　Ai 先生より 寄稿

ゆえに、一日も早くこのエネルギーを使えるよう、日の本のライトワーカーの精鋭（！？）たちは、頑張っています！！！

新Gのエネルギーが、まだ本格的に使えないからか、二〇〇六年からは、聖母庁を通して、根源につながる天界の女性性のエネルギーが、地球まで降りてこようとしていました。

それを、アクエリアス・ゲイトと呼んでいます。

根源の光が、スシュムナーのように、ハートの中心まで降りてこられるものであり、地上セルフが、しっかりとハートを活性化し、その中心が根源につながれば、縦軸としても、中心からも、根源につながり、双方向からの根源の光のゲイトとなるのです！！！

縦軸は、根源の光までつながっており、13Dまで降りてくることができますので、ハートが十分に活性化されればよいのです！！！

AQUARIUS GATE

根源の光から、13Dまでの経路を活性化しながら降りてきます。
とても高度な感じがしますが、ハートの中心が、核までしっかりと活性化されていれば、二〇一六年からつながれています！！！

そしてこれも、まさに、根源の光へつながるアセンション・ゲイトです！！！

皆さんの天界のハイアーセルフには、いくつかの系統がありますが、高次になるほど統合されていきます。
そして最終的に根源天界まで来ると、大枠では、この新Gか、聖母庁か、イコール、男性性か女性性か、という感じになります。
後者の場合は、このゲイトのエネルギーが合うと言えます。

しかし、トータル&理想は、両者の統合です！！！

このゲイトの活用も、日の本のライトワーカーたちは、かなりよい線まで来ていますが、最後の詰めが必要という感じです！！！

それについては、次の項で詳しくお伝えしていきたいと思います！！！

――そして……！！！

二〇一八年二月末のある日、地球のある朝、突然始まりました！！！

それはかつて、どのような存在さえも、予想しなかったことだと思います！！！

――かなり以前から、もうここの旧宇宙の時間もエネルギーも無い！　無い！　と言われていましたが、果たして皆さん、１００％、本当にそうだと思っていたかどうかはわかりません。

……しかし！！！　まさに、とうとう、ある朝突然に！！！

本当に無くなったのです！！！！！！！

……車のガソリンも、メーターがゼロを示してから、少しの間は走ると思います。しかしその後、ある瞬間に突然、ガス欠となって止まる……。

……そんな感じでした！！！

――しかし実際には、そのガス欠（！？）を感じたのではなかったのです！！！

ある朝突然！！！！！！！！！！

地球の周囲が変わった！！！？？？

――地球の座標が変わったのではなく、地球の周囲が変わった！

（この変化もやはり、多くのライトワーカーが、大なり小なり感じたようです！）

――どのように変わったと思いますか！！？

……なんと！！！！！！！！

地球が、アンドロメダのエネルギーの中にあるのです！！！！！！！

（※これもリアルタイムで、白峰先生とも確認しました！）

地球の座標が移動したのではなく、地球の周囲が、アンドロメダになっている！！！

……そして、エネルギーで観ると、それ以外には無い！！！（旧宇宙のすべてが！）

――この時、同時に、いろいろなことがわかりました。

○アンドロメダの中に地球だけがあるということは、前述のように、旧宇宙が、とうとう終わった！！！ということ！！！

○そしてもともとの宇宙のアカシックも、その朝がその時であった、ということ！！！

○しかし人類のアセンションが進んでいないので、地球はまだ、地上の状態を、ギリギリまでキープしようとしている。

○ゆえに、「その時」が来た時！！！　アンドロメダの大いなる愛が、地球を包んだ！！！！！！！！！！

ということです！！！

私は以前から、マイトレーヤ＝弥勒のエネルギーは、アンドロメダ（を通ってくる）というメッセージを受け取っていましたが、まさにこのことでもあったのか！！！　と思いました！！！

アンドロメダは、アカシックを観ると、旧宇宙では最も古い領域の一つです。
そして旧宇宙では、唯一、最初から最後まで、根源とつながっており、根源のゲイトとなっていました。
ゆえにアインソフも、アンドロメダの奥の院にありました。

しかしアンドロメダも、実際には旧宇宙のものであり、新アセンション宇宙が始動した時に、そのベースとなりました。
ゆえに、ＡＤ二〇〇一年からは、必要に応じて暫定的にその役割を行ってきました。

ですから、今回、地球がアンドロメダの中にある！！！　というのも、暫定であり、そう観える！！！　ということなのです。

実は！！！　その外側に、いくつもの、さらなる高次があることがわかりました！！！

しかし、まずはなぜアンドロメダであるかということが重要なのです。
その理由は、アンドロメダが、宇宙のすべての自然界の母であるからです。
ゆえに、万物がつながることができるのです。

――実はこの動きの直前に、それに関係する重要な出来事がありました。

我々のアセンション・アカデミーでは、中今のアセンション&ライトワークを中心に、全開ＭＡＸで進めており、様々な、自主的で、有意義で、楽しい分科会も満載です！！！
現在、主には次のような内容です。

○伊勢神宮の元神楽長から師範の資格を得たメンバーが、神舞《しんぶ》を進め、神界とのつながりを強化。様々な神社とも協力して、大祭の時にその神舞を奉納したり、神舞教室などを神社で開催して広め、地元の人々とも交流を深めている。

○様々な神社と協力して、宮司さんたちに神道講座を行っていただき、神道の理解を深め、地元とも交流を深めている。

○医療関係のメンバーたちは、様々なアプローチで、アセンションと健康の研究と発表を進めている。

○企業を経営しているメンバーは、愛の【地球維新】チームを作り、まずは国際規格のＩＳＯを取得し、それを参考にしながら、企業と社会の愛ＳＯ！！！　を目指している。

すでに地元でのイベントなどを開催し、地元との交流も進んでいる。

愛の【地球維新】チームには、様々な分野のクリエイターも参加している。

○レイライン研究チームの様々な活動。

○温泉研究会の活動。

○懇親会での宴会芸が、皆さん、プロ級になってきた！？（笑）

○アセンションと健康の様々な研究と実践。

○その他、マル秘のエネルギー調整（白峰先生とのコラボ）。

――などです。

（その他、各自は、アセンション・ファシリテーターを本格的に目指し、その展開を始めている人も多く、自分のもともとの得意分野を活かしたアセンション・ライトワークを進めている人もいます）

そしてアセンションと健康の様々な研究、実践、コラボは、最初は地上セルフの健康のエクササイズや、料理研究として始まりましたが、地球と自然界とのつながりや、マル秘のエネルギー調整とも関係して、スキューバ・ダイビング・チームも一昨年から発足していました。

私も二〇〇〇年前後からCカード（スキューバ・ダイビングの国際ライセンス）を持っていましたが、アセンション・ライトワークが全開MAXで忙しすぎる状況が続いていて、ブランクがありました。

Cカードを取ったきっかけは、たまたま友人に誘われた！　でしたが（笑）、水中で呼吸ができる！！！ということに感動しました（笑）！！！

そして、Cカードを取ってすぐに行った南の島で、真っ白なホワイトサンドの砂地から上を見上げた時に、透明な水色の太陽が輝いているのを見て、シリウスで観る太陽と同じだ！！！　と感動して、ダイビングがとても好きになりました。

アセンション・ライトワーカーたちのスキューバ・ダイビング・チームが発足してから、地球と海の神様のサポートと紹介としか思えないような出会いが続き、素晴らしいインストラクターや現地のガイドさんと出会い、チームの皆は、たくさんのサポートをしていただいています。

ダイバーは、多くの場合、最初は美しい海や南の島、色とりどりの魚たちに惹かれるのですが、だんだん慣れてくると、簡単なコンデジ（コンパクト・デジタルカメラ）での記念写真だけではなく、本格的な水中写真が撮りたいと思うようになります。

私もCカードを取った直後から、一眼レフのカメラを水中用のハウジングに入れて、少しずつ練習をしていました。

——そして、二〇一八年二月。国内のある場所で、ベテランのガイドさんとともに、「ウミウシ」の撮影をしていました。

皆さん、ウミウシって知っていますか！？

「海の宝石」とも呼ばれていて、たくさんの種類がいて、まだまだ謎も多く、とても美しいので、ダイバーでなくても知っている人が多いと思います。

ウミウシは、大きいものは10センチくらいあるのもいるかもしれませんが、通常は数センチくらいで、小さいとミリ単位です！！！

ゆえに、今、人気がある海の生き物の中では、最も小さいと言えます！！！

そして、これが重要な要素だったのです。

その写真が、口絵のものです。

正式名は、ウデフリツノザヤウミウシと言うそうですが、通称、ピカチューと呼ばれています！！！（英語圏でも、ピカチュー・ウミウシと言うそうです！）

このウミウシが、ウミウシブームのきっかけとなったとのことです！

この写真のウミウシは、まだ子供で、約1センチくらいでした。

（このウミウシは、歩き方が、ぷんわりとしたゼリーみたいで、超カワイイです！！！

水中でぜひ見てほしいです！！！）

この写真は、プロカメラマンが業界用語で言う「撮って出し」で、一切、加工も修正もしていません。そして、最新のデジタル一眼レフカメラで撮り始めてから数か月しか経っていなかったので、我々のダイビング・チームの水中写真のサポートもお願いしていた、今、最も実力があると感じる若手の水中プロカメラマンからも、とても褒めていただきました！！！

水中写真は、生命、生物との対話でもありますので、じっくりと向き合っていると、様々な奇跡が起こります！！！　これもその一つだと思いました！！！

——そして本当に、奇跡が起こったのです……！！！！！

この、この上なく美しく、極小の生命たちとの対話は、実は、根源からのエネルギーを、地球の素粒子、さらに根源へつながるフォトンまで通すためのエネルギーワークである！！！　と感じていました！！！

そしてこの時に、それがとうとう、通ったのです！！！！！！

その後、二十七世紀から地球をサポートする銀河連邦からも、そのメッセージが来ました！！！

ピカチュー・ウミウシが（！！？）、根源の光のゲイトになった！！！？？？

（私はポケモンはよく知らないのですが、ピカチューというキャラクターは、主人公のパートナーであり、名前の由来は、光が弾ける「ピカ」であり、ハムスターがモデルなので、ピカチューになったとのことで、象徴としてピッタリという感じも！！？）

そして、根源の光のゲイトというより、アンドロメダを通して、根源のフォトンにつながった感じがしました！！！！！

――そして、その直後に、前述の出来事＝地球と宇宙の大シフト！！！　が起こったのです！！！！！

そこから先の動きは、中今の中今となっていきますので、次の項で進めていきたいと思います。

（その他の詳細は、第五章のマル秘のセミナー録にもまとめられています）

中今の重要ポイント

前項のような動きにより、いよいよ！！！！！！！

新アセンション宇宙が、地球の日の本時間の、二〇一八年度から始まりました！！！！！

しかし、前述のように、地球が新アセンション宇宙へシフトしたのではなく、わかりやすく言えば、新アセンション宇宙が、まずはアンドロメダを通して、地球を包んだ！！！！！という感じでした！！！！！！

そして、三月、四月と進んで行くにしたがって、だんだんとアンドロメダに観えたエネルギーが消え始め、その背後の真のエネルギーが、少しずつ姿を現し始めました！！！！

そのエネルギーとは、まずは新アセンション宇宙そのもの。
我々が新アセンション宇宙（ＮＭＣ）と呼んでいる、新アインソフのエネルギーです。
これが新アセンション宇宙の当初のベースとなっており、旧宇宙からアセンションした、すべての高次から成り立っています。

ゆえに別名、新弥勒界とも呼んでいます。

メタファー、イメージとしての次元は、36Dから360Dという感じです。

そして……！！！！！　四月の後半になると、さらなるその高次。

同心円の最も外側、最高次元として、やはり根源神界のエネルギーも、姿を現し始めました！！！！！

――この動きには、様々な理由があります。

まず最初に現れたのは、アンドロメダのエネルギーでした。

これは前述のように、旧宇宙でも万物の母であり、唯一の根源へのゲイトだったので、旧宇宙の万物がつながることができるから！！！　です。

アインソフも、アンドロメダの中枢部なので、本質的には同じです。

そして四月となり、二〇一八年度が始動しましたが、全高次は、できる限り、一秒でも長く！！！　アインソフのゲイトの状態を、キープしたいようでした！！！！！

その理由は、本当の源である、最高次元の根源神界が表に出ると、地上でも、宇宙でも、まだ神界につながっていない存在のアセンションができなくなるからです。

ゆえに、天界からのゲイトを、ギリギリまで、一秒でも長くキープしました！！！！！

――しかし！！！　それも限界があり！！！

そもそも不可能を可能にしようとしており、無いものを創ろうとしていたのです。

そこで、地上の状態をあと少しでもキープするためには、**本来のアセンションに近いところまで、地球人類全体のエネルギーを上げる必要がある、**ということなのです！！！！！！！！

（※意識の度数についての詳細は、第九章の、白峰先生の寄稿「二〇一二年の本音」をご参照ください）

そのために、どれほど莫大なパワーが必要か、そしてそれは根源のフォトンでないとできないであろうということが、皆さんもわかると思います！！！！！！

しかし、地上のライトワーカーも、同じ人ですので、地上では限界もあります。

ギリギリまで頑張りましたが、四月の末からは、多方面において間に合わず、いよいよ根源神界のエネルギーが主となって動き出しました。

――では、それらの動きの中で、中今、何が最も重要でしょうか！！！？

中今、我々は何をすべきでしょうか！！？

――やはりすべては、基礎の基礎にあります！！！

基礎とは何か！！？　それは無限にあると思いますが、一言で言うと、「ひな型」です！！！
例えば、日本語の基礎とはという問いについて、「母音」と「五十音」である、と考えるようなことであると思います。
母音と五十音なくてして日本語は無いからです。

では、アセンションの基礎とは何か！！？

我々がこれまでに検証してきた結果、それはとてもシンプルです！！！

それは、前図のような、【三位一体】で表されます。

わかりやすく言うと、「下と真ん中と上」です。

より具体的に言うと、

地上セルフと、ハイアーセルフが、中心で合体すること！！！

です！！！！！

では、その【中心】とは！！？

それは、皆さん一人ひとりが感じる中心です！！！

それは、実際に自分の身体の中心あたりで、心、ハート、魂のある場所だと感じる所であると思います！！！

では、そのための、中今のノウハウとは！！！

――ここに、とても重要なポイントがあります！！！

すべての中今と、法則が詰まっています！！！

そして、前述のような方向性を掴《つか》んでいる、知っているライトワーカーが、このように一見シンプルなことをなかなか達成できない理由も、ここにあります！！！

この基本の三位一体を、中今の高次は、基本の【三原則】と呼んでいます。

これは霊・魂・体の三位一体とも基本は同じですので、超古代より、霊的進化＝アセンションの基本の中の基本です。

そして、アセンションの第一弾と言えます。

上は無限にレベルがありますが、これができれば、第一弾のアセンションをした！！！と言えるからです！！！

アセンションの第一段階の、「五次元人」になると言えます！！！

ではなぜ、このような、一見シンプルなことが、達成できないのでしょうか！！？

皆さん、それを知りたい！！　というエネルギーがたくさん来ます！！（笑）

それにはたくさんの理由があると思いますが、主なものは次のようになるでしょう。

○超古代、地球の創始から、宇宙、地球の進化をサポートする高次のマスターのネットワークがあり、求めれば常にその門は開いていた。求めよ、されば開かれん！！！

1．本書を読むまで、この重要ポイントを知らなかった！！！　（でも今、知った！！！）

2．知ってはいたが、どうやればよいのか方法がわからなかった。

3．以前から知っていて、取り組んではきたが、なかなか進まない。

大体、この三つのどれかではないかと思います。

2と3の場合は、以前から様々な情報に触れてはいても、わかりにくい！　ということではないかと思います。ポイントが何かわからない、具体的な方法がわからない、等。

地上セルフとハイアーセルフの、センター＝中心での統合、一体化。

その詳細は、これまでの拙著にも詳しく書かれていますので、ぜひ参考にしていただきたいと思いますが、中今の動きの最新版として、重要と思うポイントをわかりやすくまとめると、次のようになります。

◎まず重要なのは、各エネルギー・センター＝チャクラの活性化。

これには様々なツールがあると思いますし、自分に合うと感じるものがよいと思いますが、私自身も、そしてこれまでに観てきたライトワーカーも、現在我々のアカデミーで活用している、宇宙の最も高次から来た、最も古い、そしてシンプルでわかりやすい方法のみが、明確に成果がありました。

一見、大体のツールと共通していますが、特にある一点に違いがあり、それが重要なポイントとなっています。

しかしこれは古来から、口伝でのみ、高次より伝授を許可されているものです。

そして自分に合った効果的なツールがあれば、本来は誰でも自習ができると思うのですが、これまでに観てきた範囲では、実は多くの人が、やっているつもり＝頭だけでやっている、という感じです！！！

※ゆえに、エネルギーがわかり、適切に指導ができるインストラクターの元で学ぶということも重要となってきます。

◎各エネルギー・センターは、まんべんなく、できる限り活性化することが必要です。

活性化している状態と感覚を掴むまで、行うことが重要です。

そこまでできたら、エネルギーは真には相互作用なので一人では限界があると思いますから、できれば協働と実践の中で、より進化していくと思います。

◎そして特に重要なのは、中心のハート・センターの活性化です。

これが重要であると言っているのは、私が知る限り、私以外では白峰先生だけです。

他にあるとすれば、超古代のマスターの、「道は愛に始まり、愛に終わる」という言霊だけです。

その意味と理由については、ぜひ皆さん一人ひとりが、感じ、考え、体験していっていただきたいと思います！！！

そして、私の地上での、これまでのすべての実践と体験を通しても、その通りであると全開で実感しています!!!!!!!!

皆さん一人ひとりが感じる、その核心的なエネルギーと意味以外にも、大枠では、エネルギー・センターは、肉体の内臓とも関係がありますし、ハートとは心臓のことでもありますので、人体のすべての中心であるということもわかると思います。

——以上のような内容が、ハイアーセルフとの一体化のための「準備」のあらましです。

そしてここからが、重要ポイントのまとめとなります。

できるだけ、シンプルに観て、考えるのがポイントです!!!

先ほどの六芒星の図を思い出してください。
最もシンプルに言うと、上と下と真ん中が、合体すればいいわけです!!!

これを意識するだけでも、かなり変わってきます。

そしてこれを、より具体的に説明しますと……

まずは自分のパワーを、センター＝中心まで上げる！！

ということです！！！

なぁんだ、そんなことか！　と思うかもしれませんが、やればやるほど、知れば知るほど、これがどれほど重要なことかがわかってきます！！！！！

もっと具体的に、専門的に言うと、基底の第一光線を、センター＝ハートまで上げる、クンダリニーを上げる、ということなのですが、そう言うと皆さん、急に難しく感じる人が多いですよね！！？

ゆえに、何でもいいから！　全開ＭＡＸでパワーを上げる！！！

という方が、わかりやすいのではないかと思います！！！

実際に、クンダリニーというエネルギーは、生命エネルギーそのものです。

第一光線というのも、【意志】のエネルギーであると言われており、このような意味で捉えれば、とても身近なもので、とても重要なものであると感じることでしょう！！！

そして！！！　ハートの活性化を、常に心がけた上で、皆さん、自分の中心の中心の場所が、わかると思います。

大まかに心、ハート、魂という感じでもよいのですが、その中心の中心が重要です！！！

具体的に言うと、これまでに一度も感動したことが無い人、ウルウルしたことが無い人はいないと思いますが、その感動、ウルウルの中心です。

それが中心の核という感じです。

感動した時、ウルウルした時、ワクワクした時、幸せな時、嬉しい時に、それに全開でひたることも大事だと思いますが（笑）、その時に、少～～～しだけでも、サイエンスを働かせることが重要です。

前述のように、そういう感動、ウルウル、ワクワク、幸せ、嬉しい瞬間とは、ハイアーセルフが重要！！！と感じている瞬間であり、ハイアーセルフが地上セルフと一体化して感じている瞬間なのです！！！

さらに言えば、その瞬間のために、ハイアーセルフの本体の地上セルフが、地上にいると言えるくらいなのです！！！

ゆえにその瞬間が、永遠のハイアーセルフの、永遠のアカシック記録に保存されるのです。

ですから、その地上セルフとハイアーセルフの、ウルウル、ワクワクの《中心核》が明確になり、常にそこにフォーカスできるようになると、バッチリです！！！

それが「センタリング」です！！！！！

ゆえに、一番早い、地上セルフとハイアーセルフの一体化の三位一体とは、この「センタリング」へのフォーカスです！！！！！！

一番感動すること、ウルウルすること、ワクワクすること、幸せなことにフォーカスし続けることが、アセンションの核心だなんて、なんて幸せなんでしょう！！！！！（笑）

まさにアセンションとは、一言で言えば真の【幸せ】なのです！！！

永遠、無限の！！！！！！！！！

そして、より具体的には、この「センタリング」へのフォーカスを、キープし続けることが重要ポイントです！！！

常に、意識の中心を、この中心核にする！！！！！

そうすると、それをキープするためには、必然的に、下からセンターまでエネルギーが上がっている必要がありますし、上＝ハイアーセルフからも、中心までエネルギーが降りてきている必要がありますので、それをキープし続ければ、最も早く三位一体となっていきます！！！

五次元以上となっていきます！！！！！！

――以上が、基本の基本、かつ、最も重要なポイントのダイジェストです。

何となく、できそうな感じがするのではないでしょうか！！！！！！

これらが、始まりも、終わりも、すべてのレベルにおいて、すべての基本となっていくということが、進んでいくほど、わかっていくでしょう！！！！！！

さて、自分だけのアセンションなら、これでOKかもしれませんし、五次元人がゴールなら、これでよいかもしれません。

……が、しかし！！！！！！！

そもそも、宇宙の法則の中で、自分だけのアセンション、自分のためだけのアセンションって、存在するのかな！！？　と、皆さんも思うのではないでしょうか！！？

トータルで、ズバリ言うと、「ありません」！！！

そして！！！！！！！！！！！
まさにそれこそが、中今から観ても、究極の【鍵】であると言えるのです！！！！！
日の本のライトワーカーたちが、今、苦労している理由もそこにあります。

――果たしてそれは、どのような【鍵】なのでしょうか！！？

……皆さんは、たぶんそこに、「宇宙の法則」＝「アセンションの法則」が関わっているのではないかと思っていると想像します。

大枠では、そういう感じです。

ではなぜ、前述のような訓練をしているライトワーカーが、苦労しているのか！！？
ここに、中今の日の本のアセンション・ライトワークの、すべての重要ポイントが集約されているのです！！！！！！！！！！

わかりやすくまとめると、次のようなものとなります。
◎まず、第八章の「Ａｉ’ｓ　ＬＯＧ」の内容を、思い出してください！！！
この中で、私が始まりも、中今も、重要と思うことは、意図＝目的です。
すなわち、中今、地球というより人類全体に、何が最も重要で必要か！！？
（様々な意味で、アセンションの対象は人類だと思いますし、地球全体のアセンションの中で、すべての自然界は地球と一体化していますので）

これがすでに、宇宙の法則であると思います。

すなわち、やりたいことを明確にすれば、宇宙はそれをサポートする！！！　ということです。

（これについても、様々なツールで、宇宙連合＝ハイアーセルフ連合は、これまでに伝えてきていると思います）

ゆえに、それに必要なエネルギーとサポートが来る、ということです！！！

（もちろん地上セルフも、そのためのスキルを身に付ける必要がありますが！）

自分規模なら自分規模、地球規模なら地球規模、ということだと思います。

これまでに観てきた中では、まずここの所が第一の関門のようです！

皆さん、これまでの地上生活で、三次元的な思考が身に付いてしまっている人が多いので、意識の半径が小さい、ということです。

まずはこれを変えるだけで、すべてが変わっていくと思います。
◎では具体的に、今、地上の人類に何が最も重要か、感じて、考えてみましょう！！！
皆さん一人ひとり感じることがあると思いますし、一人ひとりにとって、それが重要なミッションであると思います！！！！！！

日の本のライトワーカーの皆さんに聞いてみると、その多くの答えが共通しています。

その共通点は、大体、次のようなものです。

・頭で考えるだけでなく、ハートを活性化させる。

その時に、なぜ！？　と聞いてみたところ、あまり明確な答えが返ってきませんでしたが、その理由を明確にしていくことも重要です。

頭だけで考えることが大事だと思うか、ハートも大事だと思うかは、各自の自由だと思いますが、例えば、多くのライトワーカーが感じている問題の一つは、電磁波です。頭で考えてばかりだと、電磁波と共鳴して、増幅する感じがします。

・地上セルフのエネルギーを、ハート＝センターまで上げる！！！

――これも、なぜ！？　と聞いた時に、明確な答えではありませんでしたが、なぜそれが重要なのか！？センターが下がっていても、各自の自由であると思います……。

しかし！！！　今、特にｐｍ２．５の問題も深刻になってきており、物理的な対応が間に合わないので、エネルギーでも何とかする必要があります。

そして、太陽エネルギーの増大も問題です。

エネルギーで何か対策ができるのか！？　と、三次元で考えるとそう思うかもしれませんが、ライトワーカーの皆さんは、大なり小なり経験があるはずです！！！

自分で、皆で、渾身のエネルギーワークをやって、手ごたえがあった時！！！

大気が綺麗になったり、エネルギーが変わったと感じる経験があるのではないでしょうか！！！

すべての源は意識であり、エネルギーであるからです。

自分の意識と周囲が連動しているという経験も、あったでしょう。

さらに具体的に言いますと、日の本のライトワーカーが頑張って、人類全体のエネルギーをセンターまで上げて、三位一体、三原則ができますと、ハイアーセルフとつながりますので、高次からのエネルギーとサポートが、地上に流入できるようになるのです！！！！！！！！！！

そうすると、護りとなるシールドもでき、イコール、アセンションのフィールドともなるのです！！！！！！！！！！！

これが、中今、一人ひとりと全体にとって、最も重要な、アセンション・ライトワークです！！！！！！

――これで全体の概要が観えてきたと思いますので、さらにその具体的な詳細と、重要ポイントについて、お伝えしていきたいと思います！！！！！

これが重要であるということは、皆さんわかったと思いますが、ではなぜ、それが簡単にできないのか！！？

これが、中今のトータルの、真のアセンション・ライトワークで、最も重要な、そして最終の【鍵】です！！！！！！

重要なベースは、基本の三原則、そして宇宙の法則と同じです。

日の本のライトワーカーたちが、これを進めようとして、上手く進んでいない点は、次のようなものです。

1．グラウディングが苦手。地上セルフへの統合が苦手。

アセンション・ライトワークに関心がある人たちは、ほぼ１００％、地球外から来ており、ハイアーセルフが高次から来ていますので、潜在的に真ん中から上のエネルギー・センターが活性化していますが、真ん中から下のエネルギーが弱い場合が多いです。

ゆえに、その強化が必要です。

そして、私から観た、グラウディングとセンタリングの鍵も、たった一つ！！！

「今、地球に何が重要か！！？」です！！！

それを明確にし、実践すれば、イコール、センタリングとグラウディングになると思います！！！

２．そして、１がある程度できても、なかなかセンターまで上がらない！！！

※はい！！！　これがまさに、最重要のポイントです！！！！！！

今、まさにこの探求と実践を、我々のアセンション・アカデミーでも進めています。

そこに、とても重要な理由がいくつかあります。

まず一つは！！！

自分だけ上がろうとしても、潜在的にはすべてがつながっているので、人類総体が上がらないと上がらない！！！　ということです。

そして！！！

地球全体、人類総体を上げるパワーとは！！！！！！

唯一、根源のパワー！！！！！！

少なくとも、それに近いパワーが必要です。

それがすなわち、１０００Ｄ（まで届くくらいの）第一光線！！！！！！

さらに！！！！！！

根源神界までつながろうとすると、次頁の図のように、球体で観た神界の中心が、縦軸で観た一番上となることがわかると思います！！！

ゆえに、１０００Ｄ以上まで、つながる、上がる、上げることが必要なのです！！！！！！

ですから、今、日の本のライトワーカーたちが苦心しているということなのです！！！！！！

とてつもなく高度な感じがするかもしれませんが、やはり基本はシンプルであるということもわかると思います。

しかし今、人類総体のエネルギーを上げて、地球全体のアセンションを可能にするためには、これが絶対的に必要なのです！！！！！！

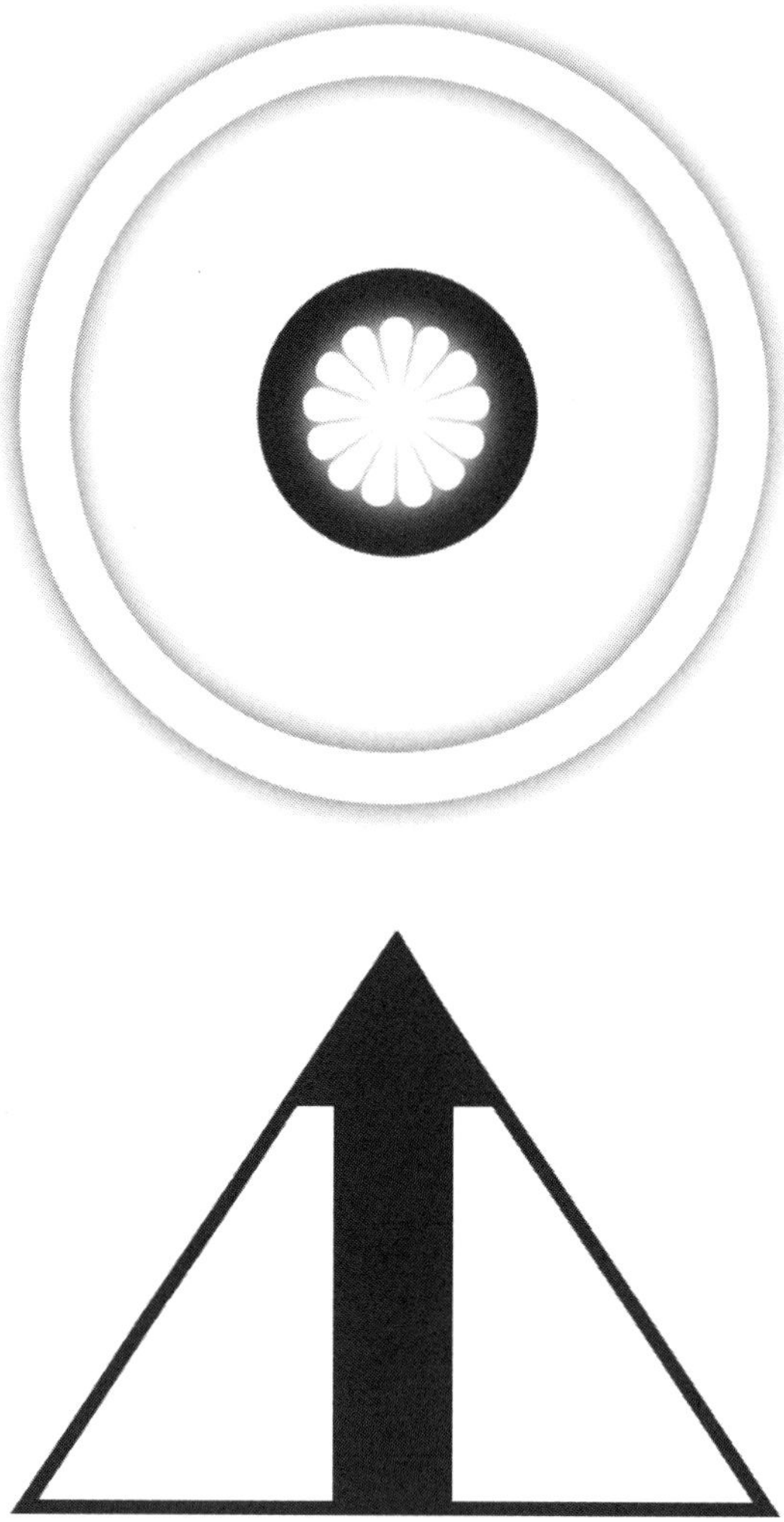

――そして今、まだ始まりではありますが、日の本のライトワーカーは、一部成功しつつあるのです！！！！！

そのノウハウに、中今のすべてが凝縮されています！！！！！

――我々が今、進めているそのノウハウとは！！！

まずは、本章でお伝えしてきた順番、内容です。
それをできる限り進めます。

※これは一人で行うよりも、志を同じくするライトワーカーが集まって行った方が、より大きなエネルギーが動きます。特にライトワークの場合は、どのようなテーマでも同じです。
それも宇宙の法則だからです。一人のためよりも、大勢のための方が、大きなエネルギーが動くからです。

※そして常に、「センター＝中心」が、しっかりあることが重要です！！！
（センターが弱いと、高次の大きなエネルギーが降りてくるほど、白目になってしまいます！！！　笑）

そしてまず最初に、目的を明確にします。すなわち、中今の地球に、何が最も重要か！！！

それにより、意識のマルが拡大し、潜在的に地球規模となっていきます！！！

そして皆の中心と、意識のマルが共鳴します！！！（フィールド&シールド！）

早い人は、これだけでも、中心の珠ができて、マルも神界のハイアーセルフと共鳴し、体軸もつながります。


そして、やるべきことを、一つひとつ明確にしていきます。

人類総体を上げる！！！　ということが重要だと思ったら、まずはそこにいる自分と皆を、上げていきます！！！

もしその時に、なかなか上がらないと思ったら、それは自分たちだけが上がろうとしているか、皆さんのエネルギーが部屋の中だけに留まり、外に伝わっていないということかもしれません！！！（笑）
一人ひとりと、部屋の中の皆さんが、大体ＯＫと思ったら、その時に、人類全体を上げる！！！　ということを明確に意識し、イメージしてみてください！！！

そうすると、全くスケールが変わってくることに気づくと思います！！！

この時に、それに必要なすべてのエネルギーが動きます！！！！！！

そのため、白目になってしまう場合もあると思いますが（笑）、そういう時は、もう一度じっくりと強化を進めていきます。

しかし早い人、すなわちハイアーセルフと高次の純粋なポータルになりやすい人は、なぜか軽々と、しかし莫大に、エネルギーが動くのを感じるでしょう！！！

自分だけ、自分たちだけを上げようと思っても、これまではなかなかできなかったことが、人類全体を上げようと思うと、莫大なエネルギーが動いて、上がるのです！！

そしてこの時に！！！！！！！！

さらなる、偉大なことが起こります！！！！！！！

ハート。愛。

始まりであり、終わり。
誰にとっても、一番大事なもの。

しかしなぜか、ハート・センターの活性化は、簡単にできそうでいて、なかなかできない！！！

そのハートが、愛が、誕生していることに気づくでしょう！！！！

なぜでしょうか！！！

それは、動機そのもの、行っていることそのものが、【愛】であるからなのです！！！

これがまさに、キリストのイニシエーションそのものなのです！！！！！

そして、そのキープ&ギネスが重要ですので、皆さん、ぜひ頑張ってください！！！！！

さらに！！！

これが達成されると、その愛の中心に！！！！！！

根源の中心から、光の柱がスシュムナーを通って、降りてきます！！！！！

そうすると、ハイアーセルフ、そしてすべての高次とつながるのです！！！！

これが、中今の、すべてをトータルした、そしてＴｏｐ＆Ｃｏｒｅのアセンション＝ライトワークなのです！！！！！！！

愛

中今からのＶＩＳＩＯＮ

前項でお伝えしたような動きが、いよいよ、日の本のアセンション・ライトワーカーの中でも始まっています！！！！！！

皆さんにも、ぜひ頑張っていただきたいと思います！！！！！！

そしてこれらを進めながら、我々はさらに、どのような方向性、ＶＩＳＩＯＮ、未来を目指していけばよいのでしょうか！！？

一人ひとりのミッションもあると思いますが、ライトワーカー全員に、ほぼ共通しているＶＩＳＩＯＮもあります。

それが共通しているということは、皆のハイアーセルフ、ひいては宇宙全体、宇宙（神）の計画でもあると言えると思います！！！！！！

それはいったい、どのようなものでしょうか！！！？

皆さんも、ぜひ感じて、イメージしてみてください！！！！！

中今、日の本のライトワーカーの皆さんに聞いてみると、共通しているのは、大体次のような内容です！！！

◎戦争、貧困のない、人々が平和で幸せな地球を創りたい！！！

◎環境汚染や環境破壊が無い、地球と調和した人類の文明を創りたい！！！

◎愛に基づいた地球の文明＝愛の星を創りたい！！！

そして、＆イコール、地球全体のアセンション！！！

それを愛の「地球維新」とも呼んでいます。

この中には、開星、すなわち高次の宇宙社会、宇宙文明との公式コンタクトも含まれています。

皆さん、大枠では共通しているのではないでしょうか!!!!!!

人類のほぼすべても、同じなのではないかと思います!!!!!

——では、どうやったら実現するのか!?

なぜ、まだ実現していないのか!!!!?

そこには様々な理由があると思います。

そしてやはり、核心はシンプルではないかと思います。

◎まずは、一人ひとりが、明確なVISIONを描くことです。

そうすると、動き出す！！！　すべての源は、意識であり、イコール、エネルギー！！！

壮大で、遠い未来のことのように思えるかもしれませんが、実はかなりの部分について実現可能な力を、人類はすでに持っているのです！！！

生活水準を下げずに、地球と調和した文明を創る技術。それをすでに人類は持っています。

ゆえに、地球環境問題の根本は、技術ではなく、意識であり、全体のシステムであると思います。

どこか宇宙の高次から、宇宙人かマスターがやってきて、地球人が行ってきたことを、地球人の代わりに、すべてを片付けてくれるまで待つ！！？　ということではないのです！！！

戦争、平和、貧困などの問題も、同様であると皆さんも思うのではないでしょうか。

途方もないことではなく、実現しようと思えば実現できること。

意外と知られていないようですが、実際に、第二次世界大戦直後から、世界のすべての国を統合した、世界連邦の樹立を目指して、ノーベル賞受賞者のアインシュタインや湯川秀樹などの世界の科学者や文化人たちが動き出し、日本の国会議員も参加しており、全国の自治体も、1都2府1道17県他、計81の自治体が、現在参加しているような動きもあります。

そして、家族の幸せ、人類の幸せを願わない人は、地球上にいないでしょう。すべての人類が、同じ気持ちであると思います！！！

しかし日常は、限られた身の周りのことに意識が行ってしまうことが多い。

そして、その結果が、現在の地球の状況であるとも言えるのです！！！

ゆえに、言うは易しだと思いますが、まずは一人ひとりの意識が変わること。人類全体の意識が変わること。

そして、地球全体の文明のシステムが変わること！！！

当然のように聞こえ、そしてその実現が難しいと思うかもしれませんが、**現在の人類の力でできる！！！**ということを認識することが、まずは重要です！！！

意識は力でエネルギー。そしてすべての源で原動力ですから、必ず動き出すと思います。

宇宙連合＝高次の宇宙社会の連合も、以前から明確に伝えてきている、地球全体との公式コンタクトを行うためのたった一つの条件とは、地球がワンネス、つまり、「ひとつ」になることである！！！！！！

そして人類全体のアセンションを進めるには、そのサポートが必要です！！！

そしてもう一つ！！！！！

日の本のアセンション・ライトワーカーのミッションとして、最も重要なこと！！！！！

それは！！！！！！

根源のアセンション・プロジェクト

です！！！！！！！！！

それは、これまでの拙著でも、本書でもお伝えしてきた内容ですが、わかりやすくまとめると、次のようなものです。

根源のアセンション・プロジェクトとは！！！

それは、日の本のライトワーカーのミッション！！！！！

ズバリ、神人＝黄金人類を、百人以上生み出していく、神人に成っていく、ということです！！！！！！

それが古来より、日の本に予言されてきたことなのです！！！

世界のひな型である日本。

メタファー、数霊として、日の本に住む百人以上の人々が、一定レベル以上のアセンションを遂げた時に！！！！！！！！！

地球全体のアセンションが始まる！！！


日の本の皆さんの活躍を祈願いたします。

ともに進んでまいりましょう！！！！！

一なる根源の愛

アセンション・ファシリテーター　Ａｉ

おわりに

日の本のアセンション・ライトワーカーと、それを目指す皆さん！！！

根源へのアセンション、最終ゲイト！！！

本書は、そのために重要な内容が詰まっています！！！

現在は、アトランティスの末期と同じです。
これまでは気づかないふり（！？）もできたかもしれませんが、もはや、地球人類のすべてが、大変動、大異変に気づいていると思います。

これ以上、気づかないふりができるのでしょうか！？

この地球に、生まれてきた目的。願い。一番やりたいこと！　夢。感動すること！　ワクワクすること！
ウルウルすること！

そして地球の状況。なぜそうなっているのか！？

全宇宙の高次も、そして地球そのものも、常に次のように言っています。

調和なくして進化なし。

すなわち、地球を人の身体に例えた場合と同じです。

一つひとつとすべてが、調和し、共鳴し、ハーモニーとなって、そこで初めて、永遠、無限の進化、コ・クリエーションを行っていくことができる、と！！！

ゆえに、まずは地球に意識を向けて、そのエネルギーを感じ、共鳴して、調和してください！！！

我々人類は、まぎれもなく、地球の一部です。

そして、地球神、縄文神も、次のように言っています。

おそれの対極、分離の対極は愛である！
アクエリアスとは愛であり、女性性。
生命を生み出し、愛し、育む。
超古代も、縄文も、生命原理である女性原理が中心であった。
ゆえに戦争が起きず、環境問題も起こらない。

ですから、肉体が健やかになるためには、地球との共鳴、調和が不可欠です。

根源からの愛と光は、太陽を通って、魂、ハートに入ってきます！

その上で、皆さんの使命は、本書で千天の白峰先生がおっしゃっている通りです。
根源の愛と光のポータルになり、地球維新の柱となること！！！
地球と人類のアセンションのポータルとなること！！！

そのコ・クリエーションを楽しみにしています！！！

以前からお話がありましたが、今回、大和日女さんの発案（日の本のアセンション・ライトワーカーを代表したチャンネルだと思います！）により、本書のコラボの企画が実現しました。

千天の白峰先生、大和日女さん、明窓出版の麻生社長、そして日の本のアセンション・ライトワーカーの皆さんと、これから日の本＝世界をともにアセンションさせていく皆さんに、心からの感謝と愛をお贈りします！！！

二〇一八年八月八日

一なる根源の愛

根源神界　根源の高次　根源の艦隊より

（編集）

アセンション・ファシリテーター　Ａｉ

◎ 著者プロフィール ◎

千天の白峰

神銘、コンジンローム

2012 年問題、地球大変革と世界の盟主の提案提議者。
現在は、地球の地軸を調整中！
平行宇宙メンタル界に存在する宇宙存在ダルマ意識
＝マスタークワンインと、
2016 年水瓶座の座標軸から、銀河パラダイムをサポート。

シリウスにある錬金術大学院にて、意識工学により、
地球上に転生するスターシードの育成に当たる！
（現在は既に～生前葬儀を５年前に完了、
人間を卒業し、気楽な宇宙存在として、キャンピングカー生活）
今話題のビットコインを越えた、仮想通貨ならぬ火葬通貨を発行。
人は彼を送り人と呼ぶ!!

その他、日本海洋国家構想の拠点、小笠原にて、
世界一の海洋資源スカンジウム、９９００年分を運営提案。
ラプラスの数理未來予想を超えたボイド理論と
アルコール超電導理論の臨床が話題になる！
右脳開発を超えた、宇能開発室を開設！
平行宇宙に存在する次元断層の研究家！
ラプラスエスカルトン、ルナブラフアテンの名前でも活躍中！

◎ 著者プロフィール ◎

アセンション・ファシリテーター
Ａｉ（あい）

新アセンション宇宙へのアセンションをサポートする、
高次と地上の愛と光のアセンション・アカデミー
ＮＭＣＡＡ (New Macro Cosmos Ascension Academy)
アセンション・アカデミー本部、メイン・ファシリテーター。
高次と地上の、愛と光のアセンション・ライトワーカー家族とともに、
日々、たくさんの愛と光のライトワーカーと、そのファシリテーター
（アセンションのインストラクター）を創出している。
主な著書は『天の岩戸開き―アセンション・スターゲイト』、
『地球維神』、『愛の使者』、『クリスタル・プロジェクト』、
『根源へのアセンション Ⅰ、Ⅱ』『皇人（すめらびと） Ⅰ、Ⅱ』
『根源の岩戸開きⅠ、Ⅱ』（共に明窓出版）等。

◎ＮＭＣＡＡアセンション・アカデミー本部への
ご参加希望等のお問い合わせは、下記のホームページをご覧の上、
Ｅメールでお送りください。

ＮＭＣＡＡ 本部公式ホームページ http://nmcaa.jp

◎パソコンをお持ちでない方は、下記へ資料請求のお葉書を御送りください。

〒６６３－８７９９
日本郵便　西宮東支局留　ＮＭＣＡＡ本部事務局宛

◎ インタビュアー ◎
大和日女

ペンネームは、神界のメインのハイアーセルフを表している。
神界には、直霊神（宇宙警視総監）や、白龍もいる。
この宇宙での故郷はアンドロメダであり、
アインソフ聖母庁が表に出てくることも多い。

幼少の頃からエネルギーに敏感であったが、
人生の大半はスピリチュアルな世界とは無縁に過ごす。

ある日、ふとしたきっかけにより関心を持ち、
いろいろと調べ、学ぶうちに、
「アセンション」というキーワードに強く惹かれ、
ＮＭＣＡＡアセンション・アカデミーと、Ａｉ先生に出会う。
その３か月後に、Ａｉ先生の個人セッションを通して
アンドロメダの記憶を取り戻す。
その直後に千天の白峰先生とお会いし、
お２人が並び座られている姿を見た瞬間、
神界と一体化した「人」を初めて観て、
その美しさに号泣、宇宙誕生日となった。
その後、全宇宙史の記憶を取り戻していった。

＊

もともと地上では、雑誌の編集＆ライター業が長く、
いずれこのお２人についての記録を残したい、と思っていましたが、
早くも本書にて実現することとなり、感無量です。

根源《こんげん》へのアセンション
最終《さいしゅう》ゲイト

千天《せんてん》の白峰《しらみね》
アセンション・ファシリテーターＡ《ア》ｉ《イ》
（インタビュアー　大和日女《やまとひめ》）

明窓出版

平成三十一年一月二十五日　初刷発行

発行者――麻生 真澄

〒一六四―〇〇一二
東京都中野区本町六―二七―一三
電話　（〇三）三三八〇―八三〇三
ＦＡＸ（〇三）三三八〇―六四二四

印刷所――中央精版印刷株式会社

落丁・乱丁はお取り替えいたします。
定価はカバーに表示してあります。

ISBN978-4-89634-395-3

地球維新　ガイアの夜明け前

ＬＯＨＡＳ vs ＳＴＡＲＧＡＴＥ　仮面の告白　　**白峰**

近未来アナリスト白峰氏があなたに伝える、世界政府が犯した大いなるミスとは一体……？　LOHASの定義を地球規模で提唱し、世界の環境問題やその他すべての問題をクリアーした１冊。

ＬＯＨＡＳ vs ＳＴＡＲＧＡＴＥ

遺伝子コードのＬ／「光の法則」とは／遺伝子コードにより、人間に変化がもたらされる／エネルギーが極まる第五段階の世界／120歳まで生きる条件とは／時間の加速とシューマン共振／オリオンと古代ピラミッドの秘密／日本本来のピラミッド構造とは／オリオン、プレアデス、シリウスの宇宙エネルギーと地球の関係／ゴールデンフォトノイドへの変換／ポールシフトの可能性／古代文明、レムリアやアトランティスはどこへ／宇宙船はすでに存在している！／地球外で生きられる条件／水瓶座の暗号／次元上昇の四つの定義／時間が無くなる日とは／太陽系文明の始まり／宇宙における密約／宇宙人といっしょに築く、新しい太陽系文明／アセンションは人間だけのドラマではない

ミスユニバース（世界政府が犯した罪とは）

日本の起源の節句、建国記念日／世界政府が犯した５つのミス／「ネバダレポート」／これからの石油政策／世界政府と食料政策／これからの経済システム、環境経済とは／最重要課題、宇宙政策／宇宙存在との遭遇～その時のキーマンとは（他重要情報多数）　　**本体952円**

皇　人

アセンション・ファシリテーター　Ａｉ

愛と光と歓喜の本源へ還る。

宇宙と生命の目的である進化＝神化の扉を開き、地球と宇宙のすべての存在をライトワークで照らしていくためのガイダンス。

日の本全体の集合意識がひとつとなり、明き太陽の日の丸となり、大きくシフトをする重要なチャンス、日の本に住む人々全体の集合意識とそのアセンションに、大きく関わっているものとは？
それがこそが、真の『根源』へつながるものとなるでしょう。

（amazonレビューより）巻では、アセンションが起こると言われていた2012年。何も起こらなかったようで、目に見えないところでは、色々とシフトしていたこと。その上で、2013年は、どういう年なのか？　分かりやすく説明されていて、しかも、未来への希望を感じます。様々なところで、日本は世界の進化をリードする国だと言われていますが、今、日本に生まれ、日本人として生きている意味を、考えずにはいられません。飢餓にあえぐ世界の国々に比べたら、何もかもが豊かで、安全な国。被災して自分も苦しい時、周りの人を思いやることができる国。自分のことよりも、他のこと、全体のことを考えられる、国民性。日本について考えてみると、やはり、世界をリードする国が日本だということも、あながち嘘ではないのではないでしょうか？
少しでも世界をより善くしたいと思っているならば、自分にも何かできることがあるのではないか？ そんな想いが、胸に迫ってくる本です。

本体2000円

皇　人Ⅱ

アセンション・ファシリテーター　Ａｉ

今、日の本の封印解除が始まっている！

太陽の核心から生まれる輝き（ライトワーク）が、「皇人」への道を開く。


大遷宮祭を経て1000億年に１度のスーパーアセンションが始まった！


「新・三種の神器」とは？

「スーパーグランドクロス」「スーパーマルテン」の核心を明かす。

◎ライトワーカーとしての実働をより深く、よりスムースに進めるためのガイダンス。
根源太陽神界、ハイアーセルフ連合からの最新メッセージも収録

思い出してください。

「神」と呼ばれる母なる根源から、一つ一つの生命として生み出された私たち――

悠久の宇宙史を経験し、究極のエネルギーが動き出すこの時、核心となる地球で再会する約束。

ここに出逢えた歓びで♥を一つにし、手遅れになる前に、命ある限りのライトワークを共に！

本体2000円

根源の岩戸開き

アセンション・ファシリテーター　Ai

「最終の最終」の局面。
そして宇宙創始から、すべての存在が待ちに待った、
究極のゴールの始まり!!!
『根源のポータル』をくぐり、愛でひとつになる地球を、
ともに創っていく核心の役目とは?!

すべてが、本来あるべきところ=根源へ『還る』今。
皇紀二六七五年の日の本の正月から、究極のアセンション・ゲイトが開かれている。
最終アセンションを遂げ、輝く偉大な次のステージに入るためのプロジェクトがここにある。

（目次）

第一章 神聖白色同朋団　宇宙の大晦日／新アセンション宇宙／神聖白色同朋団

第二章 入 門　入門準備／入学準備

第三章 始 業　新太陽のポータル／第一光線／根源のポータル

第四章 愛のイニシエーション　キリストMAX!!!

第五章 根源の岩戸ひらき　2016 ∞ アセンション・ゲイト／根源の岩戸ひらき

第六章 アセンション・レポート　アセンション・レポート／特別付録(寄稿)／根源のゲイト／千天の白峰博士より／共鳴=君が代の秘密

本体2200円

根源の岩戸開き　Ⅱ

アセンション・ファシリテーター　Ai

地上のすべてが、今、大変な時に来ています。そして同時に、この上なく偉大なエネルギーも動いています。それは、宇宙の創始から、すべての存在が、待ちに待っていたものです。

地上のすべてが最も大変な時だからこそ動いているものであり、皆さんのハイアーセルフ、すべての高次の動きでもあります。

そして、すべての存在の本源であり、還る所であり、目的地です。

本来は無かったAD2000年以降の地上のアカシック。

日の本のアセンション・ライトワーカーの皆さんと、各界の努力により、なんとか存続してきましたが、いよいよラスト、ファイナルステージの始動のようです。

それはどのようなものなのか?　そのためにどのような準備をしたらよいのか?《アクエリアス》の分岐点となっている今だからこそ読むべき一冊。


（目次）

本体2200円

根源へのアセンション
～神人類へ向かって！

アセンション・ファシリテーター　Ai

アセンションへの準備をしっかりとして、真の歓喜と幸福の中でその時を迎えるためのガイドブック。愛と光のすべての高次とのコラボレーションを楽しみましょう！　宇宙創始からのアセンションの統合が2012年、第2段階が2013年～2016年、最終段階は2017年～2020年。根源へのアセンション、神人類へ向かってのガイダンス。マル秘奥義が満載です。

第一章　アセンションの歴史
宇宙史／太陽系史／地球史
第二章　高次の各界について
ガイダンス／地球編／太陽系編／宇宙編／新アセンション宇宙編
第三章　根源へのアセンション
アセンションの準備／アセンションの入門／アセンションの基礎／中今のアセンション史
第四章　アセンションＱ＆Ａ
アセンションの入門Ｑ＆Ａ／アセンションの基礎Ｑ＆Ａ／アセンションの実践座談会
第五章　アセンションの体験
アセンション日記＆体験談
特別付録
赤ひげ仙人物語
究極のポータル／究極の神聖／根源の中心より

本体2095円

根源へのアセンションⅡ
〜究極の核心！

アセンション・ファシリテーター　Ai

今、神人類が誕生している!!!
地球と日の本の「黄金龍体」＝スシュムナーの莫大な覚醒はすでに始まっている！
宇宙規模のオセロがひっくり返るその時までにすべきこととは何か？
〈核心〉の〈核心〉の〈核心〉にフォーカスする唯一の方法とは？
あなたが究極神化するためのライトワーク最前線！
アセンションの秘技に参入せよ！

第一章　旧宇宙時間の終わり　緊急事態宣言Ⅱ！
第二章　地球のゲイト　生命エネルギー／オリオンの太陽／生命の源
第三章　おかげ年　二〇一四アセンション／神聖白色同胞団／神聖なポータル／日の本の大遷宮（Ⅱ）
第四章　究極のゼロポイント　愛のイニシエーション（1）／究極のゼロポイント／愛のイニシエーション（2）
第五章　究極の核心　神　年／核融合／黄金人類の誕生
第六章　アセンション・レポート
第七章　宇宙お誕生日
特別寄稿　根源へのアセンション　直日女
究極の核心　Ｌｏｔｕｓ
特別寄贈　（書画）　光悠白峰先生より

本体2300円

話題力　201Ｘ

69冊を1冊に！　高次元リーディング

天声会議／中今の今著
千天の白峰監修

2016年から始まる地球大変革――おさえておきたい話題を、この１冊に網羅万象！「これからが本番です、皆の衆（笑）」

中今（白峰）氏が、今、ここに生きる日本人に、特に必要な情報をまとめて提供します。これからの大変化への心構えにも、非常に有効な本です。

（アマゾンレビューより）厳選された69冊という名作について先生独自の視点と含蓄ある言葉で簡潔に述べられています。その本の範囲は広く今からでも役立つ情報がバランスよく配置されています。電磁波を中和できる温泉の話、来年出る謎の小説「24の瞳」の話他、確かに話題になる本をまるで全部読んだかのように思えてきます。この中でいくつか気になる本がありましたので購入して読んでみたいと思います。
世の中にはいろいろな本が出ていますが読んで役立つ、気づきを与えてくれる本に出会いたい人にお薦めです。
何を読むべきかを教えてくれる、読書をする人々への羅針盤になっていると思います。本のダイジェストは多々あれども、この本はよい意味で似て非なる本です。スルドイ視点でのコメントだけでも読んで相当にためになります。

本体1905円

地球維新　解体珍書

白峰・鹿児島ＵＦＯ共著

「地球維新・解体珍書」は、三千世界の再生を実現する地球維新について珍説（笑）をもって解説します。表紙は、日の丸・君が代と富士と鳴門の仕組みを表現しました。

地球維新の提唱者とその志士との、質疑応答集です。本来は、カセットテープで17本、８００頁にもわたる内容でしたが、分かり易く「一言コメント」のエッセイ形式にしました。

日本国と世界と宇宙の栄弥（いやさか）を願っています。（白峰拝）

陰謀論を知る／世論調査の実態を知っていますか？／学校やマスコミが教えない「本当の古代史」を知ろう！／日本政府大激震！「ＵＦＯは確実に存在する?!」11人の現役・ＯＢ自衛官の証言／２０１２年、時元上昇と中国易経の世界」／「経営」と「企業」と「リストラ」その根底に「魂の立ち上げ」／「イルミナティ」と「天使と悪魔」→人間＝「光」なり！／最奥秘伝「メビウスの輪と宇宙と人間の超秘密」／マヤ神殿とマヤ暦は、マル秘「人類進化のタイムスケジュール」／風水学と四神と祓戸大神／神聖遺伝子ＹＡＰと水素水／地球霊王、日本列島に現る！／石屋と手を組み世界平和！／災害の意味と今後の動きと地底人／日本超再生「不沈空母化計画」超重要提案！／温故知新　仏教とアセンション　死を恐れるな！／封印されている日本の新技術を表に／究極奥義とは……超仰天の遷都計画～地球再生！／大提言　年号大権とアセンション～ミロクの世／（他重要情報多数）

地球維新　黄金神起
～黄金伝説　封印解除

制作監修　白峰
脚本演出　中今
総筆推理　慈恩

とても奥が深～い探偵小説。
小説仕立ての、実はドキュメンタリー……？

「地球一切のエネルギー法則の中に普遍の定義あり。一つは人間の生命、則ち寿命。一つは『貨幣金融システム』の保証としての金塊（ゴールド）。最後に、錬金術の奥義にて、人間を神に至らせるシステム。
これらは弘観道の風水術では、古代より、黄金神起と呼ばれていた」

（重要キーワード）
オリオンの神笛／ペテルギウス大爆発／135°ガイヤ法則／ピラミッド５０００年の嘘／晞宝館大学院／日本再生口座スメラギ／世界皇帝／電マ大戦地球霊王/大魔神復活/日本龍体／黄金人類／神聖遺伝子／ヤタガラス／忍法秘伝／KINGソロモン／ミロクの世／アセンション2012／世界政府／弘観道（他）

本体1905円

地球維新　黄金神起　封印解説

脚本監修　中今悠天
作者　天声会議

中今氏渾身の話題作。求めよ、さらば封印は解かれん！

誰もが知る、あのアニメや特撮ヒーローには、隠された暗号が存在している。黄金神起の封印はいま紐解かれ、月の裏側 の謎に迫る。数々の物語に散りばめられたエピソードは、 フィクションか？　あるいは事実なのか？

暗号を読み解いた時、あなたの現実は音をたてて崩れ去り、黄金人類の扉が開かれゆく。


（重要キーワード）

キングソロモン流錬金術／ゴジラ（被曝竜）・モスラ（菊理媛、スクナヒコナ）／ウルトラマン神話（火・風・水の謎「火（霊）」の謎解き）／仮面ライダーの秘密（火・風・水の謎「風」の謎解き）／戦隊もの、大魔神の秘密等（火・風・水の謎「水」の謎解き）／ウルトラセブンに隠された謎（火・風・水の火の章）／機動戦士ガンダム／仮面ライダーＶ３の謎（火・風・水の風の章）／マジンガーＺ／ゲッターロボ／鋼鉄ジーグ／宇宙戦艦ヤマト／機動警察パトレイバー／ジェッターマルス／海のトリトン／映画『日本沈没』銀河鉄道９９９／【宇宙意識との会話】（他）

本体1905円

地球維新　黄金神起　　二十四の瞳

脚本監修　千天の白峰
作者　白山楠竜

【古より伝えたる黄金の伝説 ここに黄泉還る】

西洋が封印せしめる歴史。真の歴史の舞台たる、この国は……

黄金とともに伝説も封印されたる国なり。

神聖なる血統が伝える、神なる霊統の降り立つ〝皇(すめらぎ)〟の国。

西洋の古代帝国における神殺しから2000年以上隔たりて、黄金伝説封印解除の時来たる。

すべてはさらされている。更に皆の前に現れる――。

日本と地球の未来はいかに?

禁断小説・黄金神起シリーズ第3弾

(目次より抜粋)

桜島大噴火／アベベ首相、動く／竹生島ミッション／オリンポスの神託／イエローマジックサブマリン／株式の異変／北方領土の核処理施設 ／ 絶対零度大作戦／放射能無害化計画／ミツバチ失踪事件の裏側 ／原発、海底に没す／琵琶湖地底政府／月とナチス／舟形山の井戸掘り職人／新生自治国家、アンゴルモア／伊勢神宮遷宮と「金座」の真意／在日宇宙人問題／マントル計画